JULES VERNE

Ausgewählte Werke in Einzelausgaben
Band 4

JULES

VERNE

Reise um den Mond

Mit Illustrationen von
Peter Nagengast

Verlag Neues Leben

Titel der französischen Originalausgabe:
»Autour de la lune«

Nach einer alten Übersetzung bearbeitet

ISBN 3-355-01315-3

2. Auflage, 1991
Schutzumschlag und Einband: Uwe Häntsch
Schutzumschlagmotiv: Peter Nagengast
Fotosatz: Graphischer Großbetrieb Pößneck GmbH
Druck und buchbinderische Weiterverarbeitung:
Chemnitzer Verlag und Druck GmbH
Werk Zwickau

Erstes Kapitel

Von zehn Uhr zwanzig bis zehn Uhr vierzig abends

Schlag zehn Uhr verabschiedeten sich Ardan, Barbicane und Nicholl von ihren zahlreichen Freunden auf der Erde. Die beiden Hunde, die das Hundegeschlecht im Mondland einführen und verbreiten sollten, befanden sich bereits im Projektil. Die drei Reisenden näherten sich der Mündung des enormen Laufs, und ein Kran brachte sie bis zur Spitze des Geschosses.

Hier betraten sie durch eine zu diesem Zweck angebrachte Öffnung den Aluminiumwaggon. Als die Taue des Kranes aus der Röhre herausgezogen waren, wurde augenblicklich das letzte Gerüst von der Mündung der Columbiade entfernt.

Sobald sich Nicholl mit seinen Gefährten im Projektil befand, schloß er die Luke sorgfältig mit einer starken Platte, die von innen durch Stellschrauben befestigt wurde. Andere, fest angepaßte Platten bedeckten die Linsengläser der Ausguckfenster. Die Reisenden waren im tiefsten Dunkel in ihrem metallenen Gefängnis hermetisch eingeschlossen.

»Und nun, meine lieben Kameraden«, sagte Michel Ardan, »tun wir, als wären wir hier zu Hause! Ich führe die Verwaltung des Inneren, ein Fach, worin ich sehr stark bin. Wir müssen es uns in unserer neuen Wohnung so bequem wie möglich machen. Vor allem, versuchen wir ein wenig Licht zu bekommen! Zum Teufel! Für Maulwürfe ist das Gas nicht erfunden worden!«

Mit diesen Worten ergriff der sorglose Geselle ein Zündhölzchen, rieb es an der Sohle seines Stiefels und zündete damit die Flamme am Brenner des Behälters an, der das fest zusammengepreßte Gas enthielt, das zur Beleuchtung und Erwärmung der Kugel für sechs Tage und sechs Nächte, also für hundertvierundvierzig Stunden, ausreichte.

Das Projektil zeigte sich nun als ein komfortabel eingerichtetes Zimmer mit gepolsterten Wänden, an denen sich ringsum ein Diwan entlangzog, und mit wie in einem Dom gewölbter Decke.

Die mitgeführten Waffen, Instrumente, Geräte waren an der Polsterung gut befestigt, so daß sie den Stoß der Abfahrt gut aushalten konnten. Es waren alle nur denkbaren Vorkehrungen getroffen, um ein so tollkühnes Unternehmen glücklich auszuführen.

Michel Ardan untersuchte alles und erklärte seine volle Zufriedenheit mit der Einrichtung.

»Es ist ein Gefängnis«, sagte er, »aber ein Reisegefängnis mit der Erlaubnis, durchs Fenster zu sehen; ich könnte mich hier auf hundert Jahre einmieten! Du lächelst, Barbicane? Hast du dabei einen Hintergedanken? Meinst du, dieses Gefängnis könne unser Grab sein? Grab, meinetwegen, aber ich möchte es nicht mit dem Mohammeds tauschen.«

Während Michel Ardan so sprach, trafen Barbicane und Nicholl ihre letzten Vorbereitungen.

Nicholls Chronometer zeigte zehn Uhr zwanzig abends, als die drei Reisenden in ihr Geschoß eingeschlossen wurden. Die Uhr war, fast auf eine Zehntelsekunde genau, nach der des Ingenieurs Murchison gestellt. Barbicane fragte Nicholl nach der Zeit.

»Meine Freunde«, sagte er, »es ist zehn Uhr zwanzig. In siebenundzwanzig Minuten wird Murchison mit dem elektrischen Funken die Ladung der Columbiade zünden. In dem Moment werden wir dann unseren Erdball verlassen. Siebenundzwanzig Minuten also bleiben wir noch auf der Erde.«

»Sechsundzwanzig Minuten und dreißig Sekunden«, erwiderte der exakte Nicholl.

»Ei nun!« rief Michel Ardan in bester Laune, »in sechsundzwanzig Minuten läßt sich viel fertigbringen! Man kann noch die wichtigsten politischen und sittlichen Fragen besprechen, ja selbst lösen! Sechsundzwanzig wohl verwendete Minuten sind mehr wert als sechsundzwanzig untätig verlebte Jahre. Etliche Sekunden eines Pascal oder Newton sind kostbarer als das ganze Leben eines Dummkopfs . . ."

»Und was folgerst du daraus, du Redegewaltiger?« fragte Präsident Barbicane.

»Ich folgere, daß wir noch sechsundzwanzig Minuten haben«, erwiderte Ardan.

»Nur noch vierundzwanzig«, sagte Nicholl.

»Vierundzwanzig, wenn du's so genau nimmst, mein wackerer Kapitän«, erwiderte Ardan, »vierundzwanzig Minuten, in denen man gründlich . . .«

»Michel«, sagte Barbicane, »auf unserer Fahrt werden wir reichlich Zeit haben, die schwierigsten Fragen ausgiebig zu erörtern. Befassen wir uns jetzt mit der Abfahrt.«

»Sind wir nicht bereit?«

»Allerdings. Doch sind noch einige Vorkehrungen zu treffen, um die Gewalt des Rückstoßes möglichst abzuschwächen.«

»Haben wir nicht die Wasserschichten in den Verschlägen unter uns, deren Spannkraft uns hinlänglich schützen wird?«

»Das hoffe ich, Michel«, erwiderte sanft Barbicane, »aber ganz sicher bin ich dessen doch nicht!«

»Ah! Possen!« rief Michel Ardan. »Er hofft . . .! Ist

der Sache nicht sicher . . .! Und dies klägliche Geständnis erst in dem Moment, da wir bereits eingepackt sind! Da möchte ich auf und davon!«

»Und wie?« erwiderte Barbicane.

»In der Tat«, sagte Michel Ardan, »das ist schwer. Wir sind im Zug, und vor Ablauf von vierundzwanzig Minuten wird der Kondukteur pfeifen . . .«

»Zwanzig Minuten«, sagte Nicholl.

Einige Minuten blickten die Reisenden einander an. Dann prüften sie die mitgenommenen Gegenstände.

»Alles ist an seiner Stelle«, sagte Barbicane. »Jetzt handelt es sich darum, wie wir am besten Platz nehmen, um den Stoß bei der Abfahrt auszuhalten. Es ist dabei einerlei, in welcher Stellung oder Lage man sich befindet, und man muß möglichst verhüten, daß einem das Blut zu stark zu Kopfe steigt.«

»Richtig«, sagte Nicholl.

»Dann«, erwiderte Michel Ardan, um die Regel durch ein Beispiel zu erklären, »machen wir Kopfstand wie die Clowns im Zirkus!«

»Nein«, sagte Barbicane, »aber auf die Seite müssen wir uns legen. So widerstehen wir am besten dem Stoß. Merken Sie wohl, im Moment der Abfahrt ist's fast einerlei, ob wir hier drinnen oder vor dem Geschoß sind.«

»Wenn es nur ‚fast einerlei' ist, will ich's zufrieden sein«, erwiderte Michel Ardan.

»Stimmen Sie mir bei, Nicholl?« fragte Barbicane.

»Ganz und gar«, erwiderte der Kapitän. »Noch dreizehn Minuten und eine halbe.«

»Der Nicholl ist kein Mensch«, rief Michel, »sondern ein Sekundenchronometer . . .«

Aber seine Gefährten hörten ihm schon nicht mehr zu und trafen ihre letzten Vorbereitungen mit einer Kaltblütigkeit ohnegleichen. Sie verhielten sich wie zwei metho-

dische Reisende, die es sich, wenn sie in einen Waggon eingestiegen sind, so bequem wie möglich machen. Man fragt sich wahrhaftig, aus welchem Stoff die Herzen dieser Amerikaner sind, denen im Angesicht der schrecklichsten Gefahr der Puls nicht rascher schlägt!

Man hatte drei dicke und solid gepolsterte Lagerstätten in dem Projektil hergerichtet. Nicholl und Barbicane rückten sie in die Mitte der Scheibe, die den beweglichen Fußboden bildete; auf ihnen sollten sich die drei Reisenden einige Augenblicke vor der Abfahrt ausstrekken.

Währenddessen verhielt sich Ardan, der nicht ruhig bleiben konnte, in seinem engen Gefängnis wie ein Stück Rotwild im Käfig, plauderte mit seinen Freunden, schwatzte mit den Hunden Diana und Trabant, denen er vor kurzem diese bezeichnenden Namen gegeben hatte.

»He, Diana! He, Trabant!« rief er sie an. »Ihr werdet den Mondhunden die guten Sitten der Erdhunde zu zeigen haben! Ihr werdet dem Hundegeschlecht Ehre machen! Potz Blitz! Ihr sollt euch mit Monddoggen paaren, daß ich, kommen wir zurück, eine Mischrasse mitbringe, die Furore machen wird!«

»Wenn's dort Hunde gibt«, sagte Barbicane.

»Es gibt dort welche«, versicherte Michel Ardan, »wie es dort Pferde, Kühe, Esel und Hühner gibt. Ich wette, daß wir dort Hühner antreffen.«

»Hundert Dollar, daß wir keine treffen«, sagte Nicholl.

»Angenommen, lieber Kapitän«, erwiderte Ardan mit einem Händedruck. »Aber du hast ja schon drei Wetten an unseren Präsidenten verloren, weil die nötigen Geldmittel aufgebracht wurden, weil der Guß gelungen ist und weil die Columbiade ohne Unfall geladen wurde, das macht zusammen sechstausend Dollar.«

»Ja«, erwiderte Nicholl. »Zehn Uhr siebenunddreißig Minuten und sechs Sekunden.«

»Wohlgemerkt, Kapitän, ehe eine Viertelstunde vorüber ist, wirst du noch neuntausend Dollar an den Präsidenten zu zahlen haben, viertausend, weil die Columbiade nicht zerspringen wird, und fünftausend, weil das Geschoß höher als sechs Meilen in die Lüfte dringen wird.«

»Ich habe die Dollars bei mir«, erwiderte Nicholl und klopfte auf seine Tasche, »ich wünsche nur, daß es zum Zahlen komme.«

»Nicholl, ich sehe, daß du ein Mann der Ordnung bist, was mir nie gelingen wollte, aber schließlich hast du da eine Reihe Wetten sehr zu deinem Nachteil abgeschlossen.«

»Und weshalb?« fragte Nicholl.

»Weil, wenn du die erste gewinnst, im Falle nämlich, daß die Columbiade zerspringt und das Geschoß mit, Barbicane nicht mehr in der Lage sein wird, dich zu bezahlen.«

»Mein Einsatz befindet sich auf der Bank zu Baltimore«, erwiderte Barbicane einfach, »damit er, wenn nicht an Nicholl, an seine Erben ausgezahlt werden kann.«

»Was für praktische Leute!« rief Michel Ardan. »Ich bewundere euch um so mehr, als ich euch nicht begreife.«

»Zehn Uhr zweiundvierzig«, sagte Nicholl.

»Noch über fünf Minuten«, erwiderte Barbicane.

»Ja! Fünf kurze Minuten!« entgegnete Michel Ardan. »Und wir sind eingeschlossen in einem Geschoß innerhalb einer neunhundert Fuß langen Kanone! Und unter diesem Geschoß befinden sich vierhunderttausend Pfund Schießbaumwolle, die eine Wirkung von einer Million sechshunderttausend Pfund gewöhnlichen Pulvers haben! Und Freund Murchison, das Chronometer in der Hand, das Auge unverwandt auf dem Zeiger, den Finger auf dem elektrischen Apparat, zählt die Sekunden, im Begriff, uns in die Räume der Planetenwelt zu schleudern . . .!«

»Genug, Michel, genug!« sagte Barbicane ernst. »Machen wir uns bereit. Nur noch einige Augenblicke haben wir bis zur Abfahrt. Einen Handschlag, meine Freunde!«

»Ja!« rief Michel Ardan mit etwas mehr Rührung, als er zeigen wollte. Die drei kühnen Gefährten umarmten sich.

»Gott behüte uns!« sagte der fromme Barbicane.

Michel Ardan und Nicholl legten sich auf die Polster in der Mitte.

»Zehn Uhr siebenundvierzig«, murmelte der Kapitän, »noch zwanzig Sekunden!« Barbicane löschte rasch die Gasflamme und legte sich neben seine Kameraden.

Nur die Sekundenschläge des Chronometers unterbrachen die tiefe Stille.

Plötzlich ein entsetzlicher Stoß, und das Projektil, von sechs Milliarden Liter Gas getrieben, schoß empor in den Weltraum.

Zweites Kapitel

Die erste halbe Stunde

Was war geschehen? Welche Wirkung hatte diese fürchterliche Erschütterung gehabt? Hatten die Konstrukteure des Projektils ein glückliches Resultat erzielt? Wurde der Stoß durch die Sprungfedern, Zapfen, Wasserkissen und Verschläge abgeschwächt? War man der schrecklichen Kraft, jener Anfangsgeschwindigkeit von zwölftausend Yards, mit der man in einer Sekunde beinahe durch ganz Paris oder New York fahren könnte, Herr geworden? Diese Fragen drängten sich den Tausenden von Zeugen jener erschütternden Abfahrtsszene auf. Über dem Gedanken an die Reisenden vergaß man den Zweck der Reise!

Wenn einer von ihnen – J. T. Maston zum Beispiel – einen Blick in das Projektil hätte werfen können, was würde er gesehen haben?

Nichts, denn es war völlig dunkel darinnen. Aber die zylinderkegelförmigen Wände hatten trefflich Widerstand geleistet. Kein Riß, keine Beule, keine Verformung. Das erstaunliche Projektil hatte unter der ungeheuren Hitze der Pulververbrennung nicht gelitten, war nicht, wie manche zu fürchten schienen, zu einem Aluminiumregen zerschmolzen.

Im Innern war wenig Unordnung, im ganzen genommen. Einige Gegenstände waren umhergeschleudert worden; aber die wichtigsten schienen durch den Stoß nicht gelitten zu haben. Die Befestigungsriemen waren unbeschädigt. Auf der beweglichen Scheibe, die nach Zertrümmerung der Scheidewände und dem Entweichen des Wassers bis zum Boden hinabgesunken war, lagen regungslos drei Körper. Waren Barbicane, Nicholl und Ardan noch am Leben? War das Projektil mehr als ein metallener Sarg, der drei Leichen in den Weltraum trug ...?

Einige Minuten nach der Abfahrt fing einer der Reisenden an, sich zu regen; seine Arme bewegten sich, sein Kopf richtete sich auf, und es gelang ihm, auf die Knie zu kommen. Es war Michel Ardan. Er betastete sich, stieß ein lautes »He!« aus, dann sprach er: »Michel Ardan unversehrt. Sehen wir nach den anderen!«

Der mutige Franzose wollte aufstehen; aber er konnte sich nicht auf den Beinen halten. Sein Kopf wackelte, das stark eingedrungene Blut machte ihn blind, er war wie trunken.

»Brr!« machte er. »Das hat auf mich gewirkt wie zwei Flaschen Cortona, nur daß dieser wohl angenehmer ist!«

Darauf strich er mehrmals mit der Hand über seine Stirn, rieb sich die Schläfen und rief mit fester Stimme: »Nicholl! Barbicane!«

Er wartete ängstlich. Keine Antwort. Nicht ein Atemzug, der kundgab, daß seinen Kameraden das Herz noch schlug. Er rief abermals. – Dieselbe Stille.

»Teufel! Sie verhalten sich, als seien sie vom fünften Stock herab auf den Kopf gefallen! Bah!« fuhr er mit seiner unverwüstlichen Zuversicht, die sich durch nichts stören ließ, fort, »wenn sich ein Franzose auf den Knien aufzurichten vermochte, sollten zwei Amerikaner keinen Anstand nehmen, sich wieder auf die Beine zu helfen. Aber vor allem, klären wir die Sache auf.«

Ardan fühlte, wie ihm das Leben wieder zuströmte. Sein Blut wurde ruhiger und kam wieder in den gewohnten Umlauf. Wiederholte Anstrengungen brachten ihn ins Gleichgewicht. Es gelang ihm aufzustehen, er zog ein Streichhölzchen aus der Tasche, zündete es an, näherte sich dem Gashahn und machte Licht. Der Behälter hatte nicht gelitten, kein Gas war entwichen. Das hätte man schon gerochen, und dann hätte Michel Ardan es nicht wagen dürfen, in dem mit Gas angefüllten Raum eine Flamme anzuzünden. Denn es wäre dann eine Explosion erfolgt, die vielleicht vollendet hätte, was die Erschütterung begann.

Sobald die Gasflamme leuchtete, bog sich Ardan über die Körper seiner Gefährten, die wie leblos übereinander lagen – Nicholl oben, Barbicane unten.

Ardan hob den Kapitän auf, lehnte ihn gegen einen

Diwan und rieb ihn kräftig. Dieses Kneten brachte Nicholl wieder zum Bewußtsein; er schlug die Augen auf, fand sogleich seine Kaltblütigkeit wieder und faßte Ardans Hand. Dann blickte er umher und fragte: »Und Barbicane?«

»Er kommt auch an die Reihe«, erwiderte Michel Ardan. »Mit dir fing ich an, weil du oben lagst. Jetzt machen wir uns an Barbicane.«

Hierauf legten Ardan und Nicholl den Präsidenten des Gun-Klubs auf den Diwan. Barbicane schien mehr als seine Genossen gelitten zu haben. Er hatte geblutet, aber Nicholl beruhigte sich, als er sich überzeugte, daß dieser Blutverlust nur von einer leichten Verwundung an der Schulter herrührte. Bloß eine Schramme, die er sorgfältig zusammendrückte.

Doch es verging eine geraume Zeit, ohne daß Barbicane wieder zu sich kam, worüber seine Freunde, die ihn unablässig rieben, in Schrecken gerieten.

»Er atmet aber«, sagte Nicholl, das lauschende Ohr an der Brust des Verwundeten.

»Ja«, versetzte Ardan, »er atmet sogar wie ein Mensch, der diese Tätigkeit täglich ausübt. Reiben, kneten wir, Nicholl, kräftig!«

Und die beiden Aushilfsärzte machten es so gut, daß Barbicane seine Sinne wieder zu gebrauchen vermochte. Er schlug die Augen auf, richtete sich empor, ergriff die Hände seiner Freunde, und sein erstes Wort war: »Nicholl, sind wir in Bewegung?«

Nicholl und Barbicane sahen einander an. Um das Projektil hatte man sich noch nicht gekümmert. Die erste Sorge galt den Reisenden, nicht dem Waggon.

»Sind wir wirklich in Bewegung?« wiederholte Michel Ardan.

»Oder liegen wir ruhig auf dem Boden Floridas?« fragte Nicholl.

»Oder auf dem Grund des Golfs von Mexiko?« fügte Michel Ardan hinzu.

»Das wäre was!« rief Präsident Barbicane. Diese doppelte Vermutung, die seine Reisegefährten aussprachen, brachte ihn vollends wieder zu Bewußtsein.

Wie dem auch sein mochte, man konnte über die Lage, in der sich das Geschoß befand, noch nichts Bestimmtes aussagen. Seine scheinbare Unbeweglichkeit und das Fehlen einer Verbindung zur Außenwelt verhinderten eine Antwort auf diese Frage. Vielleicht flog das Projektil durch den Raum? Vielleicht war es auch nach kurzem Steigen wieder auf die Erde gefallen oder auch in den Golf von Mexiko, was bei der geringen Breite Floridas leicht möglich war.

Der Fall war ernst, das Problem interessant. Es mußte möglichst bald gelöst werden. Barbicane, dem bei aller Aufregung die geistige Energie seine physische Schwäche überwinden half, stand auf und horchte. Außen tiefe Stille. Aber das dichte Polster mußte sämtliche Geräusche verschlucken. Doch ein Umstand fiel Barbicane auf. Die Temperatur innerhalb des Projektils war außerordentlich hoch. Der Präsident zog ein Thermometer aus einer Hülle und befragte das Instrument; es zeigte hundertdreizehn Grad Fahrenheit.

»Ja!« rief er aus, »ja! Wir sind in Bewegung! Diese erstickende Hitze, die durch die Wände des Projektils eindringt, kommt von seiner Reibung mit den Schichten der Atmosphäre. Sie wird bald abnehmen, weil wir schon in den luftleeren Raum vorstoßen, und nachdem wir fast erstickt wären, werden wir starke Kälte zu ertragen haben.«

»Wie?« fragte Michel Ardan, »deiner Ansicht nach, Barbicane, befinden wir uns schon über der Erdatmosphäre?«

»Ohne Zweifel, Michel. Es ist jetzt zehn Uhr fünfundfünfzig. Seit etwa acht Minuten sind wir unterwegs. Wäre nun unsere anfängliche Geschwindigkeit nicht durch die Reibung vermindert worden, hätten wir schon binnen sechs Sekunden nicht achteinhalb Meilen passiert, welche die Dicke der Atmosphäre um den Erdball herum ausmachen.«

»Ganz richtig«, erwiderte Nicholl, »aber wie hoch schlagen Sie diesen Verlust an Geschwindigkeit durch die Reibung an?«

»Zu einem Drittel, Nicholl«, versetzte Barbicane. »Das ist beträchtlich, aber meiner Berechnung nach beträgt sie soviel. Haben wir nun anfangs eine Geschwindigkeit von zwölftausend Yards pro Sekunde gehabt, so wird sie beim Verlassen der Atmosphäre auf siebentausenddreihundertzweiunddreißig gesunken sein. Wie dem auch sei, wir haben bereits die Luftschichten durchquert und . . .«

»Und dann hat Freund Nicholl seine beiden Wetten verloren; viertausend Dollar, weil die Columbiade nicht zersprungen ist; fünftausend, weil das Projektil über sechs Meilen emporgestiegen ist. Also, Nicholl, komm deinen Verpflichtungen nach.«

»Stellen wir also zuerst die Tatsache fest, dann soll es an der Bezahlung nicht fehlen. Leicht möglich, daß Barbicanes Schlußfolgerungen richtig sind und daß ich meine neuntausend Dollar verloren habe. Aber mir kommt da noch eine andere Vermutung, das wäre ein Fall, durch den die Wette zunichte würde.«

»Welche?« fragte lebhaft Barbicane.

»Es wäre möglich, daß wir, weil das Feuer irgendwie nicht ans Pulver gelangte, gar nicht abgefahren sind.«

»Wahrhaftig, Kapitän«, rief Michel Ardan, »das ist eine Hypothese, die begreiflich ist! Sie ist doch nicht ernst gemeint? Sind wir nicht alle von dem Stoß fast zu Tode erschüttert worden? Hab ich dich nicht wieder ins

Leben zurückgerufen? Blutet nicht noch die Schulter des Präsidenten vom Gegenstoß?«

»Einverstanden, Michel«, entgegnete Nicholl, »aber nur eine Frage.«

»Die wäre?«

»Hast du etwas von dem Knall gehört, der doch ganz gewiß entsetzlich stark war?«

»Nein«, erwiderte Ardan sehr betroffen, »ich habe wirklich nichts davon gehört.«

»Und Sie, Barbicane?«

»Ich auch nicht.«

»Nun denn?« fragte Nicholl.

»In der Tat!« murmelte der Präsident. »Warum haben wir keinen Knall gehört?«

Die drei Freunde sahen sich etwas verlegen an. Diese Erscheinung war ihnen unerklärlich. Doch war das Projektil abgeschlossen worden, und folglich mußte ein Knall entstanden sein.

»Überzeugen wir uns zuerst, wo wir uns befinden«, sagte Barbicane, »und lassen wir die Lukendeckel hinab.«

Diese einfache Verrichtung wurde sogleich bei der Luke rechts vorgenommen. An den außen angebrachten Platten befanden sich Bolzen, die durch die Wand drangen und innen durch Muttern festgehalten wurden. Diese entfernte man mit einem Schraubenschlüssel, die Bolzen wurden hinausgestoßen und die Löcher, durch die sie gegangen waren, abgedichtet. Nun klappte die Außenplatte an einem Scharnier wie der Lukendeckel eines Kriegsschiffes hinab, und das Linsenglas kam zum Vorschein. Eine gleiche Ausguckluke befand sich auf der entgegengesetzten Seite in der Wand des Projektils, eine andere an seiner Spitze und eine vierte in der Mitte seines Bodens. So konnte man also in vier Richtungen Beobachtungen anstellen, am Firmament durch die Seitenluken und direkt zur Erde oder zum Mond hin durch die untere und obere.

Barbicane und seine Gefährten waren unverzüglich an die geöffnete Luke gestürzt. Kein Lichtstrahl zeigte sich, das Projektil war von tiefem Dunkel umfangen. Dessenungeachtet rief Präsident Barbicane aus: »Nein, meine Freunde, wir sind nicht wieder auf die Erde gefallen! Wir sind nicht auf den Meeresgrund des Golfs von Mexiko versenkt! Ja! Wir fahren aufwärts im Weltraum! Sehen Sie da die in der Nacht schimmernden Sterne und diese undurchdringliche Dunkelheit zwischen uns und der Erde!«

»Hurra! Hurra!« riefen Ardan und Nicholl zugleich. In der Tat bewies diese dichte Finsternis, daß das Projektil sich von der Erde entfernt hatte. Denn die helle Beleuchtung des Erdbodens durch den Mondschein wäre den Reisenden aufgefallen, wenn sie sich noch auf ihrer Oberfläche befunden hätten. Diese Dunkelheit bestätigte auch, daß das Projektil bereits über die Grenze der Erdatmosphäre hinausgelangt war, denn das darin zerstreute Licht hätten die Metallwände zurückgeworfen, was nicht der Fall war. Dieses Licht hätte die Linse des Gucklochs bestrahlt, doch dieses Glas war unbeleuchtet. Es bestand also gar kein Zweifel mehr, daß sich die Reisenden von der Erde entfernt hatten.

»Ich habe verloren«, sagte Nicholl.

»Und ich gratuliere dazu!« erwiderte Ardan.

»Hier meine neuntausend Dollar«, sagte der Kapitän und zog einen Packen Papierdollars aus seiner Tasche.

»Wünschen Sie eine Quittung?« fragte Barbicane bei der Empfangnahme.

»Wenn Sie so freundlich sein wollen«, erwiderte Nicholl. »Dann hat alles seine Richtigkeit.«

Und ernst und bedächtig, als befände er sich in seinem Büro, zog Präsident Barbicane sein Notizbuch hervor, riß ein weißes Blatt heraus, schrieb darauf eine regelrechte Quittung mit Datum und Unterschrift und überreichte sie dem Kapitän, der sie sorgfältig in seiner Brieftasche aufhob.

Michel Ardan zog seine Mütze und verneigte sich, ohne ein Wort zu seinen Kameraden zu sagen. Soviel Förmlichkeit unter solchen Umständen — dafür hatte er keine Worte. Nie war ihm etwas so »Amerikanisches« vorgekommen.

Als Barbicane und Nicholl ihr Geschäft abgeschlossen hatten, begaben sie sich wieder an das Fenster und betrachteten die Sternbilder. Auf dem dunklen Hintergrund des Himmels hoben sich die Sterne sehr deutlich ab. Aber von dieser Seite konnte man den Mond nicht wahrnehmen, weil er von Osten nach Westen allmählich zum Zenit emporstieg. Seine Abwesenheit veranlaßte Ardan zu einer Bemerkung.

»Und der Mond?« fragte er. »Sollte er zufällig unser Rendezvous verfehlen?«

»Beruhige dich«, versetzte Barbicane. »Unser künftiger Wohnball ist auf seinem Posten, aber auf dieser Seite können wir ihn nicht sehen. Öffnen wir das andere Seitenfenster!«

In dem Augenblick, als sich Barbicane gerade von dem Fenster abwenden wollte, um das Guckloch an der entgegengesetzten Seite von seinem Deckel zu befreien, wurde seine Aufmerksamkeit durch die Annäherung eines glänzenden Gegenstandes erregt. Es war eine gewaltige Kugel, deren kolossale Ausmaße sich nicht schätzen ließen. Ihre dem Mond zugekehrte Seite war lebhaft beleuchtet. Man hätte sie einen kleinen Mond nennen können, der das Licht des großen zurückstrahlte. Der Körper bewegte sich mit erstaunlicher Schnelligkeit und schien um die Erde eine Bahn zu beschreiben, welche die des Projektils schnitt. Zu der Bewegung um die Erde kam eine Drehung um seine Achse. Er verhielt sich also wie alle im Raum sich selbst überlassenen Himmelskörper.

»Was ist das?« rief Michel Ardan. »Noch ein Projektil?«

Barbicane erwiderte nichts. Das Auftauchen dieses enormen Gegenstandes überraschte und beunruhigte ihn. Es war ein Zusammentreffen möglich, das schlimme Folgen haben konnte, sei es, daß das Projektil von ihm aus seiner Bahn gedrängt oder zur Erde hinabgestoßen oder durch seine überwältigende Anziehungskraft unwiderstehlich mit fortgerissen würde.

Präsident Barbicane begriff augenblicklich die Folgen dieser drei Fälle, die auf die eine oder andere Art das Unternehmen zum Scheitern bringen würden. Seine Gefährten blickten stumm in den Raum hinaus. Der Himmelskörper nahm, als er näher kam, erstaunlich an Größe zu, und durch eine optische Täuschung schien das Projektil ihm geradewegs entgegenzufliegen.

»Herr Gott!« rief Michel Ardan, »gleich wird es einen Zusammenstoß geben.«

Instinktiv traten die Reisenden zurück. Ihr Schrecken war ungeheuer, dauerte jedoch nicht lange, kaum einige Sekunden. Der Planetoid glitt einige hundert Meter neben dem Projektil vorbei und verschwand, nicht durch seine Schnelligkeit, sondern weil seine dem Mond zugekehrte Seite sich plötzlich in der absoluten Dunkelheit des Raums verlor.

»Guten Flug!« rief Michel Ardan, indem er aufatmete. »Wie? Ist der unendliche Raum nicht groß genug, daß sich ein armseliges kleines Projektil nicht ohne Besorgnis darin ergehen könnte! Aber was hat es mit der anmaßenden Kugel, die uns beinahe gestoßen hätte, für eine Bewandtnis?«

»Ich weiß es«, erwiderte Barbicane.

»Potztausend! Du weißt ja alles.«

»Es ist«, sagte Barbicane, »nur ein Bolide, aber von enormer Größe, den die Anziehungskraft der Erde wie einen Trabanten gefesselt hat.«

»Ist's möglich!« rief Michel Ardan. »Also hat die Erde zwei Monde wie der Neptun?«

»Ja, Freund, zwei Monde, obschon man im allgemeinen glaubt, sie habe nur einen. Aber dieser zweite Mond ist so klein und seine Schnelligkeit so groß, daß die Erdbewohner ihn nicht wahrnehmen können. Ein französischer Astronom, Petit, hat durch Beobachtung gewisser Bahnstörungen die Existenz dieses zweiten Trabanten zu bestimmen und seine Position zu berechnen gewußt. Nach seinen Forschungen umkreist dieser Bolide die Erde in nur drei Stunden und zwanzig Minuten, was eine erstaunliche Geschwindigkeit voraussetzt.«

»Glauben alle Astronomen«, fragte Nicholl, »an die Existenz dieses Trabanten?«

»Nein«, erwiderte Barbicane; »aber wenn sie, wie wir, ihm begegnet wären, könnten sie nicht mehr daran zweifeln. In der Tat, denke ich, ermöglicht es dieser Bolide, der uns durch einen Zusammenstoß sehr in Verlegenheit gebracht hätte, genau anzugeben, wo wir uns befinden.«

»Wieso?« fragte Ardan.

»Weil seine Entfernung bekannt ist, befanden wir uns, als wir ihm begegneten, gerade tausendsiebenundneunzig Meilen von der Erdoberfläche entfernt.«

»Über zweitausend Lieues!« rief Michel Ardan. »Das überbietet ja alle Expreßfahrten auf diesem armseligen Erdball!«

»Ich glaub's wohl«, erwiderte Nicholl und sah auf sein Chronometer, »es ist elf Uhr, und wir haben erst seit dreizehn Minuten Amerika verlassen.«

»Erst dreizehn Minuten?« fragte Barbicane.

»Ja«, erwiderte Nicholl, »und wenn unsere Anfangsgeschwindigkeit von zwölftausend Yards in der Sekunde fortbestände, so würden wir in der Stunde etwa fünftausend Meilen zurücklegen!«

»Das mag alles stimmen, meine Freunde«, sagte der Präsident, »aber immer noch ist die Frage zu lösen: Weshalb haben wir den Knall der Columbiade nicht gehört?«

Keine Antwort. Die Unterhaltung stockte, und Barbicane, fortwährend nachdenkend, machte sich daran, den Deckel der anderen Seitenluke hinabzulassen. Seine Bemühung gelang, und durch dieses Fenster fiel hellstes Mondlicht ins Innere des Projektils. Nicholl löschte als ein sparsamer Mann die Gasbeleuchtung, denn sie war unnötig und zudem bei der Beobachtung der Planetenräume hinderlich. Das Mondlicht glänzte in unvergleichlicher Reinheit. Seine Strahlen, nicht mehr durch die Dunstatmosphäre der Erde gedämpft, drangen hell durch die Luke und erfüllten das Innere des Projektils reichlich mit silbernem Widerschein. Der Glanz des Mondes war, obwohl er durch den schwarzen Vorhang des Firmaments verstärkt wurde, doch im leeren Raum nicht fähig, sich zu verbreiten, und verdunkelte nicht die benachbarten Sterne. So gewährte der Himmel einen ganz ungewöhnlichen Anblick, wie ihn der Mensch nicht ahnen konnte.

Das Interesse der kühnen Reisenden an der Betrachtung des Nachtgestirns, dem höchsten Zweck ihrer Reise, ist begreiflich. Der Trabant der Erde kam auf seiner Bahn dem Zenit immer näher, den er etwa sechsundneunzig Stunden später erreichen sollte. Seine Gebirge und Ebenen, seine gesamte sichtbare Oberfläche, stellte sich ihren Augen nicht klarer dar, als wenn sie das alles von irgendeinem Punkt der Erde aus betrachtet hätten; aber sein Licht erstrahlte im leeren Raum mit unvergleichlicher Stärke. Die Mondscheibe glänzte wie ein Spiegel aus Platin.

Kapitän Nicholl lenkte als erster wieder die Aufmerksamkeit auf den entschwundenen Erdball.

»Ja!« erwiderte Michel Ardan, »seien wir nicht undankbar gegen ihn. Weil wir unsere Heimat verlassen, so gebühren auch ihr unsere Blicke. Ich will die Erde noch einmal sehen, bevor sie gänzlich meinen Blicken entzogen ist!«

Um dem Wunsch seines Gefährten zu entsprechen, ging Barbicane daran, das Fenster im Boden des Projektils, das die Betrachtung der Erde gestattete, frei zu machen. Es kostete Mühe, die Scheibe, die durch die Kraft des Rückstoßes bis auf den Boden gedrückt worden war, herauszunehmen. Ihre Teile wurden sorgfältig an der Wand aufgestellt, um nötigenfalls wieder verwendet werden zu können. Es zeigte sich eine runde, fünfzig Zentimeter breite Öffnung, die in den Boden des Geschosses geschnitten war. Sie war mit einem Glas abgeschlossen, das einen halben Fuß dick war und einen kupfernen Rahmen hatte. Darunter war dann wieder eine Aluminiumplatte angebracht, die mit Bolzen festgehalten wurde. Als sich diese Platte senkte, war der Verkehr mit der Erde, wenigstens für die Augen, hergestellt. Michel Ardan kniete auf das Fenster nieder, es war düster wie im Schatten. »Nun«, rief er, »und die Erde?«

»Die Erde?« sagte Barbicane. »Da ist sie.«

»Wie?« sagte Ardan, »dieser schmale Streifen, die silberne Sichel?«

»Allerdings, Michel. In vier Tagen, wenn Vollmond ist, gerade wenn wir dort anlangen, wird die Erde im Neulicht sein. Sie wird uns nur noch in Gestalt einer dünnen Scheibe sichtbar sein, die bald verschwinden wird, und dann werden wir sie einige Tage lang in undurchdringliches Dunkel gehüllt finden.«

»Das ist die Erde!« sagte Michel Ardan wiederholt, indem er mit großen Augen den schmalen Streifen seines Geburtsplaneten ansah.

Die von Präsident Barbicane gegebene Erklärung war richtig. Die Erde trat im Verhältnis zum Projektil in ihre letzte Phase. Sie zeigte ein Achtel und erschien auf dem dunklen Hintergrund des Himmels als eine fein gezogene Sichel. Ihr Licht, das durch die dichten Luftschichten einen bläulichen Schimmer bekam, war weniger stark als das der Mondscheibe. Dieser Erdabschnitt hatte bedeutende Dimensionen; man hätte ihn einen gewaltigen, am Himmel gespannten Bogen nennen können. Einige hell erleuchtete Punkte, vor allem auf seiner konkaven Seite, bezeichneten hohe Gebirge; aber sie verschwanden zuweilen unter dichten Flecken, wie man sie über der Oberfläche des Mondes nie gewahrt. Es waren Wolkenringe, die sich konzentrisch um die Erdkugel herum bildeten.

Jedoch konnte man, infolge einer Naturerscheinung, wie sie auch beim Mond vorkommt, die vollständige Linie des Erdumfangs wahrnehmen. Die gesamte Scheibe kam ziemlich deutlich zum Vorschein durch die Wirkung des aschfarbenen Lichts, das weniger hell als das beim Mond ist. Der Grund dieser geringeren Stärke ist leicht begreiflich. Der Reflex auf dem Mond kommt von den Sonnenstrahlen, welche die Erde auf ihren Trabanten zurückwirft; hier sind es umgekehrt die vom Mond auf die Erde zurückgeworfenen Sonnenstrahlen. Nun ist das Erdlicht ungefähr dreizehnmal stärker als das Mondlicht, entsprechend der verschiedenen Größe der beiden Körper. Daraus folgt nun, daß bei Auftreten des aschfarbenen Lichtes der dunkle Teil der Erdscheibe weniger klar gezeichnet ist als bei der Mondscheibe, weil die Stärke der Erscheinung im Verhältnis zur Leuchtkraft der beiden Gestirne steht.

Während die Reisenden das dichte Dunkel des Raums zu durchdringen suchten, entflammte vor ihren Blicken ein funkelnder Strauß von Sternschnuppen. Hunderte von Meteoren, die sich bei der Berührung mit der Atmosphäre entzündeten, durchzogen das Dunkel mit Lichtstreifen und funkelten mit feurigem Schimmer in dem aschfarbenen Teile der Erde. Sie befand sich gerade in ihrer Sonnennähe, und der Dezember ist für das Auftauchen von Sternschnuppen so günstig, daß die Astronomen 24 000 während einer Stunde zählten. Aber Michel Ardan, der wissenschaftliches Urteil geringachtete, gab lieber dem Glauben Raum, die Erde feiere mit ihren glänzendsten Feuerwerken die Abfahrt ihrer drei Kinder.

Kurz, dies war alles, was sie von dem im Dunkel verschwundenen Erdball sahen als einem untergeordneten Himmelskörper in der Sonnenwelt, der den großen Planeten wie ein bloßer Morgen- oder Abendstern unter- oder aufgeht! Nur eine schwindende Sichel noch war die Erdkugel, auf der sie alles, was ihnen lieb und teuer war, zurückgelassen hatten!

Lange blickten die drei Freunde ohne Worte, aber im Herzen einig, einander an, während das Projektil sich mit abnehmender Geschwindigkeit entfernte. Hierauf befiel sie eine unwiderstehliche Schlaftrunkenheit, wohl aus Erschöpfung des Körpers und Ermüdung des Geistes, denn auf die Überreizung der letzten auf der Erde verbrachten Stunden mußte wohl unvermeidlich eine Reaktion erfolgen.

»Nun«, sagte Michel, »da man doch schlafen muß, so wollen wir ruhen.«

Und auf ihr Polster gestreckt, sanken die drei in Schlaf.

Aber sie waren noch keine Viertelstunde eingeschlummert, als Barbicane sich plötzlich aufrichtete und seine Gefährten aufschreckte. Er rief: »Gefunden!«

»Was hast du gefunden?« fragte Michel Ardan, von seinem Lager aufspringend.

»Den Grund, weshalb wir den Knall der Columbiade nicht gehört haben!«

»Und der ist . . .?« rief Nicholl.

»Ganz einfach: Weil unser Projektil schneller flog als der Schall!«

Drittes Kapitel

Man richtet sich ein

Nach dieser merkwürdigen, aber gewiß richtigen Erklärung versanken die drei Freunde wieder in tiefen Schlummer. Wo hätten sie auch einen stilleren Ort, eine friedlichere Umgebung finden können? Auf der Erde erleiden die Häuser in den Städten, die Hütten auf dem Lande Erschütterungen, auf dem Meere hat das von den Wogen umhergeschaukelte Schiff Stoß auf Stoß zu erdulden, in der Luft schwankt der Ballon unablässig in den Windströmungen. Nur dieses Projektil im absolut leeren Raum bot seinen Bewohnern die absolute Ruhe dar.

Daher hätte auch der Schlaf der drei waghalsigen Reisenden vielleicht unendlich lange gedauert, wären sie nicht acht Stunden nach ihrer Abfahrt, gegen sieben Uhr am zweiten Dezember, durch ein unerwartetes Geräusch geweckt worden. Ein ganz eigentümliches Bellen ließ sich vernehmen.

»Die Hunde! Das sind unsere Hunde!« rief Michel Ardan und sprang unverzüglich auf.

»Sie haben Hunger«, sagte Nicholl.

»Wahrhaftig! Wir haben sie vergessen!« versetzte Michel.

»Wo sind sie?« fragte Barbicane.

Man suchte und fand das eine der Tiere unter dem Diwan. Betäubt und verstört von dem Stoß war es bis zu dem Moment, als ihm mit der Pein des Hungers die Stimme wiederkehrte, in diesem Winkel geblieben.

Es war die liebenswürdige Diana. Ziemlich verdutzt noch kroch sie aus ihrem Winkel hervor, nicht ohne sich bitten zu lassen. Doch Michel Ardan sprach ihr mit zärtlichen Worten zu.

»Komm, Diana«, sagte er, »komm, mein Hund! Dein Geschick wird in den Annalen der Hundezüchtung Epoche machen! Die Heiden hätten dich dem Gott Anubis zur Lebensgefährtin gegeben und die Christen dem heiligen Rochus zur Freundin! Du verdienst, von dem König der Unterwelt in Erz getrieben zu werden wie jener Hund, den Jupiter der schönen Europa für einen Kuß schenkte! Du wirst berühmter werden als die Helden von Montargis und auf dem Sankt Bernhard! In die Welträume geschleudert, wirst du vielleicht zur Stammutter der Selenitenhunde! Dort oben wirst du sicher Toussenels Ausspruch rechtfertigen: ‚Im Anfang schuf Gott den Menschen, und da er ihn so schwach sah, gab er ihm zum Gefährten den Hund!‘ Komm, Diana, komm her!«

Diana, geschmeichelt oder auch nicht, kam langsam herbei und winselte kläglich.

»Gut!« sagte Barbicane. »Hier ist Eva, aber wo ist Adam?«

»Adam!« erwiderte Michel, »Adam kann nicht weit sein! Irgendwo ist er! Man muß rufen! Trabant, hierher, Trabant!«

Aber Trabant kam nicht zum Vorschein. Diana jaulte weiter; man überzeugte sich jedoch, daß sie nicht verwundet war, und gab ihr, um ihre Klagen zu stillen, einen leckeren Brocken.

Trabant schien gar nicht mehr vorhanden zu sein. Man mußte lange suchen, bis man ihn endlich in einem der oberen Fächer des Projektils fand, wohin ihn der Gegenstoß in kaum erklärlicher Weise geschleudert hatte. Das arme Tier, schwer verletzt, befand sich in einem jämmerlichen Zustand.

Man hob ihn behutsam herunter. Er hatte sich an der Decke den Kopf zerschlagen, und er schien schwerlich mit dem Leben davonzukommen. Man ließ ihn sich bequem auf einem Kissen ausstrecken, und er stieß einen Seufzer aus.

»Wir pflegen dich«, sagte Michel. »Wir sind für dein Leben verantwortlich. Ich würde lieber einen Arm verlieren als eine Pfote meines armen Trabant.«

Mit diesen Worten reichte er dem Patienten einige Schluck Wasser, die er gierig schlürfte.

Hierauf beobachteten die Reisenden aufmerksam die Erde und den Mond. Die Erde zeigte sich nur noch als düster beleuchtete Scheibe mit einer noch schmaleren Sichel am Rand als abends zuvor; doch war ihre Größe noch enorm im Vergleich zu der des Mondes, der mehr und mehr in vollständiger Kreisform erschien.

»Wahrhaftig!« sagte Michel Ardan, »es tut mir ernstlich leid, daß wir nicht abfuhren, als die Erde in vollem Licht war, das heißt, als sie in Opposition zur Sonne stand.«

»Weshalb?« fragte Nicholl.

»Weil wir unser Festland und die Meere in neuer Beleuchtung gesehen hätten, diese im Glanz der darauffallenden Sonnenstrahlen, jenes düsterer, so wie man es auf manchen Landkarten darstellt. Ich hätte die Pole sehen wollen, wohin des Menschen Blicke noch nicht zu dringen vermochten!«

»Allerdings«, erwiderte Barbicane. »Allein befindet sich die Erde in vollem Licht, so muß es Neumond sein, das heißt, daß der Mond nicht sichtbar ist. Nun ist's aber doch besser, das Ziel, an das wir gelangen wollen, ins Auge zu fassen als den Ausgangspunkt unserer Reise.«

»Sie haben recht Barbicane«, erwiderte Kapitän Nicholl, »und übrigens, wenn wir auf dem Mond angelangt sind, werden wir in den langen Mondnächten noch Zeit genug haben, gemächlich die Kugel zu besehen, worauf es von unseresgleichen wimmelt!«

»Unseresgleichen«, rief Michel Ardan, »aber jetzt sind sie das nicht mehr, so wenig wie die Seleniten. Wir bewohnen eine neue Welt, das Projektil, dessen einzige Bevölkerung wir ausmachen. Wir drei sind allein unseresgleichen; draußen und droben keine Menschen weiter. Wir allein bewohnen diesen Mikrokosmos, bis wir auf dem Mond landen und Seleniten werden!«

»In achtundachtzig Stunden etwa«, versetzte der Kapitän.

»Das heißt . . .?« fragte Michel Ardan.

»Es ist jetzt halb neun«, erwiderte Nicholl.

»Nun«, fuhr Michel fort, »so sehe ich durchaus keinen Grund, weshalb wir nicht unverzüglich frühstükken.«

In der Tat, ohne zu essen, konnten die Bewohner des neuen Gestirns nicht leben, und der Hunger machte sich gebieterisch geltend. Michel Ardan als Franzose erklärte sich zum Küchenmeister, und niemand konnte darin mit ihm wetteifern. Das Gas gab hinreichend Hitze für die Zubereitung, und der Vorratsbehälter lieferte die Zutaten zur ersten Mahlzeit.

Das Frühstück begann mit drei Tassen vortrefflicher Bouillon, die durch Auflösung von Liebigs köstlichem

Fleischextrakt gewonnen wurde, der aus den besten Stücken des Rindviehs der Pampas bereitet wird. Hierauf folgten einige Schnitten mit hydraulischer Presse komprimierten Steaks, so zart und saftig, wie man sie im Café anglais in Paris erhält. Der phantasievolle Michel Ardan versicherte sogar, sie seien »blutig«. Nach dem Fleischgericht aß man konserviertes Gemüse, das, wie ebenfalls der liebenswürdige Michel bemerkte, »frischer als das natürliche« sei, und dann gab es noch einige Tassen Tee zu amerikanischen Sandwiches. Dies ausgesuchte Getränk war ein Aufguß auf Blätter ersten Ranges, die der Zar von Rußland den Reisenden hatte zukommen lassen.

Endlich, das Mahl zu krönen, holte Ardan eine Flasche feinen Nuits herbei, die sich »zufällig im Vorratsfach fand«, und die drei Freunde leerten sie auf die Verbindung der Erde mit ihrem Trabanten.

Und als begnüge sich die Sonne nicht, das köstliche Produkt auf den Burgunder Rebhügeln destilliert zu haben, wollte sie auch Gesellschaft leisten. In diesem Augenblick verließ das Projektil den Bereich des Schattens, den der Erdball wirft, und glänzende Strahlen fielen auf den Boden des Geschosses, in einem Winkel, der dem entsprach, den Mond- und Erdbahn miteinander bildeten.

»Die Sonne!« rief Michel Ardan.

»Allerdings«, erwiderte Barbicane. »So dachte ich mir's.«

»Doch erstreckt sich nicht der Schattenkegel hinter der Erde noch über den Mond hinaus?« fragte Michel.

»Weit darüber hinaus, wenn man die Berechnung in der Erdatmosphäre nicht veranschlagt. Wenn aber der Mond ganz von diesem Schatten umhüllt ist, dann befinden sich die Zentren der drei Gestirne Sonne, Erde und Mond in einer geraden Linie, und es entsteht eine Verfinsterung. Wären wir im Moment einer Mondfinsternis abgefahren, so verliefe unsere ganze Fahrt im Dunkeln, was unangenehm wäre.«

»Weshalb?«

»Weil, obwohl wir uns im leeren Raum bewegen, unser Projektil, wenn es von ihren Strahlen getroffen wird, Licht und Wärme von der Sonne erhält, so daß man also Gas spart, eine in jeder Hinsicht wichtige Sparsamkeit.«

In der Tat, durch die Einwirkung dieser Strahlen, deren Wärme und Glanz durch keine Atmosphäre gemildert war, wurde das Projektil sowohl erleuchtet als auch erwärmt, als wäre es plötzlich aus dem Winter in den Sommer gelangt. Von oben der Mond, von unten die Sonne spendeten ihm Licht und Wärme.

»Man kann sich hier wohl fühlen«, sagte Nicholl.

»Das glaub ich gern!« rief Michel Ardan. »Hätten wir ein wenig fruchtbaren Erdboden auf unserem Aluminiumplaneten, so könnten wir binnen vierundzwanzig Stunden Erbsen zum Wachsen bringen! Ich fürchte nur, es könnten die Wände unserer Kugel schmelzen!«

»Beruhige dich, würdiger Freund«, erwiderte Barbicane. »Das Projektil hatte, während es durch die Luftschichten der Erde glitt, eine weit höhere Temperatur auszuhalten. Ich wäre nicht einmal erstaunt, wenn es die Floridaner als einen feurigen Meteor erblickt hätten.«

»Aber dann müßte J. T. Maston ja meinen, wir seien gebraten.«

»Daß wir's nicht wurden«, erwiderte Barbicane, »nimmt mich wunder. Diese Gefahr hatten wir nicht vorausgesehen.«

»Ich habe die Befürchtung gehabt«, sagte Nicholl.

»Und hast uns nichts davon gesagt, hochherziger Kapitän!« rief Michel Ardan und drückte seinem Gefährten die Hand.

Indessen richtete Barbicane das Projektil so ein, als sollte er es nie mehr verlassen.

Wir erinnern uns, daß dieser Luftwaggon einen Fußboden von vierundfünfzig Quadratfuß hatte und bis zur Spitze der gewölbten Decke zwölf Fuß hoch war; bei geschickter Ausnutzung des Raums und sinnvoller Anordnung der Instrumente und Reiseutensilien, die alle ihren festen Platz hatten, blieb den drei Bewohnern noch eine gewisse Bewegungsfreiheit. Das dicke Glasfenster, das in einen Teil des Bodens eingelassen war, konnte ein beträchtliches Gewicht tragen, so daß Barbicane und seine Gefährten auf ihm wie auf festen Dielen herumspazierten. Die Sonne, die ihre Strahlen direkt darauf warf und das Innere des Projektils von unten beleuchtete, verursachte dabei eigentümliche Lichteffekte.

Man begann damit, den Zustand der Behälter für Wasser und Lebensmittel in Augenschein zu nehmen. Sie hatten durch die gegen den Rückstoß getroffenen Vorkehrungen überhaupt nicht gelitten. Lebensmittel waren reichlich für ein volles Jahr vorhanden. Barbicane wollte für den Fall sorgen, daß das Projektil in einem gänzlich unfruchtbaren Teil des Mondes anlangen würde. Wasser und Branntwein hatte man nur für zwei Monate mitgenommen. Aber nach den neuesten astronomischen Beobachtungen sollte ja der Mond eine niedrige, dichte Atmosphäre haben, zumindest in den Talgründen, so daß es da an Bächen und Quellen nicht fehlen konnte. Daher würden die abenteuerlichen Forscher während der Fahrt und während des ersten Jahres auf dem Mondkontinent weder Hunger noch Durst zu leiden haben.

Wie stand es nun mit der Luft im Innern des Projektils? Auch in dieser Hinsicht konnte man völlig ruhig sein. Der Apparat von Reiset und Regnault, der Sauerstoff bereitete, war mit chlorsaurem Kali für zwei Monate versehen. Er verbrauchte notwendigerweise eine gewisse Quantität Gas; aber man war ja auch in dieser Hinsicht gut versorgt. Der Apparat bedurfte übrigens nur weniger Überwachung, er arbeitete automatisch. Bei der hohen Temperatur setzte das chlorsaure Kali bei seiner Verwandlung in salzsaures Kali allen Sauerstoff, den es enthielt, frei. Und achtzehn Pfund chlorsaures Kali ergaben die sieben Pfund Sauerstoff, welche die Bewohner des Projektils täglich benötigten.

Aber es war nicht genug, den verbrauchten Sauerstoff zu erneuern, man mußte auch die durch das Ausatmen entstandene Kohlensäure vernichten. Nun war in den zwölf Stunden die Luft in der Kugel mit diesem schädlichen Gas immer mehr angefüllt worden. Nicholl erkannte das, als er gewahrte, wie Diana mühselig keuchte.

In der Tat, die Kohlensäure – eine Erscheinung wie in der berühmten Hundsgrotte – sammelte sich infolge ihrer Schwere am Boden des Projektils an. Die arme Diana, die zudem noch den Kopf hängen ließ, mußte also früher als ihre Herren das schlimme Gas spüren. Aber Kapitän Nicholl beeilte sich, dem abzuhelfen. Er stellte auf den Boden des Projektils einige Gefäße mit kaustischem Kali, schüttelte es ein wenig, und dieser die Kohlensäure gierig aufsaugende Stoff reinigte die Luft vollständig.

Darauf wurden die Instrumente gemustert. Die Thermometer und Barometer waren gut erhalten, nur bei einem kleinen Thermometer war das Glas zerbrochen. Ein vortreffliches Instrument wurde aus seinem Futteral gezogen und an der Wand aufgehängt. Es zeigte den Luftdruck im Innern des Projektils an, aber auch die Luftfeuchtigkeit. In diesem Augenblick schwankte seine Nadel zwischen 765 und 760 Millimeter. Das bedeutete »schönes Wetter«.

Auch einige Kompasse, die Barbicane mitgenommen

hatte, waren unversehrt geblieben. Begreiflicherweise zeigte unter den gegebenen Bedingungen ihre Nadel keine bleibende Richtung an. In der Tat konnte bei der Entfernung der Kugel von der Erde der magnetische Pol keine merkliche Wirkung auf die Vorrichtung haben. Aber diese Kompasse konnten auf der Mondscheibe vielleicht eigentümliche Erscheinungen konstatieren. Jedenfalls war es interessant, zu untersuchen, ob der Trabant gleich der Erde ein Magnetfeld habe.

Ein Hypsometer, um die Höhe der Mondberge zu messen, ein Sextant, um die Höhe der Sterne festzustellen, ein Theodolit, der beim Feldmessen und zum Bestimmen der Winkel am Horizont gebraucht wird, Fernrohre, die bei Annäherung an den Mond gute Dienste leisten sollten, alle diese Instrumente wurden nach sorgfältiger Besichtigung als in Ordnung befunden, trotz der Heftigkeit des erlittenen Stoßes.

Die Geräte, Hacken, Schaufeln und die verschiedenen Werkzeuge, die Nicholl mit Bedacht ausgewählt hatte, allerlei Säcke voll Körner, die jungen Bäume, die Michel Ardan auf den Selenitenlandgütern anzupflanzen gedachte, befanden sich oben an ihrem Platz. Dort war eine Art Speicher angebracht voller Gegenstände, die der Franzose mit vollen Händen aufgeschichtet hatte. Was das alles noch für Dinge waren, wußte man nicht recht, und der heitere Geselle äußerte sich nicht darüber. Von Zeit zu Zeit stieg er über Tritte, die an den Wänden festgenietet waren, zu dieser Vorratskammer hinauf, deren Besichtigung er sich vorbehalten hatte. Er räumte auf und ordnete, tat gierige Griffe in gewisse geheimnisvolle Kisten und sang dabei ein heiteres altes französisches Lied.

Barbicane bemerkte mit Vergnügen, daß seine Raketen und Kunstfeuerwerke nicht beschädigt waren. Diese wichtigen Gegenstände mit starker Ladung waren dazu bestimmt, das Herabfallen zu mäßigen, wenn auf das Projektil nach Überschreiten der neutralen Linie die Anziehungskraft des Mondes wirkte und es auf dessen Oberfläche zuraste. Dieser Fall mußte indessen sechsmal langsamer vonstatten gehen als auf der Erde, entsprechend dem Verhältnis der Masse dieser beiden Weltkörper.

Die Musterung fiel also zur allgemeinen Befriedigung aus. Darauf begab sich jeder wieder an die Fensterluken an den Seiten und im Boden, um in den Weltraum hinauszublicken.

Stets derselbe Anblick: Das ganze weite Feld des Himmels wimmelte von Sternen und Sternbildern in wunderbar reinem Glanz und konnte einen Astronomen närrisch machen. Auf der einen Seite hob sich die Sonne, wie die Feuerung eines Schmelzofens, eine blendende Scheibe ohne Lichtring, auf dem dunklen Hintergrund des Weltraums ab; auf der anderen der Mond, ihre Glutstrahlen zurückwerfend und wie unbeweglich inmitten der Sternenwelt. Sodann gab es einen ziemlich großen Fleck, der im Firmament ein Loch zu bilden schien und noch zur Hälfte mit einem silbernen Saum umgeben war: die Erde.

Hier und da häufte sich Nebel auf wie dicke Flocken Sternenschnee, und vom Zenit bis zum Nadir erstreckte sich ein unfaßbarer Ring von Sternenstaub, jene Milchstraße, in deren Mitte die Sonne nur als Stern vierter Größe gelten würde.

Die Beobachter konnten ihren Blick von diesem noch nicht gekannten Schauspiel, von dem keine Schilderung einen Begriff vermitteln kann, nicht abwenden. Welche Gedanken regte es an! Welche unbekannten Gefühle weckte es in der Seele! Barbicane entschloß sich, von diesen Eindrücken beherrscht, seinen Reisebericht zu beginnen, und zeichnete Stunde für Stunde alle Begebenheiten auf, die sich seit Beginn des Unternehmens zugetragen hatten. Er schrieb ruhig mit seiner kräftigen Handschrift, und sein Stil erinnerte an Handelskorrespondenz.

Währenddessen warf der Rechner Nicholl einen Blick auf seine Formeln zur Bahnberechnung und ging mit den Ziffern so gewandt um, daß er schwerlich seinesgleichen fand.

Michel Ardan plauderte bald mit Barbicane, der ihm nicht antwortete, bald mit Nicholl, der ihn nicht anhörte, dann mit Diana, die von seinen Theorien nichts verstand, und endlich mit sich selbst. Er warf Fragen auf und beantwortete sie, ging hin und her und beschäftigte sich mit tausend Kleinigkeiten, bald zum unteren Fenster hinabgebeugt, bald im Oberraum hockend und stets unter halblautem Gesang. In dieser kleinen Welt repräsentierte er die Beweglichkeit und französische Geschwätzigkeit, und man möge versichert sein, daß sie würdig vertreten waren.

Der Tag, oder vielmehr – denn dieser Ausdruck paßte nicht mehr – der Zeitraum von zwölf Stunden, der auf der Erde einen Tag ausmacht, endete mit einem reichlichen, fein zubereiteten Abendessen. Es war noch nichts vorgefallen, was die Zuversicht der Reisenden schwächen konnte. Daher schliefen sie auch voll Hoffnung, ihres Erfolges sicher, ruhig ein, während das Projektil mit gleichmäßig abnehmender Geschwindigkeit die Weiten des Himmels durchschnitt.

Viertes Kapitel

Ein wenig Algebra

Die Nacht verlief ohne einen Zwischenfall. Doch eigentlich ist das Wort »Nacht« unpassend; die Lage des Projektils zur Sonne blieb unverändert. Astronomisch gesehen war es Tag auf seiner Bodenseite, Nacht auf seiner oberen. Wenn nun fernerhin in dieser Erzählung diese beiden Ausdrücke gebraucht werden, sind darunter die Zeiträume zu verstehen, die auf der Erde zwischen Aufgang und Untergang oder Untergang und Aufgang der Sonne liegen.

Die Reisenden schliefen um so ruhiger, als das Projektil trotz seiner rasenden Geschwindigkeit völlig unbeweglich schien. Keinerlei Bewegung war bei seinem Hingleiten durch den Raum zu erkennen. Die Veränderung des Orts, so rasch sie auch sein mag, hat auf den Organismus keine merkliche Wirkung, wenn sie im leeren Raum vor sich geht oder wenn die Luftmasse um den Körper herum sich zugleich mit fortbewegt. Welcher Bewohner der Erde bemerkt eine Schnelligkeit, mit der sie sich doch stündlich über 12 100 Meilen fortbewegt? Unter diesen Bedingungen empfindet man die Wirkung der Bewegung als Ruhe. Jeder Körper verhält sich ihr gegenüber gleichgültig. Befindet er sich in Ruhe, so bleibt er so lange darin, bis ihn irgendeine fremde Kraft aus seiner Lage bringt. Ist er in Bewegung, so hält er nicht inne, wenn nicht ein Hindernis seine Bewegung hemmt. Dieses Beharren in Bewegung oder Ruhe heißt Trägheit.

Barbicane und seine Gefährten konnten also, im Projektil eingeschlossen, meinen, sie seien im Zustand völliger Bewegungslosigkeit. Wenn sie sich übrigens außen auf dem Geschoß befunden hätten, so wäre die Wirkung doch dieselbe gewesen. Hätte nicht der Mond über ihnen stets an Größe zugenommen, so hätten sie schwören können, sie kämen nicht von der Stelle.

Am dritten Dezember wurden die Reisenden frühmorgens durch ein munteres, ganz unvermutetes Geräusch geweckt. Im Waggon ließ sich ein Hahn vernehmen.

Michel Ardan sprang auf, kletterte empor, schloß eine halb offene Kiste und sprach leise: »Willst du schweigen! Das Tier bringt meinen Plan zum Scheitern!«

Indessen waren Nicholl und Barbicane wach geworden.

»Ein Hahn?« fragte Nicholl.

»O nein, meine Freunde«, erwiderte lebhaft Michel, »ich habe diesen ländlichen Ton hervorgebracht, um euch zu wecken!« Und dazu ließ er ein prachtvolles Kikeriki hören, das dem stattlichsten Gockelhahn Ehre gemacht hätte.

Die beiden Amerikaner lachten unwillkürlich.

»Ein hübsches Talent«, sagte Nicholl mit einem argwöhnischen Blick auf seinen Gefährten.

»Ja«, erwiderte Michel, »ein echt gallischer Spaß, wie er in meiner Heimat üblich ist, und zwar auch in der besten Gesellschaft!« Ablenkend fuhr er dann fort: »Weißt du, Barbicane, woran ich die ganze Nacht gedacht habe?«

»Nein«, erwiderte der Präsident.

»An unsere Freunde in Cambridge! Du hast bereits bemerkt, daß ich in mathematischen Dingen erstaunlich unwissend bin. Ich kann mir daher durchaus keinen Begriff davon machen, wie die Gelehrten im Observatorium ausrechnen konnten, welche Anfangsgeschwindigkeit das Projektil, als es aus der Columbiade fuhr, haben mußte, um bis zum Mond zu gelangen.«

»Du meinst«, versetzte Barbicane, »bis zu dem neutralen Punkt, wo die Anziehungskraft der Erde und die des Mondes sich ausgleichen; denn von dieser Stelle aus, etwa neun Zehntel der ganzen Fahrt, wird das Projektil lediglich kraft seiner Schwere auf den Mond fallen.«

»Gut«, erwiderte Michel, »aber ich frage nochmals, wie konnten sie die Anfangsgeschwindigkeit berechnen?«

»Nichts leichter als das«, entgegnete Barbicane.

»Du wärst in der Lage, diese Berechnung zu machen?« fragte Michel Ardan.

»Durchaus. Ich würde sie mit Nicholl angestellt haben, wenn uns nicht das Observatorium diese Mühe abgenommen hätte.«

»Mein wertester Barbicane«, erwiderte Michel Ardan, »eher könnte man mir, von den Füßen angefangen, den Kopf abschneiden, als daß ich diese Aufgabe zu lösen vermag!«

»Weil du nichts von Algebra verstehst«, entgegnete ruhig Barbicane.

»Ah! Seht doch, was seid ihr für Buchstabenfresser! Ihr meint, mit eurer Algebra alles fertigzubringen.«

»Michel«, versetzte Barbicane, »glaubst du, man könnte schmieden ohne Hammer und ackern ohne Pflug?«

»Schwerlich.«

»Nun denn, die Algebra ist ein Werkzeug wie der Pflug oder der Hammer, und für den, der sich darauf versteht, ein gutes Werkzeug.«

»Ernstlich?«

»Sehr ernstlich gemeint.«

»Und du könntest in meiner Gegenwart dieses Werkzeug gebrauchen?«

»Wenn's dich interessiert.«

»Und mir zeigen, wie man die Anfangsgeschwindigkeit unseres Waggons ausgerechnet hat?«

»Ja, mein werter Freund. Indem ich alle gegebenen Größen veranschlage – die Entfernung des Zentrums der Erde von dem des Mondes, den Halbdurchmesser der Erde, die Masse der Erde sowie des Mondes –, kann ich ganz genau bestimmen, wie groß die Anfangsgeschwindigkeit des Projektils sein mußte.«

»Und jetzt«, fuhr Barbicane fort, »ein Stückchen Papier, einen Bleistift, und vor Ablauf einer halben Stunde will ich die begehrte Formel gefunden haben.«

Darauf vertiefte sich Barbicane in diese Arbeit, während Nicholl in den Weltraum hinaussah und es Michel überließ, für das Frühstück zu sorgen.

Bevor dreißig Minuten verflossen waren, hob Barbicane den Kopf und zeigte Michel eine Seite voll algebraischer Zeichen.

»Und das bedeutet ...?« fragte Michel.

»Es bedeutet«, erwiderte Nicholl, »ein halb v in der zweiten minus v Null Quadrat ist gleich gr multipliziert mit r auf x minus eins plus m eins auf m multipliziert mit r auf d minus x, minus r auf d minus r.«

»X auf y steigt auf z und reitet über p«, rief Michel Ardan mit hellem Lachen. »Und du begreifst das, Kapitän?«

»Nichts ist klarer.«

»Wieso?« sagte Michel. »Aber das springt ja in die Augen, und mehr begehr ich nicht.«

»Immer nur lachen!« versetzte Barbicane. »Du wolltest Algebra, und nun hast du vollauf genug davon!«

»Lieber laß ich mich hängen!«

»Wahrhaftig!« erwiderte Nicholl, der die Formel als Kenner prüfte, »es scheint mir richtig aufgefunden, Barbicane, und ich zweifle nicht daran, daß sie uns das gesuchte Resultat liefert.«

»Aber verstehen möcht ich's!« rief Michel. »Ich würde zehn Jahre von Nicholls Leben drum geben!«

»Höre denn, Michel«, fuhr Barbicane fort. »Ein halb v in der zweiten minus v Null Quadrat ist die Formel, die uns die halbe Veränderung der lebendigen Kraft gibt.«

»Gut, und Nicholl weiß, was das bedeutet?«

»Allerdings, Michel«, erwiderte der Kapitän. »Alle diese Zeichen, die dir wie ein Geheimcode vorkommen, sprechen jedoch für den, der sie versteht, die klarste, deutlichste, logischste Sprache.«

»Und du behauptest, Nicholl«, fragte Michel, »daß du mit diesen Hieroglyphen, die noch unverständlicher sind als die ägyptischen, finden könntest, welche Anfangsgeschwindigkeit man dem Projektil geben mußte?«

»Unfehlbar«, erwiderte Nicholl, »und mit derselben Formel werde ich dir stets angeben können, wie groß seine Geschwindigkeit an jedem Punkt seiner Fahrt ist.«

»Wirklich?«

»Mein Wort darauf.«

»Dann bist du ein Schelm wie unser Präsident?«

»Nein, Michel, Barbicane hat etwas Schwieriges geleistet, indem er eine Gleichung aufstellte, die alle Bedingungen des Problems berücksichtigt. Das übrige ist ein Rechenexempel, wofür man nur die vier Spezies zu kennen braucht.«

»Das will schon etwas heißen!« erwiderte Ardan, der diese Regeln so definierte: »Eine kopfzerbrechende Arbeit aus China, durch die man unbestimmte, mannigfaltige Summen herausbekommt.«

Barbicane jedoch versicherte, Nicholl hätte, wenn er darüber nachgedacht, sicherlich auch diese Formel gefunden.

»Das glaube ich nicht«, sagte Nicholl, »denn je mehr ich darüber nachsinne, desto mehr erkenne ich ihre Vortrefflichkeit.«

»Jetzt gib acht«, sagte Barbicane zu seinem unwissenden Kameraden, »und du wirst sehen, daß alle diese Buchstaben ihre Bedeutung haben.«

»Natürlich gebe ich acht«, sagte Michel anscheinend resigniert.

»d«, sagte Barbicane, »bedeutet die Distanz des Zentrums der Erde vom Zentrum des Mondes.«

»Versteht sich.«

»r bezeichnet den Radius der Erde.«

»r, Radius. Zugegeben.«

»Unter m wird die Masse der Erde verstanden; unter m eins die Masse des Mondes. In der Tat muß man die Masse der beiden anziehenden Körper berücksichtigen, weil die Anziehungskraft im Verhältnis zu ihr steht.«

»Das begreif ich.«

»g bedeutet die Gravitierende oder Schwerkraft. Ist das klar?«

»Klar wie Wasser aus einem Felsen!« erwiderte Michel.

»Jetzt bezeichne ich mit x die veränderliche Distanz des Projektils vom Zentrum der Erde und mit v die Geschwindigkeit, lateinisch velocitas, des Projektils bei dieser Distanz.«

»Gut.«

»Endlich, unter v Null, wie's in der Gleichung vorkommt, verstehe ich die Geschwindigkeit, die das Projektil hat, wenn es die Atmosphäre verläßt. In der Tat, an diesem Punkt muß man die Geschwindigkeit berechnen, da wir bereits wissen, daß die Schnelligkeit bei der Abfahrt dem Anderthalbfachen der Geschwindigkeit beim Austritt aus der Atmosphäre gleichkommt.«

»Nur weiter, ich begreife!« sagte Michel.

»Es ist doch sehr simpel«, versetzte Barbicane.

»Nicht so simpel wie ich«, entgegnete Michel.

»Das will heißen: Als unser Projektil an der Grenze

der Erdatmosphäre ankam, hatte es schon ein Drittel seiner Anfangsgeschwindigkeit verloren.«

»So viel?«

»Ja, mein Freund, lediglich durch seine Reibung an den Schichten der Atmosphäre. Du begreifst wohl, je schneller es dahinglitt, desto größer war der Luftwiderstand.«

»Das begreif ich und geb's zu«, erwiderte Michel, »obgleich dein v Null in der zweiten und dein v Null Quadrat in meinem Kopfe rappeln wie Nägel in einem Sack.«

»Das ist nur der erste Eindruck, den die Algebra macht«, versetzte Barbicane. »Und jetzt wollen wir, um zum Schluß zu kommen, die Zahlen für diese verschiedenen Ausdrücke einsetzen, das heißt ihren Wert beziffern.«

»Kommen Sie nur zum Schluß!« entgegnete ihm Michel.

»Von diesen Ausdrücken«, sagte Barbicane, »sind einige bekannt, andere zu berechnen.«

»Ich nehme die letzteren auf mich«, sagte Nicholl.

Der Kapitän, ein allen Schwierigkeiten gewachsener Praktiker, begann mit erschreckender Schnelligkeit zu rechnen. Lange Divisions- und Multiplikationsexempel quollen unter seinen Fingern hervor. Es hagelte Ziffern auf sein weißes Blatt. Barbicane sah ihm gespannt zu, während Michel Ardan mit beiden Händen ein Kopfweh zu erdrücken suchte.

»Nun?« fragte Barbicane nach einigen Minuten.

»Nun, die Rechnung ist fertig«, erwiderte Nicholl, »v Null, das heißt die Geschwindigkeit des Projektils beim Verlassen der Atmosphäre, mußte, damit wir bis zum neutralen Punkt zwischen den beiden Anziehungskräften gelangen, betragen ...«

»Nun?«

»12 583 Yards in der Sekunde.«

»Wie?« schrie Barbicane aufspringend, »Sie meinen?«

»12 583 Yards.«

»Verdammt!« rief der Präsident mit einer verzweifelten Handbewegung.

»Was fehlt dir?« fragte Michel Ardan überrascht.

»Was mir fehlt? Wenn zu der Zeit die Schnelligkeit durch die Reibung bereits um ein Drittel vermindert war, so mußte die Anfangsgeschwindigkeit ausmachen ...«

»18 875 Yards!« erwiderte Nicholl.

»Und das Observatorium zu Cambridge erklärte, zwölftausend Yards reichten bei der Abfahrt hin, und unserem Projektil wurde nur diese Geschwindigkeit gegeben!«

»Nun?« fragte Nicholl.

»Nun! Sie wird nicht genügen!«

»Richtig!«

»Wir werden nicht bis zum neutralen Punkt kommen!«

»Sakrament!«

»Nicht einmal annähernd werden wir ihn erreichen!«

»Hol's der Henker!« rief Michel Ardan und sprang empor, als wäre das Projektil schon im Begriff, auf dem Erdball zu zerschellen.

»Wir werden wieder auf die Erde fallen!«

Fünftes Kapitel

Die Kälte des Weltraums

Diese Enthüllung war wie ein Donnerschlag. Wer hätte auch an einen solchen Rechenfehler gedacht? Barbicane wollte nicht daran glauben. Nicholl überprüfte seine Ziffern. Sie stimmten genau. Die Richtigkeit der Formel, auf der die Rechnung beruhte, ließ sich nicht bezweifeln, und eine wiederholte Kontrolle bestätigte, daß eine Anfangsgeschwindigkeit von 18 875 Yards in der ersten Sekunde notwendig war, um zum neutralen Punkt zu gelangen.

Die drei Freunde sahen sich schweigend an. An Frühstück kein Gedanke. Barbicane schaute mit zusammengepreßten Lippen, gerunzelter Stirn und krampfhaft geballter Faust durch die Fensterluke. Nicholl kreuzte die Arme und begutachtete seine Berechnungen noch einmal. Michel Ardan brummte: »Da seht mir diese Gelehrten! Sie haben nie andere gescheit gemacht! Ich gäbe zwanzig Pistolen dafür, daß wir auf das Observatorium fielen und es samt allen Ziffernpfuschern drinnen zertrümmerten!«

Plötzlich richtete der Kapitän eine Bemerkung an Barbicane. »Jetzt ist es«, sagte er, »sieben Uhr früh. Wir sind also schon zweiunddreißig Stunden unterwegs. Über die Hälfte unserer Fahrt ist zurückgelegt, und soviel ich weiß, fallen wir nicht!«

Barbicane schwieg. Aber nach einem raschen Blick auf den Kapitän ergriff er einen Kompaß, der ihm zum Messen des Winkels zur Erde diente. Darauf stellte er durch das Bodenfenster genaue Beobachtungen an. Dann stand er auf, trocknete den perlenden Schweiß auf seiner Stirn und warf einige Ziffern aufs Papier. Nicholl begriff, daß der Präsident die Entfernung des

Projektils von der Erde berechnete. Er sah ihm gespannt zu.

»Nein!« rief Barbicane nach einigen Augenblicken, »wir sind nicht im Fallen begriffen! Wir sind schon über 26 200 Meilen von der Erde entfernt! Wir sind schon über den Punkt hinaus, wo das Projektil hätte stillstehen müssen, wenn seine Geschwindigkeit bei der Abfahrt nur 12 000 Yards betragen hätte! Wir fahren immer noch aufwärts!«

»Es ist offenbar«, erwiderte Nicholl, »und daraus zu entnehmen, daß unsere Anfangsgeschwindigkeit durch die Wirkung der vierhunderttausend Pfund Schießbaumwolle die geforderten zwölftausend Yards überstieg. Daraus erkläre ich mir, daß wir schon nach dreizehn Minuten dem zweiten Trabanten begegneten, dessen Bahn über tausendfünfzig Meilen von der Erde entfernt ist.«

»Und diese Erklärung ist um so wahrscheinlicher«, fügte Barbicane hinzu, »als das Projektil, nachdem das Wasser zwischen den Verschlägen hinausgetrieben war, plötzlich um ein beträchtliches leichter wurde.«

»Richtig!« sagte Nicholl.

»Nun, mein wackerer Nicholl«, rief Barbicane, »dann sind wir gerettet!«

»Nun denn«, versetzte ruhig Michel Ardan, »da wir gerettet sind, machen wir uns ans Frühstück.«

Wirklich, Nicholl hatte recht. Die Anfangsgeschwindigkeit war zum Glück höher gewesen als die, welche das Observatorium zu Cambridge angegeben hatte, aber dieses hatte sich trotzdem nicht geirrt.

Als sich die Reisenden von dem Schreck erholt hatten, begaben sie sich zu Tisch und frühstückten lustig. Man speiste reichlich und sprach noch mehr. Die Zuversicht nach dem »algebraischen Zwischenfall« war größer als zuvor.

»Warum sollten wir keinen Erfolg haben?« fragte Michel Ardan wiederholt. »Warum sollten wir nicht ankommen? Wir befinden uns auf der Fahrt, ohne ein Hindernis vor uns, ohne Steine auf dem Weg. Die Bahn ist frei, freier als die eines Schiffes, das mit den Wellen zu kämpfen hat, freier als die eines Ballons, der mit den Winden zu ringen hat! Wenn nun ein Schiff dort ankommt, wohin es segeln wollte, wenn ein Ballon aufsteigt, wo es ihm beliebt, warum sollte da unser Projektil nicht ans Ziel gelangen?«

»Es wird seinen Bestimmungsort erreichen«, sagte Barbicane.

»Ach, ich denke, weil wir nicht mehr darüber in Unruhe zu sein brauchen, was aus uns werden wird, werden wir uns königlich langweilen!« fügte Michel Ardan hinzu.

Barbicane und Nicholl teilten diese Ansicht nicht und winkten ab.

»Aber ich habe schon vorgesorgt, meine Freunde«, fuhr Michel fort. »Schach, Dame, Karten und Domino stehen zu Diensten. Nur ein Billard fehlt!«

»Wie? Solches Spielzeug hast du mitgenommen?«

»Allerdings«, erwiderte Michel, »und zwar nicht allein zu unserem Zeitvertreib, sondern auch in der löblichen Absicht, die Wirtshäuser der Seleniten damit auszustatten.«

»Mein Freund«, sagte Barbicane, »wenn der Mond Bewohner hat, so existieren sie schon einige tausend Jahre länger als die Erdbewohner, denn es ist nicht daran zu zweifeln, daß dieses Gestirn älter als das unsrige ist. Wenn es also Seleniten seit Hundertausenden von Jahren gibt, wenn ihr Gehirn wie das des Menschen organisiert ist, so haben sie alle unsere Erfindungen bereits selbst gemacht und noch jene dazu, die wir in den folgenden Jahrhunderten machen werden. Sie haben nichts von uns zu lernen, wir dagegen von ihnen.«

»Wie?« erwiderte Michel, »du meinst, sie hätten Künstler gehabt wie Phidias, Michelangelo oder Raffael?«

»Ja.«

»Dichter wie Homer, Vergil, Milton, Goethe, Schiller, Lamartine, Hugo?«

»Ganz gewiß.«

»Philosophen wie Plato, Aristoteles, Descartes, Kant?«

»Ohne Zweifel.«

»Gelehrte wie Archimedes, Euklid, Pascal, Newton?«

»Darauf wollt ich schwören.«

»Komiker wie Arnal und Fotografen wie ... Nadar?«

»Ich bin davon überzeugt.«

»Dann aber, Freund Barbicane, wenn die Seleniten uns darin gleich sind und uns sogar übertreffen, warum haben sie nicht versucht, sich mit der Erde in Verbindung zu setzen? Warum haben sie nicht ein Projektil vom Mond zur Erde gesandt?«

»Wer sagt dir denn, daß sie's nicht getan haben?«

»In der Tat«, fügte Nicholl hinzu, »war dies für sie leichter als für uns, aus zwei Gründen: erstens, weil auf der Oberfläche des Mondes die Anziehungskraft sechsmal geringer ist als auf der Erdoberfläche, weshalb ein Projektil leichter aufsteigen kann; zweitens, weil man es nur 4400 Meilen anstatt 42000 zu schleudern braucht, um den neutralen Punkt zu erreichen, wofür eine zehnmal geringere Triebkraft ausreicht.«

»Dann«, fuhr Michel fort, »frage ich nochmals: Warum haben sie's noch nicht getan?«

»Und ich wiederhole«, versetzte Barbicane: »Wer sagt dir, daß sie's noch nicht getan haben?«

»Wann?«

»Es sind Jahrtausende verflossen, ehe der Mensch auf der Erde auftrat.«

»Und die Kugel? Wo ist eine? Die möcht ich sehen!«

»Meine Freunde«, erwiderte Barbicane, »fünf Sechstel unserer Erde sind mit Wasser bedeckt. Daher steht die Wahrscheinlichkeit eins zu fünf, daß ein Projektil vom Mond auf dem Grund eines Meeres versenkt liegt, sofern es nicht zu der Zeit, als die Erdrinde noch nicht völlig hart war, in eine Spalte hineingerutscht ist.«

»Mein werter Barbicane«, erwiderte Michel, »du hast auf alles eine Antwort, und ich verbeuge mich vor deiner Weisheit. Doch schmeichelt mir eine Annahme vor allen anderen, nämlich, daß die Seleniten, die doch älter sind als wir, das Pulver nicht erfunden haben!«

In diesem Augenblick mischte sich Diana mit lautem Bellen in die Unterhaltung. Sie verlangte ihr Frühstück.

»Über diesem Disput«, sagte Michel Ardan, »vergessen wir Diana und Trabant.«

Und sogleich wurde den Tieren ein ansehnliches Gericht bereitet, das Diana mit Heißhunger verschlang.

»Siehst du, Barbicane«, sagte Michel, »wir hätten aus diesem Projektil eine Arche Noah machen und zumindest von allen Haustieren ein Paar mitnehmen sollen!«

»Allerdings«, erwiderte Barbicane, »aber dafür mangelte es an Raum.«

»Unstreitig«, fügte Nicholl hinzu, »würden uns Pferde und alle Wiederkäuer, wie Bullen und Kühe, auf dem Mond sehr nützlich sein. Leider konnte dieser Waggon nicht zu einem Stall werden.«

»Aber wenigstens«, sagte Michel Ardan, »hätten wir einen Esel mitnehmen sollen, nur ein kleines Tier, so mutig und geduldig wie das, worauf der alte Selenus so gern ritt! Ich bin ein Freund dieser armen Esel! Diese Tiere sind wohl in der ganzen Schöpfung am meisten benachteiligt. Man behandelt sie nicht nur zu Lebzeiten mit Schlägen, sondern auch noch nach dem Tode.«

»Wieso?« fragte Barbicane.

»Weil man«, sagte Michel, »aus ihrer Haut Trommelfelle herstellt.«

Barbicane und Nicholl konnten sich bei dieser witzigen Bemerkung des Lachens nicht erwehren. Aber ein Schrei ihres munteren Gefährten ließ sie verstummen.

Ardan hatte sich über Trabant gebeugt und richtete sich auf mit den Worten: »Trabant ist nicht mehr krank.«

»Ach!« sagte Nicholl.

»Nein«, fuhr Michel kläglich fort, »er ist verendet. Das ist doch bedauerlich. Ich fürchte sehr, arme Diana, daß du auf dem Mond keine Sprößlinge mehr bekommen wirst!«

Wirklich hatte der unglückliche Trabant seine Verwundung nicht überlebt. Er war mausetot. Michel Ardan blickte verstört seine Freunde an.

»Nun taucht die Frage auf«, sagte Barbicane, »was sollen wir in den achtundvierzig Stunden, die unsere Reise noch dauert, mit dem toten Hund anfangen?«

»Wir können ihn allerdings nicht bei uns behalten«, erwiderte Nicholl, »aber unsere Fensterluken, die mit Scharnieren versehen sind, lassen sich öffnen. Wir machen eine auf und werfen den Leichnam hinaus.«

Der Präsident überlegte eine Weile, sagte dann: »Ja, das müssen wir tun, aber mit äußerster Vorsicht.«

»Weshalb?« fragte Michel.

»Aus zwei Gründen, die dir einleuchten werden«, erwiderte Barbicane. »Erstens, von der im Projektil enthaltenen Luft darf so wenig wie möglich entweichen . . .«

»Aber wir erneuern ja diese Luft!«

»Nur zum Teil. Wir ergänzen bloß den Sauerstoff, lieber Michel, und in dieser Hinsicht haben wir aufzupassen, daß ihn unser Apparat nicht zu reichlich liefert, denn ein Übermaß würde in bedenklicher Weise Störungen unseres Gesundheitszustandes herbeiführen. Aber den Stickstoff, den die Lungen nicht einatmen, erneuern wir nicht; trotzdem muß er vollständig erhalten bleiben. Dieser Stickstoff nun würde durch die Luke rasch entweichen.«

»Oh, es ist an der Zeit, den armen Trabant hinauszuwerfen«, sagte Michel.

»Ich stimme dem zu, aber machen wir rasch.«

»Und der zweite Grund?« fragte Michel.

»Zweitens darf die äußerst große Kälte draußen nicht in das Projektil dringen, wollen wir nicht erfrieren.«

»Doch die Sonne ...«

»Die Sonne wärmt wohl unser Projektil, aber nicht den leeren Raum, in dem wir uns bewegen. Wo sich keine Luft befindet, ist ebensowenig Wärme wie Licht verbreitet, und da, wohin die Sonnenstrahlen nicht direkt fallen, ist's ebenso kalt wie dunkel. Die Temperatur übertrifft dann nicht die von den Strahlen der Sterne herrührende, das heißt diejenige, die der Erdball haben würde, wenn die Sonne erlischt.«

»Das braucht man aber nicht zu befürchten«, versetzte Nicholl.

»Wer weiß?« sagte Michel Ardan. »Übrigens, wenn die Sonne auch nicht erlischt, ist's nicht möglich, daß die Erde sich von ihr entfernt?«

»Gut«, sagte Barbicane, »das sind wieder Michels Ideen!«

»So?« fuhr Michel fort. »Ist's nicht bekannt, daß sich die Erdbahn im Jahre achtzehnhunderteinundsechzig mit dem Schweif eines Kometen kreuzte? Denken wir uns nun einen Kometen von größerer Anziehungskraft als die der Sonne, so wird die Bahn der Erde sich nach dem Wandelstern hin ausbiegen, und unser Planet wird so weit als dessen Trabant hinweggezogen werden, daß die Sonnenstrahlen nicht mehr auf seine Oberfläche einwirken können.«

»Das könnte vielleicht wirklich geschehen«, erwiderte Barbicane, »aber die Folgen einer solchen Bahnänderung werden wohl nicht so fürchterlich sein, wie du annimmst.«

»Und warum?«

»Weil sich dann immer noch auf unserem Erdball Kälte und Wärme das Gleichgewicht halten würden. Man hat ausgerechnet, wenn die Erde achtzehnhunderteinundsechzig von dem Kometen mit fortgezogen worden wäre, hätte sie bei dessen weitester Entfernung von der Sonne nicht einmal das Sechzehnfache der Wärme empfangen, die vom Mond kommt und die, im Brennpunkt der stärksten Linsen konzentriert, überhaupt keine fühlbare Wirkung äußert.«

»Nun?« sagte Michel.

»Warte ein wenig«, erwiderte Barbicane. »Man hat auch berechnet, daß bei dessen Sonnennähe die Erde eine achtundzwanzigtausendmal größere Hitze auszustehen haben würde als in unserem Sommer. Aber diese Hitze, die die Erdstoffe zu Gas zerschmelzen und die Gewässer in Dunst auflösen könnte, hätte einen dicken Ring von Gewölk gebildet, das die übermäßige Glut gemindert haben würde. Daraus ergibt sich ein Ausgleich zwischen der Kälte der Sonnenferne und der Hitze der Sonnennähe - und ein vermutlich erträgliches Mittelmaß.«

»Aber wie hoch schätzt man die Temperatur der Planetenräume?« fragte Nicholl.

»Früher«, erwiderte Barbicane, »hielt man diese Temperatur für äußerst niedrig. Indem man das ständige Sinken des Thermometers im Verhältnis zur Entfernung von der Erde zugrunde legte, rechnete man Millionen von Grad unter Null aus. Fourier, ein Landsmann Michels und berühmter Gelehrter der Akademie der Wissenschaften, hat diese Zahlen auf richtigere Werte herabgesetzt. Ihm zufolge sinkt die Temperatur des Weltraums nicht unter minus sechsundsiebzig Grad Fahrenheit.«

»Pöh!«

»Das ist«, fuhr Barbicane fort, »ungefähr die in den Polargegenden beobachtete Temperatur, die bei minus neunundsechzig Grad Fahrenheit liegt.«

»Es bleibt noch zu beweisen«, sagte Nicholl, »das Fourier sich bei seinen Schätzungen nicht geirrt hat. Täusche ich mich nicht, so schätzt ein anderer Franzose, Pouillet, die Temperatur des Raumes auf zweihundertsechsundfünfzig Grad minus. Doch wir können ja das Richtige feststellen.«

»Nicht in diesem Augenblick«, erwiderte Barbicane, »denn die direkt auf unser Thermometer wirkenden Sonnenstrahlen würden im Gegenteil eine sehr hohe Temperatur hervorrufen. Aber wenn wir auf dem Mond angekommen sind, werden wir während der Nächte, die vierzehn Erdentage dauern, Zeit genug haben, dieses Experiment zu machen, denn unser Trabant bewegt sich im leeren Raum.«

»Aber was verstehst du unter leer?« fragte Michel. »Gibt's etwas absolut Leeres?«

»Der von Luft absolut leere Raum.«

»Und worin nichts anderes die Luft ersetzt hat?«

»Doch, der Äther«, erwiderte Barbicane.

»Ach! Äther, was ist das?«

»Äther ist eine Masse unwägbarer Atome, die ebenso voneinander getrennt sind wie die Himmelskörper im Weltraum. Ihr Abstand untereinander beträgt jedoch nicht ganz den dreimillionsten Teil eines Millimeters. Diese Atome bringen durch ihre Schwingungsbewegungen das Licht und die Wärme hervor, indem sie in einer Sekunde vierhundertunddreißig Trillionen Schwingungen ausführen, bei einer Größe von vier bis sechs Zehntausendstel eines Millimeters.«

»Milliarden von Milliarden!« rief Michel Ardan; »man hat also diese Schwingungen gemessen und gezählt! Das alles, Freund Barbicane, sind Ziffern von Gelehrten, die das Ohr in Schrecken versetzen und dem Geist nichts sagen.«

»Man mußte doch alles beziffern können.«

»Nein! Besser ist vergleichen. Eine Trillion bedeutet nichts. Ein Vergleichsgegenstand sagt alles. Zum Beispiel: Wenn du mir noch so oft vorsagst, die Masse des Uranus sei sechsundsiebzigmal so groß wie die der Erde, die Masse des Saturn sei neunhundertmal größer, die des Jupiter eintausendreihundertmal, die der Sonne dreizehntausendmal, so bin ich dadurch nicht viel klüger. Auch ziehe ich die alten Vergleiche weit vor, die ganz einfach aussagen: Die Sonne ist ein Kürbis von zwei Fuß Durchmesser, der Jupiter eine Orange, der Saturn ein Apfel, der Neptun eine kleine Süßkirsche, der Uranus eine dicke Kirsche, die Erde eine Erbse, der Mars ein dicker Stecknadelkopf, Merkur ein Senfkorn, Juno, Ceres, Vesta, Pallas bloße Sandkörner! Da weiß man wenigstens, woran man sich halten soll!«

Nach diesem Ausfall Michel Ardans gegen die Gelehrten und diese Trillionen, die sie in einem Augenblick aneinanderreihen, schritt man zur Bestattung Trabants. Es handelte sich darum, den Leichnam über Bord zu werfen, wie es die Matrosen auf dem Meere tun. Wie Barbicane empfohlen hatte, verfuhr man dabei sehr rasch, um so wenig Luft wie möglich dabei zu verlieren, denn durch ihre Elastizität wäre sie reißend schnell entwichen. Die Bolzen der Öffnung auf der rechten Seite wurden sorgfältig abgeschraubt, während Michel betrübt den Hund zum Hinauswerfen fertig machte. Die Fensterscheibe, durch einen starken Hebel, der den Druck der inneren Luft überwand, in Bewegung gesetzt, drehte sich rasch in den Scharnieren, und Trabant flog hinaus. Es entwichen kaum einige Teilchen Luft, und es ging so schnell, daß Barbicane später keine Bedenken hatte, sich auf diese Weise unnützer Trümmer zu entledigen.

Sechstes Kapitel

Fragen und Antworten

Am vierten Dezember wiesen die Chronometer auf fünf Uhr frühmorgens, nach irdischer Zeit, als die Reisenden, die nun schon vierundfünfzig Stunden unterwegs waren, erwachten. Sie hatten erst um fünf Stunden und vierzig Minuten die Hälfte der für die Fahrt berechneten Dauer überschritten; von der Gesamtstrecke aber waren schon beinahe sieben Zehntel zurückgelegt. Dieser eigentümliche Umstand war der ständigen Abnahme ihrer Geschwindigkeit zuzuschreiben.

Wenn sie die Erde von ihrem Fußbodenfenster aus beobachteten, erschien sie ihnen nur noch wie ein dunkler Fleck in einem Meer von Sonnenstrahlen. Keine Sichelform, kein aschfarbenes Licht mehr. Am folgenden Tag um Mitternacht, gerade zur Zeit des Vollmonds, mußte die Erde Neulicht haben. Oben näherte sich der Mond mehr und mehr ihrer Reiseroute, so daß das Projektil zur festgesetzten Stunde mit ihm zusammentreffen mußte. Ringsumher war das schwarze Himmelsgewölbe mit glänzenden Punkten besät, die langsam ihre Positionen zu ändern schienen. Aber bei der bedeutenden Entfernung blieb ihre Größe gleich. Sonne und Sterne hatten dieselben Ausmaße, wie wenn man sie von der Erde aus erblickt. Der Mond zeigte sich um ein Beträchtliches größer; aber mit ihren Fernrohren, die nicht weit reichten, vermochten die Reisenden auf seiner Oberfläche noch keine ausgiebigen Beobachtungen anzustellen, keine topographischen oder geologischen Eigentümlichkeiten zu erkennen.

So verfloß denn auch diese Zeit bei fortgesetzten Unterhaltungen. Man plauderte über den Mond überhaupt, wobei jeder zum besten gab, was er an Kenntnissen hatte, Barbicane und Nicholl stets ernst, Michel Ardan stets phantasievoll. Das Projektil, seine Lage und Richtung, die Zwischenfälle, die eintreten konnten, die Vorsichtsmaßregeln, die ein bevorstehender Fall auf den Mond erforderte – dies alles bot unerschöpflichen Stoff zu Mutmaßungen.

Eben beim Frühstück rief eine das Projektil betreffende Frage Michels eine merkwürdige Antwort Barbicanes hervor.

Michel setzte voraus, das Geschoß werde, während es mit seiner furchtbaren Geschwindigkeit dahinraste, plötzlich angehalten, und wollte wissen, welche Folgen ein solcher Halt haben würde.

»Aber«, erwiderte Barbicane, »ich sehe nicht ein, warum das Projektil zum Innehalten veranlaßt werden sollte.«

»Nehmen wir den Fall an«, erwiderte Michel.

»Ein solcher Fall kann in Wirklichkeit nicht eintreten«, versetzte der praktische Barbicane, »sofern nicht die Triebkraft ausfällt. Allein dann würde die Geschwindigkeit allmählich abnehmen und kein plötzlicher Stillstand eintreten.«

»Angenommen, das Projektil stoße gegen einen Körper.«

»Gegen was für einen Körper?«

»Gegen so einen Boliden, wie wir ihm schon begegnet sind.«

»Dann«, sagte Nicholl, »würde das Projektil in tausend Stücke zersplittern, und wir mit.«

»Noch schlimmer«, versetzte Barbicane, »wir würden lebendig verbrannt.«

»Verbrannt?« rief Michel ungläubig.

»Ja, wir würden in Flammen aufgehen«, erwiderte Barbicane. »Man weiß jetzt, daß die Wärme nur eine Art der Bewegung ist. Wenn man Wasser siedet, das heißt, wenn man seine Wärme vermehrt, so bedeutet das, man vermehrt die Bewegung seiner Elementarteilchen.«

»Nun«, sagte Michel, »das ist ja eine geniale Theorie!«

»Und eine richtige, mein werter Freund, denn sie erklärt alle Erscheinungen der Wärme. Die Hitze ist nur eine Bewegung der Elementarteile, eine bloße Schwingung der Teilchen eines Körpers. Wenn man einen Zug zum Stillstand bringt, was wird dann aus der Bewegung, welche ihn trieb? Sie verwandelt sich in Wärme, und die hemmenden Bremsen werden heiß. Warum schmiert man die Achsen der Räder mit Fett? Um zu verhindern, daß sie sich heiß laufen, daß die durch Reibung verlorene Bewegung zu Hitze wird. Begreifst du das?«

»Und ob ich's begreife!« erwiderte Michel. »Erstaunlich! Zum Beispiel, wenn ich lange gelaufen und ganz in Schweiß bin, daß mir die Tropfen rinnen, weshalb muß ich innehalten? Ganz einfach, weil meine Bewegung sich in Wärme verwandelt hat!«

Barbicane konnte sich bei Michels Erwiderung das Lachen nicht verbeißen. Dann kam er auf seine Theorie zurück und sprach: »Also im Fall eines Zusammenstoßes wäre es unserem Projektil ergangen wie einer Kugel, die, nachdem sie auf eine eiserne Platte getroffen ist, brennend heiß niederfällt. Ihre Bewegung wurde zu Hitze. Demnach behaupte ich, wäre unsere Kugel mit dem Boliden zusammengestoßen, hätte die mit einemmal aufgehobene Geschwindigkeit eine Hitze erzeugt, welche die Kugel augenblicklich verdampfen läßt.«

»Dann«, fragte Nicholl, »was hätte das für Folgen, wenn die Erde plötzlich in ihrer Umlaufbewegung gehemmt würde?«

»Ihre Temperatur würde einen Grad erreichen«, erwiderte Barbicane, »bei dem sie sich unverzüglich in Dünste auflöste.«

»Und wenn die Erde auf die Sonne fiele?« fragte Nicholl weiter.

»Den Berechnungen nach«, erwiderte Barbicane, »würde sich dann eine Temperatur entwickeln, wie sie beim Verbrennen von tausendsechshundert Kohlekugeln von der Größe des Erdballs entstände.«

»Das gäbe der Sonnenhitze einen hübschen Zuwachs«, versetzte Michel Ardan, »worüber sich die Bewohner des Uranus und des Saturn gewiß nicht beklagen würden, denn sie müssen auf ihrem Planeten eine entsetzliche Kälte auszustehen haben.«

»Also, meine Freunde«, fuhr Barbicane fort, »jede plötzlich zum Stillstand gebrachte Bewegung ergibt Wärme. Und diese Theorie gestattet die Annahme, daß die Hitze der Sonne durch einen Hagel von Boliden, die unaufhörlich auf ihre Oberfläche fallen, unterhalten wird. Man hat berechnet ...«

»Verlassen wir uns nicht darauf«, brummte Michel, »das sind Ziffern, die führen zu weit.«

»Man hat berechnet«, sagte Barbicane, ohne sich stören zu lassen, »daß beim Zusammenstoß eines jeden Boliden mit der Sonne eine Hitze entstehen muß, wie sie das Viertausendfache von dessen Rauminhalt an Kohle erzeugen würde.«

»Und wie stark ist diese Sonnenwärme?« fragte Michel.

»Sie gleicht derjenigen, die das Verbrennen einer um die Sonne herum gelegten über dreieinhalb Meilen dikken Kohleschicht ergäbe.«

»Und diese Hitze . . .?«

»Sie würde fähig sein, stündlich neunundzwanzig Billionen Kubikmeter Wasser zum Sieden zu bringen.«

»Und sie röstet uns nicht?« rief Michel.

»Nein«, erwiderte Barbicane, »weil die Erdatmosphäre vier Zehntel der Sonnenglut verzehrt. Übrigens beträgt die Menge der von der Erde aufgefangenen Sonnenwärme nur zwei Milliardstel der Gesamtausstrahlung.«

»Ich sehe wohl, daß alles zum Besten dient«, versetzte Michel, »und daß diese Atmosphäre eine nützliche Erfindung ist, denn sie vergönnt uns, daß wir atmen können, und verhindert auch, daß wir gebraten werden.«

»Ja«, sagte Nicholl, »und leider wird's auf dem Mond nicht so sein.«

»Bah!« sagte Michel, stets voll Zuversicht. »Wenn's dort Bewohner gibt, so atmen sie auch. Gibt's keine mehr, so werden sie wohl Sauerstoff übriggelassen haben, der für drei Personen ausreicht, sei's auch nur in den Schluchten, wo er sich durch seine Schwere ansammelte! Nun, die Berge werden wir nicht erklettern können! Das ist alles!«

Michel stand auf und betrachtete die Mondscheibe, deren Glanz so stark war, daß man nicht direkt hineinschauen konnte.

»Sakrament!« sagte er, »es muß doch warm da oben sein!«

»Zumal der Tag dort dreihundertsechzig Stunden dauert!« erwiderte Nicholl.

»Als Ausgleich«, sagte Barbicane, »sind die Nächte da ebensolang, und weil die Wärme durch Strahlung verlorengeht, so dürfte ihre Temperatur nicht anders sein als die der Planetenräume.«

»Ein hübsches Land!« sagte Michel. »Gleichviel! Ich möchte schon dort sein! Nicht wahr, liebe Freunde, es wird recht merkwürdig sein, wenn man die Erde zum Mond hat, sie am Horizont aufgehen sieht, ihre Kontinente erkennt und sich sagt: Da ist Amerika, dort Europa! Dann folgt man ihr mit den Blicken, bis sie sich in den Sonnenstrahlen verliert! – Barbicane, gibt's eigentlich Finsternisse für die Seleniten?«

»Ja, Sonnenfinsternisse«, erwiderte Barbicane, »wenn sich die Zentren der drei Gestirne auf einer Linie befinden, die Erde in der Mitte. Aber die Erde läßt, wie ein vor die Sonnenscheibe gestellter Schirm, den größeren Teil des Gestirns unbedeckt.«

»Und warum«, fragte Nicholl, »gibt's keine totale Verfinsterung? Reicht nicht der von der Erde geworfene Schattenkegel über den Mond hinaus?«

»Ja, wenn man die von der Erdatmosphäre bewirkte Brechung der Strahlen nicht berücksichtigt; nein, wenn man sie in Betracht zieht. Da die mittlere Entfernung des Mondes von der Erde sechzig Erdradien beträgt, so beschränkt sich die Länge des Schattenkegels infolge der Strahlenbrechung auf nicht ganz zweiundvierzig Radien. Daraus ergibt sich, daß sich der Mond zur Zeit der Verfinsterungen außerhalb des Schattenkegels befindet und daß die Sonne ihm nicht allein die Strahlen ihres Randes, sondern auch die ihres Zentrums zusendet.«

»Weshalb«, sagte Michel spöttisch, »gibt's dann eine Finsternis, da ja gar keine stattfinden kann?«

»Bloß deshalb, weil die Sonnenstrahlen durch die

Lichtbrechung geschwächt sind, weil die Atmosphäre, die sie durchdringen, den größeren Teil von ihnen verschlingt!«

»Dieser Grund leuchtet ein«, erwiderte Michel. »Übrigens, wir werden's wohl zu sehen bekommen, wenn wir dort sind. – Jetzt sag mir, Barbicane, glaubst du, daß der Mond ein ehemaliger Komet sei?«

»Das ist wieder eine Idee!«

»Ja«, versetzte Michel lustig, »ich habe manchmal Ideen dieser Art.«

»Aber diese Idee rührt nicht von Michel her«, erwiderte Nicholl.

»Gut! So bin ich ein Ideendieb!«

»Allerdings«, entgegnete Nicholl. »Nach dem Zeugnis der Alten behaupteten die Arkadier, ihre Vorfahren hätten bereits auf der Erde gewohnt, als sie noch nicht den Mond zum Begleiter hatte. Davon ausgehend, haben manche Gelehrte den Mond für einen Kometen gehalten, den seine Bahn einmal der Erde so nahe brachte, daß er von ihrer Anziehungskraft festgehalten wurde.«

»Und was ist denn Wahres an dieser Annahme?« fragte Michel.

»Nichts«, erwiderte Barbicane, »und das läßt sich dadurch beweisen, daß der Mond keine Spur von der gasförmigen Hülle bewahrt hat, die sich bei den Kometen stets findet.«

»Aber«, fuhr Nicholl fort, »war es nicht möglich, daß der Mond, bevor er Trabant der Erde wurde, so nahe an die Sonne herankam, daß die Gase verdunsteten?«

»Möglich wohl, Freund Nicholl, aber nicht wahrscheinlich.«

»Warum?«

»Weil ... Meiner Treu, ich weiß nicht.«

»Ei!« rief Michel, »wie viele hundert Bücher lassen sich mit dem füllen, was man nicht weiß!«

»Laß das! Wieviel Uhr ist es?« fragte Barbicane.

»Drei Uhr«, erwiderte Nicholl.

»Wie doch bei der Unterhaltung so gelehrter Leute, wie wir es sind, die Zeit vergeht! Ich merke, daß ich beinahe zuviel lerne.« Mit diesen Worten schwang sich Michel zur Decke des Projektils empor, »um den Mond besser zu sehen«, wie er angab. Währenddessen schauten seine Gefährten durch das untere Fenster in den Raum hinaus. Nichts Neues war zu melden.

Als Michel wieder herabstieg, kam er bei der einen Seitenluke vorüber und stieß plötzlich einen Schrei der Verwunderung aus.

»Was gibt's denn?« fragte Barbicane. Er trat ans Fenster und gewahrte eine Art von plattem Sack, der einige Meter vom Projektil entfernt schwebte. Der Gegenstand schien unbeweglich wie das Geschoß, folglich bewegte er sich mit derselben Geschwindigkeit aufwärts.

»Was ist denn das für eine Maschine?« fragte Michel Ardan wiederholt. »Ist's ein im Weltraum schwebender kleiner Körper, den unser Projektil angezogen hat und der es bis zum Mond begleiten will?«

»Ich staune nur«, erwiderte Nicholl, »daß das spezifische Gewicht dieses Körpers, welches gewiß weit geringer ist als das des Geschosses, es ihm gestattet, sich auf derselben Höhe zu halten!«

»Nicholl«, erwiderte Barbicane nach kurzem Besinnen, »ich weiß nicht, was es für ein Gegenstand ist, aber ich weiß doch, weshalb er neben dem Projektil her fliegt.«

»Und weshalb?«

»Weil wir uns im luftleeren Raum bewegen, lieber Kapitän, und in einem solchen leeren Raum bewegen sich die Körper mit derselben Geschwindigkeit, ohne Rücksicht auf ihre Schwere oder Gestalt, weil der Luftwiderstand fehlt. Wenn man mit einer Luftpumpe in einer Röhre ein Vakuum erzeugt, fallen die hineingeworfenen

Gegenstände, Staub- oder Bleikörper, mit derselben Schnelligkeit. Hier im leeren Weltraum erzeugt dieselbe Ursache dieselbe Wirkung.«

»Sehr richtig«, sagte Nicholl, »und alles, was wir aus dem Projektil hinauswerfen, wird auf der ganzen Fahrt bis zum Mond uns unablässig begleiten.«

»Ach, was sind wir für Dummköpfe!« rief Michel. »Wir hätten das Projektil mit nützlichen Gegenständen, Büchern, Instrumenten, Werkzeugen ganz füllen sollen. Dann hätten wir sie hinausgeworfen, und alles würde mitgefahren sein! Aber ich denke weiter: Weshalb begeben wir uns nicht hinaus zu diesem Boliden hier? Warum springen wir nicht aus den Fenstern in den Raum? Was wäre das für eine Lust, so im Äther zu schweben, ohne daß wir wie der Vogel mit Flügeln zu schlagen brauchten.«

»Einverstanden«, sagte Barbicane, »aber wie sollten wir atmen?«

»Daß auch die verdammte Luft so zur Unzeit fehlt!«

»Aber, wenn sie nicht fehlte, Michel, würdest du sehr bald zurückbleiben, da dein Körper leichter ist als das Projektil.«

»So müssen wir im Waggon eingeschlossen bleiben?«

»Jawohl.«

»Das kann doch nicht wahr sein!« rief Michel aufgeregt.

»Was ist mit dir?« fragte Nicholl.

»Ich weiß, ich rate, was es mit dem vermeintlichen Boliden für eine Bewandtnis hat! Nicht ein Asteroid begleitet uns und keine Planetenstückchen.«

»Nun, was ist's dann?« fragte Barbicane.

»Unser verendeter Hund! Dianas Gatte!«

Wirklich, dieser mißgestaltete, unkenntliche Gegenstand war Trabants Leichnam, platt wie ein nicht aufgeblasener Dudelsack, in steter Aufwärtsbewegung.

Siebentes Kapitel

Ein Moment der Berauschung

So begab sich also unter diesen ganz besonderen Bedingungen ein merkwürdiges, aber logisches, seltsames, doch erklärbares Ereignis. Jeder aus dem Projektil hinausgeworfene Gegenstand mußte dieselbe Bahn einschlagen. Dieser Gegenstand der Unterhaltung ließ sich an jenem Abend nicht erschöpfen. Die Gemütsbewegung der drei Reisenden steigerte sich übrigens in dem Verhältnis, wie sie ihrem Reiseziel näher kamen. Sie waren auf unvorhergesehene, neue Erscheinungen gefaßt, und in ihrer Stimmung hätte sie nichts in Verwunderung versetzt. Ihre überreizte Phantasie eilte dem Projektil voraus, dessen Geschwindigkeit bedeutend abnahm, ohne daß sie es merkten. Aber der Mond wurde vor ihren Augen größer, und sie meinten schon, sie brauchten nur die Hand auszustrecken, um ihn zu fassen.

Am folgenden Morgen, dem fünften Dezember, waren sie schon früh um fünf Uhr auf den Beinen. Dieser Tag sollte der letzte ihrer Reise sein, wenn die Berechnung richtig war. Am selben Abend um Mitternacht, binnen achtzehn Stunden, gerade bei Eintritt des Vollmondes, würden sie auf dessen glänzender Scheibe anlangen. Zur Mitternacht sollte diese Reise, die außerordentlichste in alter und neuer Zeit, vollendet werden. Daher begrüßten sie auch in aller Frühe durch die von seinen Strahlen versilberten Fenster das Nachtgestirn mit zuversichtlichen, freudigen Hurrarufen.

Der Mond schritt majestätisch am bestirnten Firmament weiter. Noch einige Grade, und er kam just zu der Stelle im Raum, wo er mit dem Projektil zusammentreffen sollte. Nach seinen eigenen Beobachtungen rechnete Barbicane damit, an der Nordhälfte auf ihn zu stoßen, wo unermeßliche Ebenen sich ausdehnen und wenig Gebirge sind, ein günstiger Umstand, falls die Mondatmosphäre, wie man annahm, sich nur in den Niederungen befand.

»Zudem«, bemerkte Michel Ardan, »ist eine Ebene zum Landen geeigneter als ein Gebirge. Wenn ein Selenit in Europa auf den Gipfeln des Montblanc oder in Asien auf einen Berg des Himalaja herabkäme, so läge noch ein Stückchen der Reise vor ihm.«

»Ferner«, fügte Kapitän Nicholl hinzu, »wird im ebenen Gelände das Projektil, sobald es den Boden berührt, fest stehen. Auf einem Abhang dagegen würde es wie eine Lawine fortrollen, und da wir ja keine Eichhörnchen sind, würden wir nicht mit heiler Haut davonkommen. Es ist also in jeder Hinsicht am besten so.«

In der Tat schien der glückliche Erfolg des kühnen Unternehmens nicht mehr zweifelhaft. Ein Gedanke jedoch machte Barbicane Sorge! Aber um seine Genossen nicht zu beunruhigen, schwieg er darüber.

Die Richtung des Projektils auf die Nordhälfte des Mondes zu bewies, daß es ein wenig von seiner Bahn abgewichen war. Mathematisch gesehen mußte das Geschoß gerade das Zentrum der Mondscheibe treffen; nur durch eine Abweichung konnte es anderswohin gelangen. Woher kam diese? Barbicane vermochte sie sich weder zu erklären noch ihre Folgen zu beurteilen, weil er nicht wußte, wieviel sie betrug. Er hoffe jedoch, sie werde nur zur Folge haben, daß man den oberen Teil des Mondes erreichen werde, eine zum Landen geeignetere Gegend.

Barbicane beschränkte sich daher, ohne diese Besorgnis seinen Freunden mitzuteilen, darauf, den Mond häufig zu beobachten, um zu erkennen, ob sich die Richtung des Projektils noch nicht ändere. Denn sie würden in eine fürchterliche Lage geraten, wenn das Geschoß, sein Ziel verfehlend, über den Erdtrabanten hinaus in die Planetenräume geriet.

In diesem Augenblick ließ der Mond, der bisher flach wie eine Scheibe schien, seine Wölbung bereits wahrnehmen. Hätten die Sonnenstrahlen ihn schräg von der Seite getroffen, so wären an ihren Schatten die hohen Gebirge zu erkennen gewesen; der Blick hätte in den klaffenden Grund der Krater dringen und die Streifen, die über die unermeßlichen Ebenen ziehen, verfolgen können. Aber jede Erhöhung verlor sich noch in dem starken Lichtglanz. Kaum konnte man die großen Flecke unterscheiden, die dem Mond den Anschein eines menschlichen Angesichts geben.

»Menschengesicht, meinetwegen«, sagte Michel Ardan, »aber es tut mir leid um die liebenswürdige Schwester Apollos, sie hat ein Gesicht voller Narben.«

Inzwischen beobachteten die Reisenden, ihrem Ziel so nahe, unablässig diese neue Welt. Ihre Phantasie ließ sie die unbekannten Landschaften durchwandern. Sie erklommen hohe Berggipfel, stiegen auf den Grund der weiten Ringgebirge hinab. Hier und da glaubten sie ungeheure Meere zu sehen, die bei einer dünnen Atmosphäre kaum bestehen konnten, und Bäche, die in den Gebirgen entspringen mochten. Über den Abgrund gebeugt, hofften sie von dem Gestirn her Geräusche zu vernehmen, doch es blieb in der Einsamkeit des leeren Raumes ewig stumm.

Dieser letzte Tag haftete später fest in ihren Erinnerungen. Sie zeichneten die kleinsten Details auf. Es durchdrang sie eine unbestimmte Unruhe, je mehr sie sich dem Mond näherten, und diese Unruhe wäre noch größer gewesen, hätten sie die geringe Geschwindigkeit, mit der sie fuhren, bemerkt. Sie wäre ihnen wohl unzureichend vorgekommen, sie bis an ihr Ziel zu bringen.

Das Projektil hatte damals fast kein Gewicht mehr. Dieses nahm beständig ab und mußte schließlich dort verschwinden, wo sich die Anziehungskräfte des Mondes und der Erde gegenseitig aufhoben, was überraschende Wirkungen hervorbrachte.

Trotz dieser Aufregung vergaß jedoch Michel Ardan nicht, das Frühstück mit gewohnter Pünktlichkeit zu bereiten, und man aß mit großem Appetit. Die Bouillon war vortrefflich; nicht minder das konservierte Fleisch. Einige Gläser guten Weins setzten dem Mahl die Krone auf. Und bei dieser Gelegenheit bemerkte Michel Ardan, daß die Mondweinberge — sofern es welche gäbe — bei dieser glühenden Hitze die feurigsten Weine erzeugen müßten. Auf jeden Fall hatte der vorsorgliche Franzose nicht vergessen, einige köstliche Reben, wie Medoc und Côte d'or, in sein Paket zu tun, auf das er hauptsächlich baute.

Der Apparat nach Reiset und Regnault war fortwährend in Tätigkeit, so daß die Luft völlig rein blieb. Kein Molekül Kohlensäure, das nicht von dem Kali verschlungen wurde, und vom Sauerstoff versicherte Kapitän Nicholl, er sei erster Qualität. Verdampftes Wasser mischte sich mit dieser Luft und minderte ihre Trockenheit, und man kann sagen, daß viele Wohnungen in Paris, London oder New York, viele Theatersäle gewiß keine so günstige Atmosphäre besaßen.

Doch mußte dieser Apparat, um regelmäßig tätig zu sein, in einem vollkommenen Zustand erhalten werden. Daher untersuchte Michel jeden Morgen die Regulatoren der Ausströmung, probierte die Hähne, regelte mit dem Pyrometer den Wärmegrad des Gases. So verlief bisher alles gut, und die Reisenden fingen an, nach dem Beispiel des würdigen J. T. Maston eine Wohlbeleibtheit zu gewinnen, daß man sie nicht wiedererkannt hätte, wenn sie einige Monate lang in diesem Gefängnis geblieben wären. Es ging ihnen mit einem Wort wie den Hühnern im Korb: Sie wurden fett.

Wenn Barbicane zu den Lukenfenstern hinaussah, gewahrte er das Hundegespenst und die verschiedenen hinausgeworfenen Gegenstände, die getreulich das Projektil begleiteten. Diana heulte melancholisch, wenn sie Trabants sterbliche Reste erblickte. Diese heimat- und herrenlosen Gegenstände schienen so unbeweglich, als lägen sie auf festem Boden.

»Wissen Sie, meine Freunde«, sagte Michel Ardan, »wenn einer von uns den Gegenstoß bei der Abfahrt nicht überlebt hätte, wir wären in Verlegenheit gewesen, ihn zu beerdigen, das heißt im Äther zu bestatten. Sie sehen diesen Leichnam, der uns anklagend im Weltraum verfolgt!«

»Es wäre traurig gewesen«, sagte Nicholl.

»Ach!« fuhr Michel fort, »wie bedaure ich, daß ich nicht draußen einen Spaziergang machen kann. Was wär's für eine Lust, in diesem strahlenden Äther sich zu baden und zu wiegen, in diesen reinen Sonnenstrahlen sich zu wälzen! Hätte nur Barbicane daran gedacht, für ein Skaphanderkleid und eine Luftpumpe zu sorgen, so würde ich mich hinausgewagt haben, um mich auf der Spitze des Projektils wie ein Hippogryph oder eine Chimäre aufzustellen.«

»Aber, mein alter Michel«, erwiderte Barbicane, »du würdest nicht lange den Hippogryphen gespielt haben, denn trotz deines Skaphanderkleides würdest du, aufgetrieben durch die in deinem Innern enthaltene Luft, wie eine Granate zerplatzt sein oder vielmehr wie ein Ballon, der zu hoch steigt. Also bedaure nichts und beherzige wohl: Solange wir uns im luftleeren Raum bewegen, mußt du dir jeden sentimentalen Spaziergang außerhalb des Projektils versagen!«

Michel Ardan ließ sich einigermaßen überzeugen. Er

gab zu, die Sache sei schwierig, aber nicht unmöglich. Dieser Begriff ging ihm gänzlich ab.

Die Unterhaltung ging von diesem Gegenstand auf einen anderen über und stockte keinen Augenblick. Es kam den drei Freunden vor, als sprössen in dieser Lage ihnen die Ideen im Gehirn wie die Blätter bei der ersten Frühlingswärme. Und in dieser Hinsicht fühlten sie sich stark belaubt.

Mitten unter diesen Fragen und Antworten, die sich an diesem Morgen kreuzten, warf Nicholl ein Problem auf, das nicht sogleich gelöst wurde.

»Eine Reise zum Mond«, sagte er, »ist jedenfalls eine hübsche Sache, aber wie kommen wir wieder zurück?«

Seine Kameraden sahen ihn überrascht an. Man hätte denken können, diese Überlegung komme ihnen jetzt zum erstenmal in den Sinn.

»Was meinen Sie damit, Nicholl?« fragte Barbicane ernst.

»Daß man«, fügte Michel hinzu, »ehe man in ein Land kommt, schon an die Rückkehr denkt, scheint mir nicht an der Zeit.«

»Ich sag's nicht, um zurückzuweichen«, entgegnete Nicholl, »sondern ich wiederhole meine Frage mit den Worten: Wie werden wir zurückkehren?«

»Das weiß ich nicht«, erwiderte Barbicane.

»Und ich«, sagte Michel, »wäre gar nicht hingereist, hätte ich gewußt, wie wir wieder heimkommen.«

»Das ist auch eine Antwort«, rief Nicholl aus.

»Ich billige Michels Äußerung«, sagte Barbicane, »und ich füge hinzu, daß die Frage jetzt nicht von Interesse ist. Später, wenn wir es für angemessen halten zurückzukehren, werden wir darüber beraten. Haben wir auch die Columbiade nicht mehr da, so doch das Projektil.«

»Gut gesagt! Eine Kugel ohne Flinte!«

»Die Flinte«, erwiderte Barbicane, »kann man anfertigen. Das Pulver läßt sich herstellen! Auf dem Mond wird es weder an Metallen noch an Salpeter, noch an Kohle fehlen. Übrigens braucht man für die Rückkehr nur die Anziehungskraft des Mondes zu überwinden und nur viertausendzweihundert Meilen zu steigen, um schon infolge der Schwerkraft auf den Erdball zu fallen.«

»Genug«, sagte Michel lebhaft, »kein Wort mehr von Rückkehr! Wir haben schon zuviel davon gesprochen. Mit unseren ehemaligen Kollegen auf der Erde zu verkehren wird so schwer nicht sein.«

»Und wie?«

»Durch die aus den Kratern des Mondes geschleuderten Boliden.«

»Richtig, Michel«, erwiderte Barbicane, als sei er davon überzeugt, »Laplace hat berechnet, es sei nur eine fünfmal stärkere Kraft als die unserer Kanonen erforderlich, um einen Boliden vom Mond zur Erde zu schleudern. Nun gibt's aber keinen Vulkan, der nicht eine größere Gewalt besäße.«

»Hurra!« rief Michel. »Diese Boliden sind bequeme Briefboten und kosten nichts. Wir können die Postverwaltung auslachen! Aber, ich meine ...«

»Was meinst du?«

»Eine kostbare Idee! Warum haben wir nicht einen Draht an unserem Projektil befestigt? Dann könnten wir Telegramme mit den Erdbewohnern wechseln!«

»Tausend Teufel!« versetzte Nicholl. »Und du veranschlagst das Gewicht eines Drahtes von über fünfundvierzigtausend Meilen Länge nicht?«

»Nein! Man hätte die Ladung der Columbiade dreimal stärker gemacht! Ja, viermal! Fünfmal!« rief Michel mit heftiger Betonung.

»Es erhebt sich nur ein kleiner Einwand gegen dein

Projekt«, erwiderte Barbicane; »während der Bewegung unseres Erdballs um seine Achse hätte sich der Draht um ihn herumgelegt wie die Kette um eine Winde, und das hätte uns unvermeidlich auf die Erde zurückgezogen!«

»Bei den Sternen der Unionsflagge! Da habe ich heute also nur unpraktische Ideen! Ideen, unseres Freundes Maston würdig! Aber ich denke, wenn wir schon nicht auf die Erde zurückkommen, so ist doch Maston imstande, uns zu besuchen!«

»Ja«, versetzte Barbicane, »der würdige und mutige Kamerad wird gewiß kommen. Übrigens ist's auch eine leichte Sache. Befindet sich nicht die Columbiade noch im Boden Floridas? Gibt's nicht Baumwolle und Salpetersäure genug, um Schießbaumwolle zu fertigen? Erscheint nicht der Mond wieder im Zenit Floridas? Und zwar in achtzehn Jahren gerade wieder in derselben Stellung?«

»Ja«, wiederholte Michel, »ja, Maston wird kommen, und unsere Freunde Elphiston, Blomsberry, alle Mitglieder des Gun-Klubs werden mitkommen und uns willkommen sein! Und später richtet man Projektilzüge zwischen der Erde und dem Mond ein: Hurra für Freund Maston!«

Wenn der würdige J. T. Maston nicht die zu seinen Ehren erschallten Hurras hören konnte, so hat es ihm doch in den Ohren geklingelt. Was trieb er damals! Ohne Zweifel war er auf dem Posten zu Long's Peak, um das nicht sichtbare Projektil aufzusuchen. Dachte er an seine teuren Kameraden, so blieben diese nicht hinter ihm zurück und widmeten ihm infolge einer ganz besonderen Erregung ihre besten Gedanken.

Aber woher kam diese Aufgeregtheit bei den Bewohnern des Projektils, die sichtbar größer wurde? Ihre Nüchternheit konnte man nicht in Zweifel ziehen. War diese seltsame Steigerung der Gehirntätigkeit der außerordentlichen Lage, in der sie sich befanden, zuzuschreiben, der Nähe des Nachtgestirns, von dem sie nur noch einige Stunden entfernt waren, einer stillen Einwirkung des Mondes auf ihre Nerven? Ihr Angesicht war rot, als befänden sie sich vor einem Schmelzofen; ihr Atem wurde rascher, ihre Lungen spielten wie ein Blasebalg; ihre Augen glänzten von außerordentlichem Feuer; ihre Stimme schallte fürchterlich laut; ihre Worte platzten heraus wie die Pfropfen aus einer Champagnerflasche; ihre Bewegungen wurden unruhiger und verwirrt. Und, sonderbar, keiner von ihnen merkte dieses seltsame Gebaren.

»Jetzt«, sagte Nicholl barsch, »jetzt, da ich nicht weiß, ob wir wieder zurückkommen, möchte ich wissen, was wir auf dem Mond vorhaben.«

»Was wir dort vorhaben?« erwiderte Barbicane und stampfte mit dem Fuß, als wäre er in einem Waffensaal, »das weiß ich nicht!«

»Du weißt's nicht!« rief Michel heulend, daß es laut im Projektil widerhallte.

»Nein, ich hab keine Ahnung davon!« entgegnete Barbicane im gleichen Ton.

»Aber ich weiß es, ich«, erwiderte Michel.

»Dann sprich's heraus«, schrie Nicholl, der seinen Zorn nicht länger zurückhalten konnte.

»Das sag ich, wann mir's beliebt«, rief Michel und faßte dabei seinen Kameraden beim Arm.

»Das muß dir belieben«, sagte Barbicane mit feurigem Blick und drohender Faust. »Du hast uns zu dieser fürchterlichen Reise fortgerissen, und wir wollen wissen, warum!«

»Ja!« rief der Kapitän, »jetzt, da ich nicht weiß, wohin ich gehe, will ich wissen, warum!«

»Warum?« schrie Michel und sprang einen Meter

hoch, »warum? Um die Mondlandschaft zu kultivieren, zu bevölkern, alle Wunderwerke der Kunst, Wissenschaft und Industrie dahin zu verpflanzen! Um die Seleniten zu zivilisieren, sofern sie nicht zivilisierter sind als wir, und bei ihnen eine Republik zu gründen, wenn sie nicht schon eine haben!«

»Und wenn es keine Seleniten gibt«, entgegnete Nicholl, der in seiner unerklärlichen Trunkenheit sehr bösartig wurde.

»Wer sagt, daß es keine Seleniten gibt?« schrie Michel drohend.

»Ich!« brüllte Nicholl.

»Kapitän«, sagte Michel, »wage nicht zum zweitenmal eine so unverschämte Lüge, oder ich versetze dir eines durch die Zähne in den Rachen hinein!«

Die beiden Gegner waren schon im Begriff, aufeinander loszustürzen, und der wilde Streit drohte in eine Schlacht auszuarten, als sich Barbicane mit einem gewaltigen Sprung dazwischenwarf.

»Halt, Unglückselige«, sagte er und riß seine Kameraden auseinander, »wenn's keine Seleniten gibt, so brauchen wir keine!«

»Ja«, rief Michel, der nicht darauf bestand, »wir können sie entbehren.«

»Uns gehört die Herrschaft über den Mond«, sagte Nicholl.

»Uns dreien. Errichten wir eine Republik!«

»Ich werde Kongreß sein«, schrie Michel.

»Und ich Senat«, versetzte Nicholl.

»Und Barbicane Präsident«, brüllte Michel.

»Kein von den Nationen ernannter Präsident«, erwiderte Barbicane.

»Nun denn! Ein vom Kongreß ernannter Präsident«, rief Michel, »und als Kongreß wähle ich dich einstimmig!«

»Hurra! Hurra für Präsident Barbicane!« schrie Nicholl.

»Hipp, hipp, hurra«, rief Michel Ardan.

Darauf stimmten Präsident und Senat den populären Yankeedoodle an, während der Kongreß sie mit der schwungvollen Marseillaise begleitete.

Dann begannen sie einen Rundtanz mit unsinnigen Bewegungen und tollen Sprüngen, schlugen Purzelbäume wie Clowns. Diana tanzte mit, heulte mit, sprang bis zur Decke empor. Man vernahm unerklärliche Flügelschläge, seltsam tönende Hahnenschreie. Fünf bis sechs Hühner flatterten wie tolle Fledermäuse umher und stießen gegen die Wände ...

Die drei Reisekameraden aber, deren Lungen durch eine unbegreifliche Einwirkung in Unordnung gerieten, sanken, mehr als berauscht, mit glühenden Atmungsorganen bewegungslos zu Boden.

Achtes Kapitel

78 114 Meilen

Was war vorgegangen? Woher kam dieser seltsame Rausch, der verderbliche Folgen haben konnte? Eine kleine Unachtsamkeit Michels war schuld, und glücklicherweise konnte Kapitän Nicholl noch rechtzeitig abhelfen.

Nach einer Ohnmacht von einigen Minuten kam der Kapitän als erster wieder zur Besinnung und zu Verstand.

Obwohl er zwei Stunden zuvor gefrühstückt hatte, empfand er einen fürchterlichen Hunger, der ihn peinigte, als habe er seit einigen Tagen nichts gegessen.

Sein Magen war wie das Gehirn und alle Nerven in höchstem Grade überreizt.

Er stand also auf und begehrte von Michel ein nachträgliches Frühstück. Michel, der noch nicht bei Sinnen war, antwortete nicht. Nun wollte Nicholl einige Tassen Tee bereiten, um das Verschlingen eines Dutzend Sandwiches zu erleichtern. Sich dafür Feuer zu machen, rieb er hastig ein Zündholz.

Wie erstaunte er, als er den Schwefel außerordentlich glänzend brennen sah, so daß seine Augen es fast nicht aushalten konnten. Aus dem Hahn des Gases, das er anzündete, schoß eine Flamme wie ein elektrischer Lichtbogen.

Jetzt ging dem Kapitän ein Licht auf. Dieser starke Glanz, die in ihm vorgegangenen physiologischen Störungen, die Überreizung der Nerven, alles wurde ihm verständlich.

»Der Sauerstoff!« rief er aus.

Er besichtigte den Luftbereitungsapparat und gewahrte, wie dem Hahn reichlich das farblose, geschmacklose, geruchlose Gas entströmte, das zwar äußerst belebend ist, aber in unvermischtem Zustand die bedenklichsten Störungen des Organismus herbeiführt. Aus Unachtsamkeit hatte Michel den Hahn zu weit offen gelassen.

Nicholl hemmte rasch das Ausströmen des Sauerstoffs, mit dem die Atmosphäre gesättigt war, so daß der Tod der Reisenden durch Verbrennen erfolgt wäre.

Eine Stunde danach, als die Luft weniger mit Sauerstoff überladen war, konnten die Lungen wieder regelmäßig ihre Funktion verrichten. Allmählich kamen die drei Freunde aus ihrem Rausch zu sich; aber sie mußten diesen Gasrausch ausschlafen wie ein Betrunkener seinen Weinrausch.

Als Michel hörte, daß er diesen Zwischenfall verschuldet hatte, ließ er sich dadurch nicht aus der Fassung bringen. Diese unversehene Trunkenheit beseitigte die langweilige Einförmigkeit der Reise. Zwar hatte man sich in diesem Zustand manche Beleidigungen gesagt, aber sie waren rasch wieder vergessen.

»Sodann«, fügte der lustige Franzose hinzu, »bin ich nicht böse, etwas von diesem Gas, das in den Kopf steigt, genossen zu haben. Wissen Sie, meine Freunde, es ließen sich merkwürdige Anstalten gründen, Sauerstoffkabinette, worin sich Leute mit abgestumpftem Organismus für einige Stunden zu einem tätigeren Leben steigern könnten! Denken Sie sich einmal Versammlungen, in denen die Luft mit diesem Medium gesättigt wäre, Theater, worin man es in großer Dosis verwendete, welche Leidenschaft in der Seele der Schauspieler und Zuschauer, welches Feuer, welcher Enthusiasmus würde dadurch erregt! Und wenn man, statt nur eine Versammlung, ein ganzes Volk damit speisen könnte, welche Belebung der Tätigkeit, welche Lebensfülle entstände. Ich kenne mehr als einen Staat unseres alten Europas, der sich im Interesse seiner Gesundheit einer Sauerstoffkur unterziehen sollte!«

Michel sprach und steigerte sich dergestalt, daß man meinen konnte, der Hahn sei immer noch zu weit offen. Aber Barbicane hemmte seine Begeisterung.

»Das ist alles gut, Freund Michel«, sprach er zu ihm, »aber willst du uns nicht sagen, woher das Geflügel kam, das sich in unser Konzert mischte?«

»Das Geflügel?«

»Ja.«

In der Tat spazierten ein halbes Dutzend Hennen samt einem prachtvollen Hahn umher, flatterten und gackerten.

»Ach! Die Tölpel!« rief Michel. »Der Sauerstoff hat sie in Aufruhr gebracht!«

»Aber was willst du denn mit dem Geflügel anfangen?« fragte Barbicane.

»Sie auf dem Mond akklimatisieren, wahrhaftig!«

»Weshalb hast du sie dann versteckt?«

»Ein Possenstreich, mein würdiger Präsident, ein bloßer Scherz, der kläglich scheiterte! Ich wollte sie auf dem Mondland im stillen freilassen, ohne Ihnen ein Wörtchen zu sagen! Nicht wahr, Sie wären erstaunt gewesen, daß solch irdisches Geflügel auf den Gefilden des Mondes nach Körnern scharrt!«

»Ach, was bist du für ein Schelm!« erwiderte Barbicane. »Du brauchst keinen Sauerstoff, um verrückte Ideen zu haben! Du bist stets, was wir in der Gasbenebelung waren: ein Narr!«

»So! Wer sagt denn, daß wir nicht gescheit gewesen sind«, entgegnete Michel Ardan.

Nach dieser philosophischen Betrachtung stellten die drei Freunde die Ordnung im Projektil wieder her. Hennen und Hahn wurden erneut eingesperrt. Aber dabei kam Barbicane und seinen Gefährten eine neue Erscheinung sehr auffallend zu Bewußtsein.

Seit dem Moment, da sie von der Erde abgereist waren, hatten sie selbst und das Geschoß mit allen darin enthaltenen Gegenständen fortwährend an Schwere verloren. War das bisher auch noch nicht zu bemerken, so mußte doch ein Zeitpunkt kommen, wo diese Wirkung bei den Instrumenten, deren sie sich bedienten, und bei ihnen spürbar wurde.

Es versteht sich, daß eine einfache Waage die Abnahme nicht anzeigen konnte, weil das zum Abwiegen eines Gegenstandes bestimmte Gewicht ebensoviel an Schwere verlor wie der Gegenstand selbst; aber eine Schnellwaage mit einer Feder, deren Spannkraft von der Anziehungskraft unabhängig ist, hätte dieses Schwinden genau angegeben.

Bekanntlich steht die Anziehungskraft, sonst Schwere genannt, in demselben Verhältnis zur Masse und im umgekehrten des Quadrats der Entfernung. Daraus folgt nun: Wäre die Erde als einziger Himmelskörper allein im Raum gewesen, so würde das Projektil, nach Newtons Gesetz, je weiter es sich von der Erde entfernt, desto mehr an Gewicht verloren haben, doch ohne daß es jemals ganz verschwunden wäre, denn die Anziehungskraft der Erde würde sich stets, bei jeder Entfernung, bemerkbar gemacht haben.

Aber im gegebenen Fall mußte ein Zeitpunkt eintreten, wo das Projektil gar nicht mehr den Gesetzen der Schwere unterworfen war, wenn man von den anderen Himmelskörpern absah, deren Einwirkung man mit Null bezeichnen konnte.

Die Bahn des Projektils zog sich zwischen der Erde und dem Mond hin. Je mehr es sich von der Erde entfernte, desto mehr nahm die Anziehung durch sie ab im umgekehrten Verhältnis des Quadrats der Entfernung, desto mehr vergrößerte sich aber auch die Anziehung von seiten des Mondes in demselben Verhältnis. Es mußte also auf einen Punkt gelangen, wo diese beiden Anziehungskräfte sich gegenseitig aufhoben, das Geschoß also gar keine Schwere mehr hatte. Wären Erde und Mond von derselben Masse gewesen, so hätte dieser Punkt in derselben Entfernung von beiden, gerade in der Mitte der Verbindungslinie gelegen. Zog man aber die Verschiedenheit der Massen in Betracht, so war leicht zu berechnen, daß dieser Punkt zwischen 47 und 52 Teilen des Reisewegs lag, nämlich rund 41 000 Meilen von der Erde entfernt.

An diesem Punkt würde ein Körper, der keine Triebkraft hätte, ewig bleiben, indem er von den beiden Gestirnen gleichmäßig angezogen würde und keine andere Kraft auf ihn einwirkte.

Wenn das Projektil diesen Punkt erreichte, durfte bei ihm, wie bei allen darin enthaltenen Lebewesen und Gegenständen, gar keine Schwere mehr zu erkennen sein.

Was würde jetzt erfolgen? Es konnte einer von drei Fällen eintreten:

Entweder das Projektil hatte noch einige Geschwindigkeit behalten, dann drang es über den Punkt derselben Anziehung hinaus und mußte, durch die überwiegende Anziehungskraft des Mondes, auf diesen fallen.

Oder, wenn ihm die Kraft fehlte, am Punkt derselben Anziehung anzulangen, so mußte es durch die überwiegende Anziehungskraft der Erde auf sie zurückstürzen.

Oder endlich, seine Kraft reichte gerade aus, an den neutralen Punkt zu gelangen, aber nicht darüber hinaus, dann würde es ewig an dieser Stelle bleiben, wie angeblich das Grab Mohammeds zwischen Zenit und Nadir.

In einer dieser Lagen befand man sich, und Barbicane setzte seinen Gefährten die Folgen auseinander. Das war für sie äußerst wichtig. Wie konnten sie aber nun erkennen, daß das Projektil diesen neutralen Punkt in der Entfernung von 41 000 Meilen erreicht habe?

Eben daran, daß sowohl sie als die im Projektil enthaltenen Dinge gar nicht mehr den Gesetzen der Schwere unterworfen waren.

Bisher hatten die Reisenden, obwohl diese Kraft mehr und mehr schwand, doch noch nicht ihr völliges Fehlen bemerkt. Aber an diesem Tage, gegen elf Uhr morgens, als Nicholl ein Glas aus der Hand fallen ließ, blieb es, anstatt am Boden zu zersplittern, in der Luft schweben.

»Ei«, rief Michel Ardan, »da seht mal eine lustige Physik!«

Sofort hielten sich verschiedene Gegenstände wie Waffen und Flaschen, die man sich selbst überließ, wie durch einen Zauber an ihrer Stelle. Auch Diana, von Michel in die Luft gestellt, führte, jedoch ohne jeden Trick, das einst von Caston und Houdin veranstaltete schwebende Wunder auf. Der Hund schien übrigens gar nicht zu merken, daß er frei in der Luft hing.

Sie selbst, diese drei waghalsigen Freunde, waren überrascht und trotz ihres wissenschaftlichen Urteils bestürzt, als sie, in den Bereich des Wunderbaren versetzt, merkten, daß ihren Körpern die Schwere fehlte. Wenn sie die Arme ausstreckten, fühlten diese kein Bedürfnis, wieder zu sinken. Ihr Kopf wackelte auf den Schultern, ihre Füße blieben nicht auf dem Boden des Projektils. Sie waren wie Betrunkene, die nicht mehr fest stehen können. Die Phantasie hat Menschen ohne Schatten geschaffen. Hier aber bildete die Wirklichkeit durch Aufhebung der Schwerkraft Menschen, die kein Gewicht hatten.

Plötzlich schwang sich Michel mit einem Sprung empor und blieb so in der Luft schweben wie bei Murillo der Mönch in der Engelsküche.

Seine beiden Freunde gesellten sich ihm auf ein Weilchen zu, so daß sie alle drei in der Mitte des Projektils eine wunderbare Himmelfahrt darstellten.

»Ist's glaubhaft? Ist's wahrscheinlich? Ist's möglich?« rief Michel aus. »Nein. Und doch ist's so! Ach, hätte uns Raffael so gesehen, was hätte er für eine ‚Himmelfahrt' gemalt!«

»Dieses Schweben kann nicht andauern«, erwiderte Barbicane. »Wenn das Projektil über den neutralen Punkt hinauskommt, wird die Anziehungskraft des Mondes wirken.«

»Dann werden wir also an der Decke des Projektils Fuß fassen«, erwiderte Michel.

»Nein«, sagte Barbicane, »weil das Projektil, dessen Schwerpunkt sehr weit unten liegt, sich allmählich umwenden wird.«

»Das will heißen, unsere ganze Einrichtung, von oben bis unten, wird sich umkehren!«

»Beruhige dich, Michel«, erwiderte Nicholl. »Eine Umkehrung ist durchaus nicht zu befürchten. Nicht ein einziger Gegenstand wird von seiner Stelle rücken, weil die Wendung des Projektils ganz unmerklich vorgeht.«

»Richtig«, fuhr Barbicane fort, »und wenn es über den Punkt derselben Anziehung hinaus ist, wird es sein Boden als der schwerere Teil senkrecht nach dem Mond hinziehen. Aber damit das vor sich geht, müssen wir über die neutrale Linie hinaus sein.«

»Über die neutrale Linie hinaus!« schrie Michel. »Dann machen wir's wie die Seeleute, welche die Linie der Äquators passieren. Nutzen wir den Übergang!«

Eine leichte Seitenbewegung brachte Michel an die ausgefütterte Wand. Hier nahm er eine Flasche und Gläser, stellte sie in die Luft vor seine Kameraden, sie stießen lustig an und begrüßten die Linie mit einem dreifachen Hurra.

Diese Wirkung der Anziehungskräfte dauerte kaum eine Stunde. Die Reisenden fühlten sich unmerklich wieder zum Boden gezogen, und Barbicane glaubte wahrzunehmen, daß die konische Spitze des Projektils ein wenig von der Richtung senkrecht zum Mond abwich. Durch eine entgegengesetzte Bewegung kehrte sich diesem das Bodenstück zu. Die Anziehungskraft des Mondes überwog also die der Erde. Der Fall auf den Mond begann, noch fast unmerklich; er konnte in der ersten Sekunde nur ein Drittel Millimeter betragen. Aber allmählich würde die anziehende Kraft zunehmen, der Fall spürbarer werden. Das Projektil mit dem Boden gegen den Mond würde seine Spitze der Erde zukehren und mit wachsender Schnelligkeit auf die Oberfläche des Mondes fallen. Damit wäre der Zweck erreicht. Jetzt konnte nichts mehr das Gelingen verhindern, und Nicholl und Ardan teilten Barbicanes Freude. Danach plauderten sie über all diese Erscheinungen, von denen sie eine nach der anderen in Staunen versetzt hatte. Diese Neutralisation der Anziehungskräfte zumal gab immer neuen Stoff zur Unterhaltung. Michel Ardan, stets Enthusiast, wollte daraus Konsequenzen ziehen, die pure Phantasie waren.

»Nun, meine würdigen Freunde«, rief er aus, »welcher Fortschritt, wenn man sich so der Schwere, dieser an die Erde fesselnden Kette, entledigen könnte! Es käme der Befreiung eines Gefangenen gleich! Es gäbe keine Ermüdung mehr für die Arme wie für die Beine. Und wenn es richtig ist, daß es, um über die Erdoberfläche zu fliegen, um sich durch Muskelspiel in der Luft zu halten, einer hundertfach stärkeren Kraft als der unseren bedarf, so würde dann schon ein Willensakt, eine Laune uns in den Weltraum versetzen, wenn die Anziehungskraft nicht mehr existierte.«

»Wirklich«, sagte Nicholl lächelnd, »wenn man die Schwere unterdrücken könnte, wie man den Schmerz durch Chloroform unterdrückt, so würde das gewiß die Gestalt der modernen Gesellschaft ändern!«

»Ja!« rief Michel, der von seinem Gegenstand ganz erfüllt war, »heben wir die Schwerkraft auf, dann gibt's keine Bürden mehr. Folglich hätten Kräne, Winden, Spills, Kurbeln und dergleichen Maschinen kein Recht mehr zu existieren!«

»Gut gesagt«, entgegnete Barbicane, »aber wenn es keine Schwere mehr gäbe, so hielte und säße auch nichts mehr wie dein Haus auf seiner Stelle! Keine Schiffe, deren Festigkeit auf den Gewässern nur eine Folge der Schwere ist! Selbst der Ozean nicht, dessen Wogen nicht mehr durch die Anziehungskraft der Erde im Gleichgewicht gehalten würden. Endlich keine Atmosphäre, deren Elementarteilchen sich ohne Zusammenhalt überall im Weltraum zerstreuen würden!«

»Das ist aber bedauerlich«, versetzte Michel. »Es gleicht doch nichts den positiven Leuten, die uns brutal zur Wirklichkeit zurückführen.«

»Aber tröste dich, Michel«, fuhr Barbicane fort, »denn wenn es auch keine Weltkörper gibt, wo die Gesetze der Schwere aufgehoben sind, so wirst du wenigstens einen besuchen, wo sie weit geringer ist als auf der Erde.«

»Den Mond?«

»Ja, den Mond, auf dessen Oberfläche die Gegenstände sechsmal weniger wiegen als auf der Oberfläche der Erde, was sehr leicht zu beweisen ist.«

»Und wir werden es erfahren?« fragte Nicholl.

»Offenbar, denn zweihundert Kilogramm auf der Erde sind auf dem Mond nicht schwerer als dreißig«, sagte Barbicane.

»Und unsere Muskelkraft wird dort nicht geringer sein?«

»Keineswegs. Anstatt drei Fuß hoch zu springen, würdest du dich achtzehn Fuß erheben.«

»Aber dann sind wir auf dem Mond Riesen wie Herkules!« rief Michel.

»Um so mehr«, erwiderte Nicholl, »als die Seleniten, wenn die Körpergröße im Verhältnis zur Masse ihres Gestirns steht, kaum einen Fuß hoch sind.«

»Liliputaner!« versetzte Michel. »Dann werde ich die Rolle Gullivers bei den Zwergen spielen! Wir werden die Fabel von dem Riesen zur Wirklichkeit machen! Diesen Vorteil hat man, wenn man seinen Planeten verläßt und in der Sonnenwelt Reisen unternimmt!«

»Einen Augenblick, Michel«, erwiderte Barbicane. »Wenn du Gulliver bei den Zwergen spielen willst, dann besuch nur die kleinen Planeten wie Merkur, Venus oder Mars, deren Masse geringer ist als die der Erde. Aber wage dich nicht auf die großen, Jupiter, Saturn, Uranus, Neptun, denn da würde die Rolle sich umkehren, und du würdest Liliputaner sein.«

»Und auf der Sonne?«

»Ist die Dichte der Sonne viermal geringer als die des Erdkörpers, so ist dagegen ihr Umfang eine Million dreihundertachtzigtausendmal beträchtlicher, und die Anziehungskraft ist da siebenundzwanzigmal stärker als auf der Oberfläche des Erdballs. Stände alles dort in demselben Verhältnis, müßten die Bewohner im Durchschnitt zweihundert Fuß hoch sein.«

»Tausend Teufel!« rief Michel. »Da wäre ich ja nur ein Zwerg, ein Knirps!«

»Gulliver im Land der Riesen«, sagte Nicholl.

»Richtig«, erwiderte Barbicane.

»Und es würde gar nichts schaden, zu seiner Verteidigung einige Geschütze bei sich zu haben.«

»Deine Kugeln«, entgegnete Barbicane, »würden auf der Sonne ganz wirkungslos sein und nach einigen Metern zu Boden fallen.«

»Das ist stark!«

»Das ist aber ganz gewiß«, erwiderte Barbicane. »Auf diesem gewaltigen Weltkörper ist die Anziehungskraft so beträchtlich, daß ein Gegenstand, der auf der Erde siebzig Kilogramm wiegt, auf der Oberfläche der Sonne ein Gewicht von tausendneunhundertdreißig hätte. Dein Hut würde zehn Kilogramm wiegen, deine Zigarre ein halbes Pfund. Endlich, wenn du auf der Sonne zu Boden fielst, so würde dein Gewicht von ungefähr zweitausendfünfhundert Kilo dir's unmöglich machen, wieder aufzustehen!«

»Teufel!« sagte Michel. »Da müßte man einen tragbaren Kran bei sich haben! Nun denn, meine Freunde, also wollen wir uns für heute auf den Mond beschränken. Da werden wir wenigstens die Großen spielen! Später können wir überlegen, ob es nötig ist, die Sonne zu besuchen, wo man nicht trinken kann, ohne mittels einer Winde sein Glas zum Mund zu bringen!«

Neuntes Kapitel

Folgen einer Abweichung von der Bahn

Barbicane hatte nun keine Sorgen mehr, außer in bezug auf den starken Aufprall am Ende der Reise. Die noch wirksame Geschwindigkeit des Projektils trieb es über den neutralen Punkt hinaus; folglich würde es nicht mehr auf die Erde zurückfallen, auch nicht unbeweglich an jener Stelle bleiben. Zu verwirklichen blieb nur noch, daß es unter Einwirkung der Anziehungskraft der Mondes sein Ziel erreiche.

In Wirklichkeit war es ein Herabfallen aus einer Höhe von 4 358 Meilen auf einen Weltkörper, auf dem die Schwere allerdings nicht höher als auf ein Sechstel der Erdschwerkraft zu veranschlagen ist. Dennoch ein fürchterlicher Fall, gegen den unverzüglich alle Vorkehrungen getroffen sein wollten.

Diese Vorkehrungen waren zweierlei Art: Die einen sollten im Moment, wo das Projektil den Boden des Mondes berührte, den Schlag abschwächen; die anderen sollten den Fall verzögern, folglich ihn weniger stark machen.

Es war zu bedauern, daß Barbicane, um den Aufprall abzuschwächen, nicht mehr die Mittel anwenden konnte, die bei der Abfahrt den Gegenstoß so wirksam verminderten, nämlich das Wasser und die zerbrechlichen Verschläge. Die Scheidewände existierten noch, aber an Wasser mangelte es; denn den noch vorhandenen Vorrat konnte man nicht verwenden, da er zu kostbar war, falls man in den ersten Tagen auf dem Boden des Mondes kein flüssiges Element vorfände.

Übrigens wäre dieser Vorrat auch sehr unzureichend gewesen. Das bei der Abfahrt des Projektils dazu verwendete Wasser, worauf die Scheibe ruhte, stand nicht weniger als drei Fuß hoch auf einer Fläche von vierundfünfzig Quadratfuß; es waren sechs Kubikmeter, die 1 750 Kilogramm wogen. Nun enthielten aber die Behälter nur den fünften Teil davon. Man mußte also auf dieses so wirksame Mittel verzichten.

Zu allem Glück hatte sich Barbicane nicht auf diese Wasservorrichtung beschränkt, sondern die bewegliche Scheibe durch starke Zapfen mit Federn gestützt, die nach Zertrümmerung der Verschläge den Stoß gegen das Bodenstück abschwächen sollten. Diese Zapfen waren noch vorhanden; man brauchte sie nur wieder zu befestigen und die bewegliche Scheibe an ihre Stelle zu bringen. Alle diese Stücke, die, weil sie ein kaum spürbares Gewicht hatten, leicht zu handhaben waren, konnten rasch wieder eingesetzt werden.

Dies geschah. Die verschiedenen Teile waren schnell wieder hergerichtet; man brauchte nur Bolzen und Schrauben. An Werkzeug fehlte es nicht. Bald ruhte die wieder eingesetzte Scheibe auf ihren Stahlfederzapfen wie ein Tisch auf seinen Füßen. Ein Übelstand ergab sich aus der Wiederherstellung der Vorrichtung: Sie versperrte das untere Fenster, so daß die Reisenden nicht mehr den Mond durch diese Luke beobachten konnten. Darauf mußte man nun verzichten. Übrigens konnte man durch die Seitenfenster noch die ungeheuren Mondregionen anschauen wie die Luftschiffer die Erde aus ihrer Gondel.

Die Einrichtung der Scheibe erforderte eine Stunde

Zeit. Es war schon zwölf Uhr mittags vorüber, als die Arbeiten fertig waren. Barbicane stellte von neuem Beobachtungen über die Neigung des Projektils an; aber zu seinem großen Leidwesen hatte es sich nicht hinreichend umgedreht, um zu fallen; es schien eine gekrümmte Bahn parallel zur Mondoberfläche zu beschreiben. Das Nachtgestirn strahlte glänzend im Weltraum, während auf der entgegengesetzten Seite das Tagesgestirn es mit seiner Glut beleuchtete.

Diese Lage war beunruhigend.

»Werden wir anlangen?« fragte Nicholl.

»Wir tun, als müßten wir anlangen«, erwiderte Barbicane.

»Ihr seid zu zaghaft«, versetzte Michel Ardan. »Wir werden anlangen, und rascher, als uns lieb sein wird.«

Diese Antwort veranlaßte Barbicane, die Vorbereitungen fortzusetzen, und er machte sich daran, die zur Verzögerung des Falls bestimmten Dinge bereitzuhalten.

Erinnern wir uns der Versammlung in Tampa, wo Kapitän Nicholl als Feind Barbicanes und als Gegner Michel Ardans auftrat. Michel hatte Kapitän Nicholl auf dessen Behauptung, das Projektil werde wie Glas zersplittern, geantwortet, er werde den Fall durch entsprechend verwendete Raketen verzögern.

Wirklich vermochten starke Kunstfeuer, vom Bodenstück auswärts gerichtet, indem sie eine starke Rückstoßbewegung hervorbrachten, die Schnelligkeit des Geschosses einigermaßen zu hemmen. Diese Raketen mußten zwar im luftleeren Raum abbrennen, aber es sollte doch nicht an Sauerstoff fehlen, denn sie waren in ihrem Innern damit versehen wie die Mondvulkane, deren Feuer ungeachtet des Fehlens einer Atmosphäre niemals erlosch.

Die Raketen nun, die Barbicane angeschafft hatte, staken in kleinen Röhren aus Stahl, die, mit einem Gewinde versehen, in das Bodenstück eingeschraubt werden konnten. Innen schlossen diese Röhren mit dem Boden ab, außen ragten sie einen halben Fuß weit hervor. Es waren zwanzig. Eine in der Scheibe angebrachte Öffnung ermöglichte es, daß man die Lunte an jeder anzünden konnte. Sie entluden sich dann nach außen. Die Röhren waren im voraus gefüllt worden, man brauchte jetzt nur die in den Boden eingelassenen metallenen Stöpsel wegzunehmen und an ihre Stelle die genau hineinpassenden Röhren zu setzen.

Diese Arbeit war binnen drei Stunden vollendet, und nach all diesen Vorkehrungen mußte man abwarten.

Inzwischen näherte sich das Projektil sichtbar immer mehr dem Mond, der in einem gewissen Grade darauf einwirkte; aber die ihm noch eigene Schnelligkeit trieb es immer weiter. Die durch diese beiden Einwirkungen hervorgerufene Bahn wurde vielleicht zu einer Tangente. Aber gewiß fiel das Projektil nicht senkrecht auf die Mondoberfläche, denn sein Unterteil hätte ihr durch sein Gewicht zugekehrt sein müssen.

Barbicanes Unruhe wurde größer, als er sein Geschoß den Einwirkungen der Gravitation widerstehen sah. Er fand sich dem Unbekannten gegenüber, das im Weltraum zwischen den Sternen herrscht. Er hielt als Gelehrter nur die drei Fälle für möglich: Sturz zurück auf die Erde, Fall auf den Mond und Beharren auf der neutralen Linie! Und siehe da, nun erhob sich unversehens eine vierte Möglichkeit samt allen Schrecken des Unendlichen. Um bei dieser Aussicht seines Verstandes mächtig zu bleiben, mußte man ein entschlossener Charakter sein wie Barbicane, ein Phlegmatiker wie Nicholl oder ein tollkühner Abenteurer wie Michel Ardan.

Die Unterhaltung wendete sich diesem Gegenstand zu. Andere Leute hätten die Frage vom praktischen Gesichtspunkt aus betrachtet und sich gefragt, wohin ihr

Waggon-Projektil sie führe. Sie dagegen forschten nach der Ursache, welche diese Wirkung hervorrief.

»Also wir sind aus der Bahn gekommen«, sagte Michel. »Aber weshalb?«

»Ich fürchte«, erwiderte Nicholl, »daß trotz aller Vorsichtsmaßregeln die Columbiade wohl nicht genau gerichtet wurde. Eine noch so kleine Ungenauigkeit mußte schon hinreichen, uns aus der Einwirkung der Anziehung des Mondes herauszubringen.«

»Also hätte man schlecht visiert?« fragte Michel.

»Ich glaub's nicht«, erwiderte Barbicane. »Die Kanone war streng senkrecht gerichtet, unstreitig gerade auf den Zenit des Ortes. Wenn nun der Mond in den Zenit kam, mußten wir ihn als Vollmond erreichen. Es gibt noch einen anderen Grund, aber er fällt mir nicht ein.«

»Kommen wir nicht zu spät?« fragte Nicholl.

»Zu spät?« versetzte Barbicane.

»Ja«, fuhr Nicholl fort. »Die Anweisung des Observatoriums zu Cambridge verlangte, daß die Reise in siebenundneunzig Stunden, dreizehn Minuten und zwanzig Sekunden vor sich gehe. Das will heißen: Früher wird der Mond noch nicht den bestimmten Punkt erreicht haben; später wird er nicht mehr an der Stelle sein.«

»Einverstanden«, erwiderte Barbicane. »Aber wir sind dreizehn Minuten und fünfundzwanzig Sekunden vor elf Uhr abends abgereist und müssen am Fünften zur Mitternacht ankommen, genau zu dem Zeitpunkt, da der Mond voll sein wird. Nun haben wir den fünften Dezember. Es ist halb vier Uhr nachmittags, und in acht und einer halben Stunde sollen wir am Ziel anlangen. Weshalb kommen wir nun nicht dort an?«

»Ist vielleicht die Schnelligkeit zu groß?« erwiderte Nicholl, »denn wir wissen jetzt, daß die Anfangsgeschwindigkeit größer gewesen ist, als man berechnete.«

»Nein! Hundertmal nein!« entgegnete Barbicane. »War die Richtung des Projektils gut, so hätte ein Übermaß an Geschwindigkeit uns nicht gehindert, den Mond zu erreichen. Nein, der Grund ist eine Bahnabweichung. Wir sind von der Bahn abgekommen.«

»Wodurch? Durch wen?« fragte Nicholl.

»Ich kann's nicht sagen«, erwiderte Barbicane.

»Nun, Barbicane«, sprach darauf Michel, »soll ich dir meine Meinung sagen zu der Frage, woher diese Abweichung kommt?«

»Nur immer heraus.«

»Ich würde keinen halben Dollar dafür geben, um es zu erfahren! Wir sind aus der Bahn heraus, das ist Tatsache. Wohin wir fahren, daran liegt mir wenig. Wir werden's schon sehen. Der Teufel! Da wir nun einmal in den Weltraum hineingeschleudert sind, so werden wir schließlich irgendeinem Zentrum der Anziehungskraft zufallen!«

Mit dieser Gleichgültigkeit Michel Ardans konnte sich Barbicane nicht zufriedengeben. Nicht, daß er wegen der Zukunft Besorgnis hegte! Vielmehr hätte er um jeden Preis gern gewußt, weshalb sein Projektil von der Bahn abgekommen war.

Inzwischen änderte das Geschoß samt den hinausgeworfenen Gegenständen fortwährend seine Lage, und zwar seitwärts zum Mond. Barbicane konnte sogar durch Merkzeichen, die er auf dem Mond, der keine tausendeinhundert Meilen mehr entfernt war, wahrgenommen hatte, feststellen, daß seine Geschwindigkeit gleichförmig wurde. Ein neuer Beweis, daß kein Fallen stattfand. Die treibende Kraft überwog noch die anziehende des Mondes; aber das Projektil kam doch unstreitig dem Erdtrabanten immer näher, und man konnte hoffen, daß, je näher man kam, die Schwerkraft überwiegen und den Fall auslösen werde.

Da die drei Freunde nichts Besseres zu tun hatten, setzten sie ihre Beobachtungen fort. Doch konnten sie über die topographische Beschaffenheit des Mondes noch nichts feststellen, weil alle Erhabenheiten durch die reflektierten Sonnenstrahlen flacher wurden.

Sie betrachteten ihn also bis um acht Uhr abends durch die Seitenluken. Er hatte vor ihren Augen dermaßen an Größe zugenommen, daß er die eine Hälfte des Firmaments ganz verdeckte. Das Projektil wurde auf der einen Seite vom Nachtgestirn mit Licht überschwemmt.

In diesem Moment glaubte Barbicane die Entfernung von ihrem Ziel auf nur noch 370 Meilen schätzen zu können. Die Schnelligkeit des Projektils schien ihm noch 600 Fuß in der Sekunde zu betragen, das macht etwa 90 Meilen in der Stunde. Das Bodenstück zeigte unter dem Einfluß der Zentripetalkraft das Bestreben, sich dem Monde zuzukehren; aber die zentrifugale Kraft behauptete stets das Übergewicht, und wahrscheinlich verwandelte sich die gradlinige Bahn in irgendeine krumme, ohne daß man von ihrer Beschaffenheit etwas Bestimmtes kannte.

Barbicane suchte fortwährend nach der Lösung seines komplizierten Problems.

Die Stunden verflossen ohne Ergebnis. Das Projektil näherte sich dem Mond sichtlich immer mehr, aber es wurde auch klar, daß es ihn nicht erreichen würde. Aus dem Zusammenwirken der anziehenden und abstoßenden Kraft, welche die Bewegung bestimmte, mußte sich der Abstand ergeben, bis zu welchem es gelangen würde.

»Ich begehre nur etwas«, sagte Michel wiederholt, »nahe genug an den Mond heranzukommen, um in seine Geheimnisse zu dringen!«

»Verfluchte Ursache«, rief Nicholl, »die unser Projektil abweichen ließ!«

»Verwünscht dann«, erwiderte Barbicane, als sei ihm auf einmal ein Gedanke gekommen, »verwünscht dann den Boliden, dem wir begegneten!«

»Hm!« brummte Michel Ardan.

»Was meinen Sie damit?« rief Nicholl.

»Ich meine«, erwiderte Barbicane so zuversichtlich, als sei er restlos davon überzeugt, »ich meine, daß unsere Abweichung einzig und allein der Begegnung mit diesem umherschweifenden Körper zuzuschreiben ist!«

»Aber er hat uns ja nicht einmal gestreift«, erwiderte Michel.

»Darauf kommt's nicht an. Seine Masse war im Verhältnis zu der unseres Projektils enorm, so daß seine Anziehungskraft hinreichend stark war, um auf unsere Richtung einzuwirken.«

»Doch nur wenig!« rief Nicholl.

»Ja! Nicholl, so wenig es auch gewesen sein mag«, erwiderte Barbicane, »bei einer Entfernung von rund vierzigtausend Meilen bedurfte es nicht mehr, um ein Verfehlen des Mondes zu veranlassen!«

Zehntes Kapitel

Die Beobachter des Mondes

Barbicane hatte offenbar in bezug auf diese Abweichung den einzigen Grund, der sich hören ließ, getroffen. So gering auch der Anlaß gewesen sein mag, so war er hinreichend, um auf die Bahn des Projektils einzuwirken. Es war ein Verhängnis. Das kühne Unternehmen scheiterte an einem ganz zufälligen Umstand, und wenn nicht außerordentliche Ereignisse eintraten, war es nicht mehr möglich, die Mondoberfläche zu erreichen. Würde man nahe genug vorbeikommen, um einige bisher unlösbare Fragen der Physik oder Geologie zu beantworten? Dieser Punkt allein nahm jetzt die kühnen Reisenden vorerst in Anspruch. An das Schicksal, das ihnen die Zukunft vorbehielt, wollten sie nicht einmal denken. Doch was sollte aus ihnen werden mitten in dieser unendlichen Verlassenheit, da ihnen bald die Lebensluft ausgehen mußte? Wenige Tage noch, und sie verfielen in diesem unstet schweifenden Geschoß unvermeidlich dem Tode. Aber die wenigen Tage hatten für die unerschrokkenen Männer den Wert von Jahrhunderten, und sie widmeten jeden Augenblick der Beobachtung dieses Mondes, den zu erreichen sie nicht mehr hoffen konnten.

Die damalige Entfernung vom Trabanten wurde auf etwa 105 Meilen geschätzt. Unter diesen Umständen befanden sich die Reisenden, in Hinblick auf die Sicherheit des Details, weiter vom Mond entfernt als die Bewohner der Erde, wenn sie weitreichende Teleskope benutzten.

Wir wissen ja, daß das von William Rosse zu Parson-Town aufgestellte Instrument, dessen Vergrößerungen sechstausendfünfhundertfach waren, den Mond bis auf achteinhalb Meilen nahebrachte; ferner wurde durch das Gerät auf Long's Peak, das achtundvierzigtausendmal vergrößerte, das Nachtgestirn auf weniger als zwei Meilen herangeholt, und man konnte Gegenstände von dreißig Fuß Durchmesser hinlänglich klar erkennen.

Bei diesem Abstand also waren die topographischen Einzelheiten des Mondes, ohne Fernrohr betrachtet, nicht klar zu sehen. Das Auge erfaßte zwar den unbestimmten Umriß der unermeßlichen Niederungen, die man unzutreffend »Meere« genannt hat, aber ihre Beschaffenheit genauer wahrzunehmen vermochte es nicht. Die Schatten der Berge verschwanden in der glänzenden

Beleuchtung durch die Sonnenstrahlen. Der Blick wandte sich unwillkürlich ab, als blende ihn eine Masse geschmolzenen Silbers.

Inzwischen wurde die längliche Gestalt des Mondes bereits erkennbar. Er erschien wie ein riesenhaftes, mit dem spitzen Ende der Erde zugekehrtes Ei. Zunächst hatte der Mond, als er in den ersten Tagen seiner Bildung flüssig oder dehnbar war, eine vollständige Kugelgestalt, aber sobald die Erde ihn in ihr Attraktionszentrum zog, wurde er durch die Wirkung der Schwere länglich. Indem er Trabant wurde, büßte er durch die Wirkung der Schwerkraft die ursprüngliche Reinheit seiner Formen ein; sein Schwerpunkt stimmte nicht mehr mit dem Zentrum seiner Gestalt überein, und aus dieser Eigentümlichkeit zogen einige Gelehrte den Schluß, daß sich Luft und Wasser auf die entgegengesetzte Seite des Mondes, die nie auf der Erde sichtbar ist, zurückgezogen haben.

Diese Veränderung der ursprünglichen Form wurde erst seit einigen Augenblicken sichtbar. Die Entfernung des Projektils vom Mond verminderte sich nicht sehr rasch, da seine jetzige Geschwindigkeit zwar bedeutend geringer war als die anfängliche, doch immer noch acht- bis neunmal schneller als die unserer Eilzüge. Die schräge Richtung der Kugel, gemäß ihrer Schräglage, ließ Michel Ardan einige Hoffnung, man werde auf irgendeinen Punkt der Mondoberfläche treffen. Er konnte gar nicht glauben, daß er nicht anlangen werde; das wiederholte er immer von neuem.

Aber Barbicane, der richtiger zu urteilen verstand, erwiderte ihm unablässig mit unbarmherziger Logik: »Nein, Michel, nein. Wir können nur durch Fallen auf den Mond gelangen, und wir fallen nicht. Die zentripetale Kraft hält uns im Einflußbereich des Mondes, aber die zentrifugale entfernt uns unwiderstehlich.« Die Betonung, mit der er das sprach, raubte Michel Ardan die letzten Hoffnungen.

Das Projektil näherte sich der Nordhälfte des Mondes, die auf den Mondkarten unten ist, denn diese werden meistens nach dem von den Himmelsfernrohren dargebotenen Bild entworfen, das bekanntlich umgekehrt ist. Das war auch bei der Mädlerschen Mondkarte, die Barbicane zu Rate zog, der Fall. Auf dieser Hälfte zeigten sich ausgedehnte Ebenen, in denen hier und da einzelne Berge aufragten.

Um Mitternacht war es Vollmond. Genau zu diesem Zeitpunkt hätten die Reisenden ankommen müssen, hätte nicht der unglückselige Bolide ihre Richtung geändert. Das Gestirn erfüllte alle vom Observatorium zu Cambridge berechneten Bedingungen. Es befand sich in Erdnähe und im Zenit des achtundzwanzigsten Breitengrades. Ein Beobachter auf dem Boden der gewaltigen, senkrecht zum Horizont gerichteten Columbiade hätte den Mond in der Mündung der Kanone eingerahmt gesehen. Ihre Achse in gerader Linie verlängert, hätte das Nachtgestirn in seinem Zentrum getroffen.

Ich brauche nicht zu sagen, daß die Reisenden diese ganze Nacht vom fünften auf den sechsten Dezember schlaflos zubrachten. Hätten sie, der neuen Welt so nahe, die Augen schließen können? Alle ihre Gefühle konzentrierten sich in dem einzigen Gedanken: Schauen. Sie waren Repräsentanten der Erde, des Menschengeschlechts der Vergangenheit und Gegenwart, das mit ihren Augen die Mondregionen betrachtete, in die Geheimnisse des Trabanten eindrang! Bewegt und gespannt begaben sie sich von einem Fenster an das andere.

Ihre von Barbicane aufgezeichneten Beobachtungen waren sehr genau. Sie wurden mittels der Fernrohre gemacht, zur Kontrolle dienten die Karten.

Der erste gründliche Beobachter des Mondes war Galilei, dessen unzureichendes Fernrohr nur dreißigmal vergrößerte. Dennoch erkannte er in den Flecken, mit denen die Mondscheibe »wie der Pfauenschweif mit Augen« bedeckt ist, Gebirge und maß einige Höhen, die er übertriebenerweise einem Fünftel des Durchmessers der Scheibe gleichsetzte. Galilei entwarf keine Karte von seinen Beobachtungen.

Einige Jahre später setzte der Danziger Astronom Hevelius die Höhen auf den sechsundzwanzigsten Teil des Monddurchmessers herab. Das war eine Übertreibung in entgegengesetzter Richtung. Man verdankt aber diesem Gelehrten die erste Mondkarte. Die hellen runden Flecke sind auf ihr als ringförmige Gebirge und die dunklen als ausgedehnte Meere bezeichnet, die in Wirklichkeit nur Ebenen sind. Diesen Bergen und Meeren gab er der Erde entliehene Namen. Man sieht da den »Sinai« mitten in einem »Arabien«, einen »Ätna« im Zentrum von einem »Sizilien«, die »Alpen«, »Apenninen«, »Karpaten«, dann das »Mittelländische«, das »Marmara«, »Schwarze« und das »Kaspische Meer«. Diese Namen sind um so unpassender, als sie nicht an die Gestalt der gleichnamigen Gebirge und Meere erinnern. Darum hat man auch diese Bezeichnungen nicht beibehalten. Ein anderer Kartograph schlug eine neue Benennung vor, die von der menschlichen Eitelkeit eifrig angenommen wurde. Pater Riccioli nämlich, ein Zeitgenosse von Hevelius, verfaßte eine plumpe Karte, die zwar voller Irrtümer war, aber den Mondbergen Namen großer Männer gab, ein Brauch, dem man später gern folgte.

Eine andere Mondkarte wurde im siebzehnten Jahrhundert von Dominico Cassini entworfen; besser zwar ausgeführt als die Ricciolis, doch ungenau in den Messungen. Es wurden zwar einige Ausgaben von ihr mit

Abänderungen veröffentlicht, aber die lange aufbewahrte Platte wurde doch zuletzt als altes Kupfer pfundweise verkauft.

Die vier Meter hohe Karte Lahires wurde nie gestochen. Der deutsche Astronom Tobias Mayer begann um die Mitte des achtzehnten Jahrhunderts mit der Herausgabe einer prächtigen Mondkarte nach genau berichtigten Messungen. Aber durch seinen Tod 1762 blieb die schöne Arbeit unvollendet.

Hierauf kam Schröter aus Lilienthal, der zahlreiche Mondkarten entwarf, danach ein gewisser Lohrmann aus Dresden, dem man eine Karte in fünfundzwanzig Teilen verdankt, von denen vier in Kupfer gestochen wurden.

Im Jahre 1830 lieferten Beer und Mädler ihre berühmte Mappa selenographica. Diese Karte stellt die Mondscheibe genau so dar, wie man sie sieht; doch sind die Zeichnungen der Berge und Ebenen nur auf dem mittleren Teile richtig; überall sonst, nördlich und südlich, östlich und westlich, sind sie verkürzt. Diese fünfundneunzig Zentimeter hohe, in vier Abteilungen gegliederte Karte ist das Hauptwerk der Mondkartenzeichnung.

Nach diesen Gelehrten sind noch die Reliefkarten des deutschen Astronomen Julius Schmidt anzuführen, die topographischen Arbeiten des Paters Secchi, die prächtigen Drucke des Engländers Warren de la Rue und endlich eine Karte von Lecoutourier und Chapuis, deren Original im Jahre 1860 entworfen wurde, von sehr richtiger Zeichnung und klarer Anordnung.

Das sind die verschiedenen Karten, die man von der Mondwelt hat. Barbicane besaß die beiden von Beer und Mädler und von Chapuis und Lecoutourier. Sie konnten ihm seine Beobachtungen erleichtern.

Die optischen Instrumente, die er zur Verfügung hatte, waren ausgezeichnete Seefernrohre, die extra für diese Reise angefertigt worden waren. Sie vergrößerten hundertfach, konnten also auf der Erde den Mond bis zu einer Entfernung von nicht einmal fünfhundertfünfzig Meilen nahe bringen. Aber bei der Mondnähe, die um drei Uhr morgens kaum mehr als sechzehn Meilen betrug, und in der von keiner Atmosphäre getrübten Umgebung wurde durch diese Geräte die Mondoberfläche auf nicht ganz 4 500 Fuß herangezogen.

Elftes Kapitel

Phantasie und Wirklichkeit

»Haben Sie jemals den Mond gesehen?« fragte ein Professor ironisch einen seiner Schüler.

»Nein, mein Herr«, erwiderte noch ironischer der Schüler, »aber ich darf sagen, daß ich von ihm reden gehört habe.«

Diese scherzhafte Antwort könnte in gewissem Sinn von der großen Mehrheit aller Leute unter dem Mond gegeben werden. Wie viele Menschen haben vom Mond reden gehört, ohne ihn jemals zu sehen – wenigstens durch ein Fernrohr oder ein Teleskop! Wie viele selbst haben nie eine Mondkarte genau angesehen!

Betrachtet man eine Mondkarte, so springt eine Eigentümlichkeit sogleich in die Augen. Gerade umgekehrt wie bei der Erde und dem Mars nehmen die Kontinente, die ehemals von Meeren umspült wurden, hauptsächlich die südliche Hemisphäre ein. Sie zeigen nicht so deutliche und so regelmäßige Grenzlinien wie Nordamerika, Afrika und Indien. Ihre eckigen, launenhaften, tief ausgezackten Küsten sind reich an Golfen und Halbinseln. Sie erinnern leicht an das Durcheinander der Sundainseln, wo das Land übermäßig zerstückelt ist. Wenn jemals auf den einstigen Mondmeeren Schiffahrt stattgefunden hat, wird sie ganz besonders schwierig und gefährlich gewesen sein; und Seeleute und Hydrographen waren zu beklagen; die einen, wenn sie an den gefährlichen Stellen landen, die anderen, wenn sie die zerrissenen Küsten aufnehmen mußten.

Man wird ferner bemerken, daß auf der Mondkugel am Südpol weit mehr Festland ist als am Nordpol. Letzterer ist nur wie von einem leichten Käppchen mit Land bedeckt, das durch ungeheure ehemalige Meere vom anderen Festland abgesondert ist. Südlich bedecken die Kontinente fast die ganze Hemisphäre. Möglich also, daß die Seleniten bereits auf einem ihrer Pole die Fahne aufgesteckt hatten, als die Franklin, Roß, Kane, Dumont d'Urville, Lambert an die gleichen Punkte des Erdballs noch nicht gelangen konnten.

Inseln gibt es auf der Mondoberfläche sehr viele. Fast alle länglich oder kreisrund und wie mit dem Zirkel gemacht, scheinen sie einen ungeheuren Archipel zu bilden, der reizenden Inselgruppe zwischen Griechenland und Kleinasien vergleichbar, welche die Mythologie ehemals mit ihren schönsten Sagen geschmückt hat. Unwillkürlich fallen einem die Namen Naxos, Tenedos, Milo, Karpathos ein, und unsere Augen suchen das Schiff des Odysseus oder das der Argonauten. Das wenigstens wünschte Michel Ardan zu sehen, einen griechischen Archipel. Die weniger phantasiebegabten Augen seiner Gefährten wurden durch den Anblick dieser Küsten vielmehr an die zerstückelten Lande Neubraunschweig und Neuschottland erinnert, und da, wo der Franzose die Helden der Mythologie aufspürte, fanden diese Amerikaner die für die Errichtung von Kontoren günstigen Punkte im Interesse von Handel und Gewerbe auf dem Mond.

Zum Schluß der Beschreibung dieses »Festlandes«, auf dem Mond einige Worte über seine orographische Beschaffenheit. Man unterscheidet sehr deutlich Gebirgsketten, einzelne Berge, Ringberge und Streifen. Die Bodenerhebungen des Mondes sind außerordentlich zerrissen. Es ist eine ungeheure Schweiz, ein ununterbrochenes Norwegen, wo sich alles auf plutonischem Wege gebildet hat. Diese zerklüftete Oberfläche ist das Ergebnis wiederholter Zusammenziehungen der Bodenrinde zu der Zeit, als das Gestirn noch in seiner Bildung begriffen war. Die Mondscheibe ist daher geeignet zum Studium der großen geologischen Erscheinungen. Nach Meinung einiger Astronomen ist die Oberfläche des Mondes, wenngleich älter als die der Erde, dennoch ursprünglicher. Es gibt da keine Gewässer, welche die Bodengestalt abändern und deren Einwirken eine allgemeine Abflachung zur Folge hat; keine Luft, deren zersetzender Einfluß die orographischen Profile entstellt. Da ist die plutonische Arbeit, durch neptunische Kräfte nicht gestört, in ihrer ganzen natürlichen Reinheit zu finden. Gerade so wie auf der Erde, bevor Sümpfe und Ströme schichtenweise Sedimente ablagerten.

Nachdem sie diese weiten Kontinente überblickt hatten, gewährten ihnen die noch ausgedehnteren ehemaligen Meere ein anziehenderes Bild. Nicht allein ihre Gestalt, ihre Lage, ihr Aussehen erinnern an die Ozeane der Erde, sondern sie nehmen auch den größeren Teil der Oberfläche ein. Und doch enthalten sie keine Flüssigkeit, sondern sind Ebenen, deren Natur die Reisenden bald zu bestimmen hofften.

Die Astronomen haben diese angeblichen Meere mit zumindest seltsamen Namen geschmückt, welche die Wissenschaft bisher beibehalten hat.

»Auf dieser Karte«, sagte Michel Ardan, »geht es zu wie im Leben, sie besteht deutlich aus zwei Teilen, einer weiblichen und einer männlichen Hälfte, den Frauen gehört die Hemisphäre zur Rechten, den Männern die zur Linken.« Barbicane und Nicholl zuckten hierzu die Schultern; doch ihr phantasievoller Freund fuhr fort: »In dieser Hemisphäre zur Linken erstreckt sich das ›Wolkenmeer‹, worin so oft die menschliche Vernunft ertrinkt. Nicht weit davon zeigt sich das ‚Regenmeer', das durch die Wirren des Lebens genährt wird. Daneben das ‚Meer der Stürme', wo der Mensch unaufhörlich gegen seine Leidenschaften ankämpft, die ihn nur zu oft besiegen. Hernach, erschöpft durch Täuschungen, Verrat, Treulosigkeit samt dem ganzen Gefolge irdischen Elends, was findet er am Ende seiner Laufbahn? Das ungeheure ‚Meer der Launen', das kaum durch einige Tropfen aus dem ‚Tau-Golf' versüßt wird! Wolken, Regen, Stürme, Launen – enthält das Leben des Menschen etwas anderes?

Die den Frauen gewidmete Hemisphäre zur Rechten enthält kleinere Meere, deren Namen bezeichnend sind für weibliche Eigentümlichkeiten. Da ist das ‚Meer der Heiterkeit', worüber das junge Mädchen sich neigt, und die ‚See der Träume', die ihm eine lachende Zukunft entgegenstrahlt! Da ist das ‚Nektarmeer' mit seinen Wellen der Zärtlichkeit und Liebe! Hier das ‚Meer der Fruchtbarkeit', das ‚Meer der Krisen', sodann das ‚Meer der Mißlaunen', dessen Umfang vielleicht zu beschränkt ist, und endlich dieses ungeheure ‚Meer der Seelenruhe', worin alle falschen Leidenschaften, alle unnützen Träume, alle unerfüllten Wünsche untergehen und dessen Fluten friedlich in der ‚See des Todes' verlaufen.«

Welche seltsame Reihe von Namen und welche sonderbare Deutung durch den Phantasten Michel.

Aber seine ernsten Gefährten mit einer mehr geographischen Anschauung der Dinge maßen die Winkel und Durchmesser.

Barbicane und Nicholl sahen im »Wolkenmeer« eine ausgedehnte Niederung mit einigen verstreuten ringförmigen Bergen, die im östlichen Teil der Südhemisphäre lag; es umfaßte 46 200 Quadratmeilen, und sein Zentrum befand sich bei 15° südlicher Breite und 20° westlicher Länge. Der »Ozean der Stürme«, die weiteste Ebene der Mondscheibe, erstreckt sich über eine Fläche von 82 075 Quadratmeilen, deren Zentrum bei 10° nördlicher Breite und 45° östlicher Länge lag. Mitten darin ragten die seltsamen strahlenförmig auslaufenden Berge »Kepler« und »Aristarch« empor. Weiter nördlich und vom »Wolkenmeer« durch hohe Gebirgsketten getrennt, befand sich das »Regenmeer« mit seinem Mittelpunkt bei 35° nördlicher Breite und 20° östlicher Länge; es hatte eine fast kreisrunde Gestalt und bedeckte einen Raum von 48 250 Quadratmeilen. Nicht fern davon lag das »Meer des Humors«, ein kleines Becken von nur 11 050 Quadratmeilen, es lag bei 25° südlicher Breite und 40° östlicher Länge. Endlich sah man noch drei Golfe am Rande dieser Hemisphäre: den »Glühendheißen Golf«, den »Tau-Golf« und den »Regenbogen-Golf«, kleine schmale Ebenen zwischen hohen Gebirgszügen.

Die »weibliche« Hemisphäre war launenhafter, sie unterschied sich durch kleinere und zahlreichere Gewässer von der »männlichen«. Es waren das nördlich das »Frostmeer«, bei 55° nördlicher Breite und 0° Länge, mit einer Oberfläche von 19 000 Quadratmeilen, das an die »See des Todes« und die »See der Träume« grenzte; das »Meer der Heiterkeit«, bei 25° nördlicher Breite und 20° westlicher Länge, mit einer Größe von 21 500 Quadratmeilen; das scharf abgegrenzte und fast runde »Meer der Krisen«, bei 17° nördlicher Breite und 55° westlicher Länge, mit einer Ausdehnung von 10 000 Quadratmeilen, das von Gebirgen rings umgeben ist. Sodann zeigte sich in der Nähe des Äquators bei 5° nördlicher Breite und 25° westlicher Länge das »Meer der Ruhe«, 30 880 Quadratmeilen groß, dieses Meer grenzte südlich an das »Nektarmeer«, bei 15° südlicher Breite und 35° westlicher Länge mit einer Fläche von 7 200 Quadratmeilen und östlich an das »Meer der Fruchtbarkeit«, das größte dieser Hemisphäre, mit einer Größe von 54 800 Quadratmeilen bei 3° südlicher Breite und 50° westlicher Länge. Endlich, ganz im Norden und ganz im Süden, fielen noch zwei Meere auf, das »Humboldt-Meer«, 1 600 Quadratmeilen groß, und das »Südmeer« mit einer Fläche von 6 500.

In der Mitte der Mondscheibe, auf beiden Seiten des Äquators und des Meridians null, erstreckte sich der »Golf des Zentrums«, eine Art Bindestrich zwischen beiden Hemisphären.

Aus diesen Teilen bestand, wie Nicholl und Barbicane feststellten, die stets sichtbare Oberfläche des Erdtrabanten.

Diese sichtbare Seite ist dreizehneinhalbmal kleiner als die Oberfläche der Erdhalbkugel. Doch haben die Selenographen bereits über 50 000 Krater auf ihr gezählt. So ist also – aufgetrieben, voller Runzeln und Schrunden wie ein Schaumgebäck – das Angesicht der schönen Diana, der blonden Phöbe, der reizenden Artemis, der Königin der Nacht, der Tochter Jupiters und der Leto.

Zwölftes Kapitel

Orographische Einzelheiten

Die eingeschlagene Richtung führte das Projektil, wie bereits bemerkt, der nördlichen Hemisphäre des Mondes zu. Die Reisenden waren weit ab von dem zentralen Punkt, auf den sie hätten stoßen müssen, wären sie nicht unabänderlich von ihrer Bahn abgewichen.

Es war schon eine halbe Stunde nach Mitternacht. Barbicane schätzte damals die Entfernung zum Mond auf 190 Meilen, auf etwas mehr als die Länge des Mondradius, und dieser Abstand mußte in dem Verhältnis, wie sie sich dem Nordpol näherten, geringer werden. Das Projektil befand sich damals nicht über dem Äquator, sondern über dem zehnten Breitengrad, und von dieser Breite aus konnte Barbicane mit seinen Gefährten den Mond unter den vorteilhaftesten Bedingungen beobachten.

In der Tat wurde durch das Fernrohr dieser Abstand von 190 Meilen auf zwei herabgesetzt. Das Teleskop in den Rocky Mountains brachte den Mond noch näher heran, aber die Erdatmosphäre schwächte bedeutend seine Leuchtkraft. Daher nahm auch Barbicane vom Projektil aus mit der Lorgnette schon manche Einzelheiten war, die von den Beobachtern auf der Erde fast nicht zu erkennen waren.

»Meine Freunde«, sagte der Präsident in ernstem Ton, »ich weiß nicht, wohin wir fliegen; ich weiß nicht, ob wir jemals unsern Erdball wiedersehen. Dennoch wollen wir verfahren, als würden diese Arbeiten einmal unseresgleichen nützlich sein. Halten wir unseren Geist frei von jeder Befangenheit. Wir sind Astronomen. Dieses Geschoß ist ein in den Weltraum versetztes Kabinett des Observatoriums zu Cambridge. So wollen wir Beobachtungen anstellen.«

Unverzüglich wurde die Arbeit mit äußerster Genauigkeit begonnen, und es wurden die verschiedenen Ansichten des Mondes von den wechselnden Standpunkten aus, die das Projektil dem Gestirn gegenüber einnahm, getreu aufgenommen.

Zur selben Zeit, als sich das Geschoß über dem zehnten Grad nördlicher Breite befand, schien es dem zwanzigsten Grad östlicher Länge zu folgen.

Hierhin gehört eine wichtige Bemerkung hinsichtlich der Karte, die bei den Beobachtungen gebraucht wurde. Bei den Mondkarten, wo infolge des umgekehrten Bildes, das die Fernrohre von Gegenständen wiedergeben, der Süden oben ist, der Norden unten, sollte es natürlich scheinen, daß durch diese Umkehrung der Osten links und der Westen rechts sein müsse. Jedoch das ist nicht der Fall. Würde die Karte umgekehrt und stellte sie den Mond so dar, wie er sich den Blicken darbietet, so wäre Osten links und Westen rechts, im Gegensatz zu den Landkarten. Der Grund dieser abweichenden Erscheinung ist folgender: Wer den Mond von der nördlichen Hemisphäre aus, in Europa, wenn man will, beobachtet, sieht ihn sich gegenüber im Süden und kehrt dem Norden den Rücken zu, gerade anders als bei der Betrachtung einer Landkarte. Weil er dem Norden den Rücken zuwendet, hat er den Osten links, den Westen rechts. Ein Beobachter auf der südlichen Hemisphäre hätte die Westseite des Mondes links, die östliche rechts, weil Süden hinter ihm ist.

Das ist der Grund der anscheinenden Umkehrung der beiden Himmelsrichtungen, und man muß sich dessen bewußt sein, um die Beobachtungen Präsident Barbicanes verfolgen zu können.

Mit Hilfe der Mappa selenographica von Beer und Mädler konnten sich die Reisenden auf dem Teil der Mondscheibe mit ihrem Fernrohr leicht zurechtfinden.

»Was erblicken wir in diesem Augenblick?« fragte Michel ungeduldig.

»Den nördlichen Teil des ,Wolkenmeeres'«, erwiderte Barbicane. »Wir sind noch nicht nahe genug, um seine Beschaffenheit zu erkennen. Sind diese Ebenen mit dürrem Sand bedeckt, wie die ersten Astronomen angenommen haben? Sind es unermeßliche Waldungen, wie Warren de la Rue meinte, der auf dem Mond eine sehr niedrige, aber sehr dichte Atmosphäre voraussetzte? Wir werden es bald erfahren. Behaupten wollen wir nicht eher etwas, als bis wir dazu befugt sind.«

Dieses »Wolkenmeer« ist auf den Karten ziemlich unbestimmt abgegrenzt. Man nimmt an, jene ungeheure Ebene sei mit Lavablöcken bedeckt, die rechts von den benachbarten Vulkanen »Ptolemäus«, »Purbach«, »Arzachel« ausgeworfen worden sind.

Das Projektil kam merklich näher, und bald zeigten sich die Berghöhen, welche die nördliche Grenze dieses Meeres bilden. Vor ihm ragte ein in voller Schönheit strahlender Berg empor, dessen Gipfel Sonnenstrahlen zu sprühen schienen wie Flammen aus einem Krater.

»Das ist . . .?« fragte Michel.

»Der ,Kopernikus'!« erwiderte Barbicane.

»Betrachten wir den ,Kopernikus'.«

Dieser Berg, bei 9° nördlicher Breite und 20° östlicher Länge, erhebt sich bis zu einer Höhe von 10 314 Fuß über der Mondoberfläche. Er ist von der Erde aus gut sichtbar, und die Astronomen können ihn genau studieren, besonders während des letzten Viertels und Neumonds, weil dann seine Schatten weithin von Osten nach Westen fallen und gestatten, seine Höhe zu messen.

Dieser »Kopernikus« bildet nach dem auf der südlichen Hemisphäre gelegenen »Tycho« den bedeutendsten strahlenden Punkt auf der Mondscheibe. Er steht einzeln wie ein riesenhafter Leuchtturm auf dem an das »Meer der Stürme« grenzenden Teil des »Wolkenmeeres« und beleuchtet mit seinem glänzenden Strahlenwurf zwei Ozeane zugleich. Diese langen Lichtstreifen boten einen Anblick ohnegleichen dar; bei Vollmond von blendendem Glanz, reichen sie nördlich über die begrenzenden Gebirgsketten, um im »Regenmeer« allmählich zu verlöschen. Um ein Uhr morgens, nach Erdzeit gerechnet, schwebte das Projektil wie ein in den Raum geschleuderter Ballon über dieses prachtvolle Gebirge.

Barbicane konnte sehr genau die hauptsächlichen Eigentümlichkeiten erkennen. »Kopernikus« gehört zu den Ringgebirgen ersten Ranges. Gleich dem »Kepler« und dem »Aristarch«, die den »Ozean der Stürme« beherrschen, zeigt er sich manchmal als Punkt, der durch das aschfarbene Licht hindurch glänzt, und wurde für einen tätigen Vulkan gehalten. Aber es ist ein ausgebrannter Vulkan, wie alle auf dieser Seite der Mondoberfläche. Seine Ringwälle haben einen Durchmesser von ungefähr zwölf Meilen. Das Fernrohr entdeckte an ihnen Spuren von Schichtungen, die von verschiedenen Ausbrüchen herrührten, und die Umgebung und das Kraterinnere schienen mit vulkanischen Trümmern bedeckt.

»Es gibt«, sagte Barbicane, »auf der Oberfläche des Mondes mehrere Arten von Ringgebirgen, und es ist leicht zu erkennen, daß ‚Kopernikus' zu der Sorte der strahlenden gehört. Wären wir näher, so würden wir die kegelförmigen Spitzen, die in seinem Innern so zahlreich sind und ehemals feuerspeiende kleine Krater waren, deutlich sehen. Eine Merkwürdigkeit, die ohne Ausnahme auf der Mondscheibe vorkommt, besteht darin, daß der Krater eine Hohlkugel bildet.«

»Und wozu diese Eigentümlichkeit?« fragte Nicholl.

»Das weiß man nicht«, erwiderte Barbicane.

»Welch glänzende Strahlen!« rief Michel wiederholt. »Ich kann mir kaum einen schöneren Anblick denken!«

»Was wirst du erst sagen«, erwiderte Barbicane, »wenn uns der Zufall der südlichen Hemisphäre zuführt?«

»Nun, da würde ich sagen, das ist noch schöner!«

In diesem Augenblick konnte man vom Projektil aus den Ring senkrecht beschauen. Die Umwallung des »Kopernikus« stellte einen fast vollständigen Kreis dar, und seine sehr steilen Wälle waren deutlich zu erkennen. Man konnte sogar einen doppelten Wall innen erblikken. Um den Berg herum breitete sich eine etwas graue Ebene von wildem Aussehen, auf der die Erhöhungen in Gelb hervortraten. Im Innern des Rings funkelten wie in einen Schmuckkasten einen Augenblick zwei bis drei speiende Kegel wie gewaltige blendende Gemmen. Im Norden senkte sich die Umwallung, durch diese Vertiefung konnte man wahrscheinlich in das Innere des Kraters gelangen.

Bei einem Blick über die ebene Umgebung konnte Barbicane eine große Anzahl unbedeutender Gebirge wahrnehmen, unter anderen ein kleines Ringgebirge, »Gay-Lussac« benannt, das etwa drei Meilen breit war. Nach Süden hin zeigte sich die Ebene sehr flach, ohne ein Ansteigen, ohne eine Erhebung des Bodens. Nach Norden dagegen, bis zu der Stelle, wo sie an den »Ozean der Stürme« grenzte, glich sie einer vom Sturm gepeitschten Wasserfläche, deren spitze und runde Wellen plötzlich feste Gestalt angenommen hatten. Über das Ganze zogen sich in allen Richtungen die Lichtstreifen, die im Gipfel des »Kopernikus« zusammenliefen. Einige von ihnen zeigten eine Breite von vier Meilen bei einer nicht zu berechnenden Länge.

Die Reisenden sprachen über den Ursprung dieser

seltsamen Strahlen und konnten so wenig wie die Beobachter auf der Erde über deren Natur etwas Bestimmtes sagen.

»Aber warum«, sagte Nicholl, »sollten diese Strahlen nicht ganz einfach Ausläufer des Gebirges sein, die das Sonnenlicht lebhafter zurückstrahlen?«

»Nein«, erwiderte Barbicane, »wenn dem so wäre, würden diese Höhenzüge unter gewissen Bedingungen Schatten werfen. Aber sie werfen keine.«

Wirklich kommen diese Strahlen nur dann vor, wenn das Tagesgestirn in Opposition zum Mond steht, und verschwinden, sobald seine Strahlen schräg auftreffen.

»Aber was hat man sich denn zur Erklärung dieser Lichtstreifen für Vorstellungen gemacht?« fragte Michel, »denn ich kann nicht glauben, daß sich die Gelehrten mit Erklärungen je zurückhalten.«

»Ja«, erwiderte Barbicane, »Herschel hat sich zwar eine Erklärung ausgedacht, aber nicht zu behaupten gewagt.«

»Gleichviel. Was ist seine Meinung?«

»Er dachte sich, diese Strahlen könnten wohl kalt gewordene Lavaströme sein, die, wenn die Sonne sie senkrecht bestrahlt, einen Widerschein würfen. Das ist wohl möglich, aber durchaus nicht gewiß. Übrigens, wenn wir dem ‚Tycho' näher kommen, werden wir die Ursache dieses Strahlens besser erkennen.«

»Wissen Sie, meine Freunde, womit, von unserem jetzigen Standpunkt aus gesehen, diese Ebene zu vergleichen ist?« fragte Michel.

»Nein«, erwiderte Nicholl.

»Nun, mit all diesen Lavastücken, lang wie Spindeln, gleicht sie einem ungeheuren Spiel mit durcheinandergeworfenen Stäbchen. Man braucht nur einen Haken, um sie nacheinander herauszuziehen.«

»Mein würdiger Freund«, sagte der gesetzte Barbicane, »es kommt wenig darauf an zu wissen, womit dies zu vergleichen, während man nicht weiß, was es ist.«

»Gut geantwortet!« rief Michel. »Ich lerne daraus, mich mit Gelehrten zu besprechen!«

Inzwischen glitt das Projektil mit fast gleichbleibender Geschwindigkeit längs der Mondoberfläche immer weiter. Die Reisenden dachten, wie man leicht vermuten kann, nicht einen Augenblick an Ruhe. Jede Minute änderte sich die Landschaft vor ihren Blicken. Gegen halb zwei Uhr morgens sahen sie die Gipfel eines anderen Gebirges. Barbicane befragte sogleich seine Karte und erkannte den »Eratosthenes«.

Es war ein 13 500 Fuß hohes Ringgebirge, wie sie auf dem Erdtrabanten so zahlreich vorkommen. Barbicane erzählte seinen Freunden von der merkwürdigen Ansicht Keplers über die Entstehung dieser Ringgebirge. Dem berühmten Astronom zufolge sollten diese kraterförmigen Vertiefungen von Menschenhand gegraben worden sein.

»In welcher Absicht?« fragte Nicholl.

»In sehr natürlicher Absicht!« erwiderte Barbicane. »Die Seleniten wollten darin Zuflucht und Schutz gegen die Sonnenstrahlen suchen, denen sie vierzehn Tage hintereinander ausgesetzt sind.«

»Die Seleniten sind doch keine Dummköpfe!« sagte Michel.

»Sonderbare Idee!« erwiderte Nicholl. »Aber es ist wahrscheinlich, daß Kepler die wirklichen Maße dieser Krater nicht kannte, denn es wäre eine für Seleniten unausführbare Riesenarbeit gewesen.«

»Weshalb, wenn auf dem Mond die Schwere sechsfach geringer ist als auf der Erde?« fragte Michel.

»Wenn aber die Seleniten sechsmal kleiner sind?« entgegnete Nicholl.

»Und wenn es gar keine Seleniten gibt!« fügte Barbicane hinzu. Damit schloß diese Unterhaltung.

Bald verschwand der »Eratosthenes« unterm Horizont, ohne daß das Projektil nahe genug kam, um genaue Beobachtungen anstellen zu können.

Dieser Berg schied die »Apenninen« von den »Karpaten«. In der Orographie des Mondes hat man einige Gebirgsketten unterschieden, die hauptsächlich der nördlichen Hemisphäre angehören.

Von allen ist die »Apenninenkette« die bedeutendste, die sich achtzig Meilen weit erstreckt, eine Länge, die jedoch den größeren Gebirgszügen der Erde nachsteht. Die »Apenninen« ziehen sich längs dem Nordrand des »Regenmeeres« hin, und ihre Fortsetzung bilden nördlich die »Karpaten« von über fünfzig Meilen Länge.

Eine Vermutung schien ihnen sehr gerechtfertigt, als sie die »Karpatenkette« ansahen, wie sie hier und da kreisrunde Formen annimmt und von steilen Spitzen beherrscht wird. Sie schlossen daraus, sie habe ehemals bedeutende Ringgebirge gebildet. Diese Gebirgsringe mußten wohl von der ungeheuren Flut, die das »Regenmeer« entstehen ließ, durchbrochen worden sein. Diese »Karpaten« waren ihrem Aussehen nach, was die Ringgebirge »Purbach«, »Arzachel« und »Ptolemäus« wären, wenn eine Überschwemmung ihre Wälle auf der linken Seite niedergeworfen und sie in eine zusammenhängede Kette verwandelt hätte. Sie zeigen eine mittlere Höhe von 9600 Fuß, und ihre Südseite fällt schroff zu dem unermeßlichen »Regenmeer« ab.

Gegen zwei Uhr morgens befanden sich die Reisenden über dem zwanzigsten Mondbreitengrad, unweit des 4686 Fuß hohen Berges, der »Pytheas« heißt. Das Projektil war nur noch 160 Meilen vom Mond entfernt, der durch das Fernrohr bis auf anderthalb Meilen nahegerückt wurde.

Das »Regenmeer« lag vor den Augen der Reisenden wie eine unermeßliche Niederung, deren Einzelheiten noch wenig zu erkennen waren. Zur Linken ragte in der Nähe der Berg »Lambert« auf, dessen Höhe auf 5440 Fuß geschätzt wird, und weiter hin an der Grenze des »Ozeans der Stürme« erglänzte der strahlende Berg »Euler«. Über diesen nur 5450 Fuß hohen Berg hat der Astronom Schröter eine interessante Arbeit geliefert. Dieser Gelehrte hatte sich bei seinen Forschungen über den Ursprung der Mondberge die Frage gestellt, ob sich der Rauminhalt des Kraters stets dem der Umwallung, die ihn bildet, merklich gleich zeige. Das war im allgemeinen der Fall, und Schröter folgerte daraus, daß ein einziger vulkanischer Ausbruch genügt habe, um diese Wälle zu bilden, denn wiederholt nacheinander erfolgte Eruptionen hätten dieses Verhältnis geändert. Nur der Berg »Euler« stand zu diesem Gesetz in Widerspruch, und man mußte annehmen, daß er durch mehrere aufeinanderfolgende Ausbrüche gebildet worden sei, denn der Inhalt seiner Aushöhlung betrug das Doppelte seiner Umwallung.

Alle diese Vermutungen durften sich die Beobachter auf der Erde erlauben, obwohl ihre Instrumente ungenügend waren. Barbicane wollte sich nicht damit begnügen. Da er sah, wie sein Projektil der Mondscheibe immer näher kam, gab er die Hoffnung nicht auf, es werde ihm, wenn er sie auch nicht erreichen könne, doch wenigstens möglich sein, durch die verringerte Entfernung in die Geheimnisse des Mondes einzudringen.

Dreizehntes Kapitel

Mondlandschaften

Um halb drei Uhr befand sich das Projektil über dem dreißigsten Breitengrad des Mondes in einer Entfernung von 135 Meilen, die durch die optischen Instrumente auf eine reichliche Meile herabgesetzt wurden. Es hatte den Anschein, als könne es unmöglich irgendwo auf dem Mond anlangen. Die Schnelligkeit der Fortbewegung, so mäßig sie war, konnte sich Präsident Barbicane nicht erklären. In dieser Mondnähe hätte sie bedeutend sein müssen, um der Anziehungskraft gegenüber fortzubestehen. Es trat also eine Erscheinung auf, die ihm rätselhaft war. Zudem fehlte es an Zeit, ihren Grund zu suchen. Das Bild des Mondes mit seinen Höhen und Tiefen schwebte vor den Augen der Reisenden, und sie wollten nicht das geringste davon verlieren.

Die Mondscheibe zeigte sich also vor dem Fernrohr in einer Entfernung von einer reichlichen Meile. Was würde ein Luftschiffer, so nahe über der Erde, auf ihrer Oberfläche erkennen? Das könnte man nicht sagen, weil die höchsten Flüge diesen Abstand noch nicht erreichten.

Doch mag hier genau verzeichnet stehen, was Barbicane mit seinen Gefährten von dieser Höhe herab sah.

Es zeigten sich ziemlich bunte Färbungen in weiten Flächen. Über deren Natur sind sich die Selenographen einig. Die farbigen Flächen sind eigentümlich und scharf voneinander abgesetzt. Julius Schmidt behauptet, wenn die Ozeane der Erde ausgetrocknet wären, würde ein Betrachter vom Mond aus zwischen den Ozeanen und den kontinentalen Ebenen unseres Erdballs nicht so verschiedenartige Nuancen aufzählen können, wie sie sich dem Beobachter auf der Erde am Mond darstellen.

Schmidt hält die gemeinsame Farbe der unter dem Namen Meere bekannten großen Ebenen für dunkelgrau mit Grün und Braun gemischt. Auch zeigen einige große Krater diese Färbung.

Diese Ansicht des deutschen Selenographen, die auch Beer und Mädler teilten, war Barbicane bekannt. Er überzeugte sich, daß sie recht hatten gegenüber anderen Astronomen, die auf der Mondoberfläche nur die graue Farbe gelten lassen wollen. An manchen Stellen herrschte Grün vor, wie es, nach Julius Schmidt, bei den Meeren der »Heiterkeit« und des »Humors« der Fall ist. Ebenso bemerkte Barbicane weite Krater ohne Kegelspitzen im Innern, die eine bläuliche Farbe aufwiesen, gleich den Reflexen einer frisch polierten Stahlplatte. Diese Färbungen gehörten also wirklich der Mondscheibe an und waren nicht, wie manche Astronomen angaben, der Unvollkommenheit der Objekte unserer Fernrohre oder der Einwirkung der Erdatmosphäre zuzuschreiben. Für Barbicane konnte in dieser Hinsicht kein Zweifel mehr bestehen, denn er beobachtete im luftleeren Raum, und eine optische Täuschung war hier nicht möglich. Er sah die Tatsache dieser verschiedenen Färbungen als eine Entdeckung für die Wissenschaft an. Rührte nun dieses Grün von einer tropischen Vegetation her, die durch eine dichte und niedrige Atmosphäre ermöglicht wurde? Er konnte sich darüber noch nicht klarwerden.

Weiter entfernt bemerkte er hinreichend deutlich eine rötliche Tönung. Eine ähnliche Nuance war schon im Innern eines einzeln stehenden Ringes, der unter dem Namen »Lichtberg« bekannt ist und in der Nähe des »Schwarzwaldes« liegt, beobachtet worden, aber ihre Ursache konnte man nicht erkennen.

Nicht glücklicher war Barbicane in bezug auf eine andere eigentümliche Erscheinung des Mondes und konnte ihren Grund nicht genau angeben. Sie bestand in folgendem:

Michel Ardan stand dicht neben dem Präsidenten und beobachtete den Mond, als er lange weiße Streifen bemerkte, die durch direkte Sonnenbestrahlung lebhaft erleuchtet waren. Sie stellten eine Reihenfolge heller Furchen dar, die sich von den Strahlen, die der »Kopernikus« kürzlich zeigte, sehr unterschieden. Sie zogen parallel der Länge nach nebeneinanderher.

Ardan rief mit seiner gewohnten Sicherheit aus: »Sieh da! Bebaute Felder!«

»Bebaute Felder!« erwiderte Nicholl achselzuckend.

»Gepflügt wenigstens«, entgegnete Michel Ardan. »Aber was müssen die Seleniten für Ackersleute sein und was für Riesenochsen an ihren Pflug spannen, um solche Furchen zu ziehen!«

»Es sind keine Furchen«, sagte Barbicane, »sondern Streifen.«

»Meinetwegen Streifen«, erwiderte Michel. »Nun, was versteht man unter dem Wort Streifen in der Wissenschaft?«

Barbicane teilte seinem Kameraden sogleich mit, was er über die Mondstreifen wußte. Er erklärte, daß es Furchen seien, die man auf allen gebirgigen Teilen der Mondscheibe beobachtet hatte; daß diese Furchen, die am häufigsten einzeln auftreten, eine Länge von zwei bis zweieinhalb Meilen haben; daß ihre Breite zwischen 3600 und 4500 Fuß schwankte und ihre Ränder streng parallel laufen; sonst aber wußte er nichts, weder über ihre Bildung noch ihre Natur.

Barbicane beobachtete diese Streifen äußerst achtsam. Er bemerkte, daß sie außen sehr steile Abhänge hatten. Es waren lange Wälle, und mit einiger Phantasie konnte man annehmen, es seien von Seleniten-Ingenieuren errichtete Festungswerke.

Von diesen verschiedenen Streifen waren die einen durchaus gerade und wie nach der Meßschnur gezogen, andere zeigten eine leichte Krümmung, doch stets mit parallelen Rändern. Diese durchkreuzten sich, jene durchschnitten Krater. Hier zogen sie sich durch kleine Vertiefungen, dort bedeckten sie Meere mit bunten Streifen.

Diese Eigentümlichkeiten mußten die Einbildungskraft der Astronomen auf der Erde beschäftigen. Weder Hevelius noch Cassini noch Lahire, noch Herschel scheinen diese Streifen gekannt zu haben. Zuerst richtete Schröter im Jahre 1789 die Aufmerksamkeit der Gelehrten auf sie. Andere nach ihm studierten sie, wie Pastorf, Gruithusen, Beer und Mädler. Jetzt beläuft sich die Anzahl der Streifen auf siebzig. Mit dem Aufzählen hat man aber noch nicht ihre Herkunft bestimmt. Festungsanlagen sind es sicherlich nicht, ebensowenig ausgetrocknete Flußbetten; denn einerseits hätten die auf der Mondoberfläche so flachen Gewässer sich nicht solche Dämme graben können, und andererseits ziehen sich diese Furchen oft quer durch sehr hoch liegende Krater.

Man muß doch zugeben, daß Michel Ardan eine Idee hatte, wobei er, ohne es zu wissen, in dieser Hinsicht mit Julius Schmidt übereinstimmte.

»Warum«, sagte er, »sollten diese unerklärlichen Streifen nicht ganz einfache Erscheinungen der Vegetation sein?«

»Wie meinst du das?« fragte Barbicane lebhaft.

»Ereifere dich nicht, würdiger Präsident«, erwiderte Ardan. »Ist es nicht möglich, daß diese dunklen Linien regelmäßig geordnete Baumreihen wären?«

»Du hältst wohl recht fest an deiner Vegetation?« sagte Barbicane.

»Jawohl«, versetzte lebhaft Michel Ardan, »um das zu

erklären, was ihr Gelehrte nicht erklärt! Wenigstens böte meine Annahme den Vorteil, daß sie angibt, weshalb diese Streifen in regelmäßigen Zeitabständen verschwinden oder zu verschwinden scheinen.«

»Und aus welchem Grund?«

»Weil diese Bäume dann, wenn sie ihr Laub verlieren, nicht mehr sichtbar sind, und sichtbar, wenn sie wieder Blätter treiben.«

»Deine Erläuterung ist sinnreich, lieber Kamerad«, erwiderte Barbicane, »aber sie ist nicht zulässig.«

»Weshalb?«

»Weil es auf der Oberfläche des Mondes, sozusagen, keinen Wechsel der Jahreszeiten gibt und folglich solche Vorgänge in der Vegetation dort nicht stattfinden können.«

Wirklich steht, da die Mondachse so wenig geneigt ist, die Sonne fast gleichmäßig hoch unter jeder Breite. Über den Gegenden um den Äquator befindet sich das strahlende Gestirn fast unveränderlich im Zenit, und in den Polarregionen verläßt es fast nicht die Linie des Horizonts. Darum herrscht, entsprechend den einzelnen Regionen, beständiger Winter, Frühling, Sommer oder Herbst wie auf dem Planeten Jupiter, dessen Achse ebenfalls wenig zu seiner Bahn geneigt ist.

Worauf sind nun die Streifen zurückzuführen? Die Frage ist schwer zu lösen. Sie sind offenbar später als die Krater und Ringgebirge entstanden, denn mehrere sind in diese eingedrungen, indem sie die Ringwälle durchbrachen. Es ist also möglich, daß sie zur Zeit der letzten geologischen Umwälzung nur durch die gewaltsam nach außen gerichtete Wirkung der Naturkräfte entstanden sind.

Inzwischen überflog das Projektil den vierzigsten Breitengrad des Mondes, von dem es nur noch 110 Meilen entfernt sein mochte. Die Gegenstände erschienen im Sehfeld des Fernrohrs, als wären sie nur eine Meile weit weg. Zu ihren Füßen ragte der »Helikon« 1515 Fuß auf, und links erstreckten sich die mäßigen Höhen, die einen kleinen Teil des »Regenmeeres« mit dem Namen »Regenbogen-Golf« umschließen.

Die Erdatmosphäre müßte hundertsiebzigmal durchsichtiger sein, als sie es ist, um den Astronomen vollständige Beobachtungen auf der Oberfläche des Mondes zu ermöglichen. Aber im leeren Raum, in dem sich das Projektil bewegte, befand sich kein Medium zwischen dem Auge des Betrachters und dem beobachteten Gegenstand. Zudem befand sich Barbicane in einer solchen Mondnähe, wie sie die stärksten Teleskope nie gewährt hatten, weder das von John Roß noch das in den Rocky Mountains. Er war also in einer äußerst günstigen Lage, was die Antwort auf die bedeutende Frage der Bewohnbarkeit des Mondes betrifft. Doch gelang ihm die Lösung dieses Problems noch nicht. Er konnte nur das öde Bett unermeßlicher Ebenen unterscheiden und nach Norden zu dürre Gebirge. Nirgends die Spur eines Werkes von Menschenhand. Nicht eine Ruine zum Zeugnis, daß solches dagewesen. Keine Versammlung tierischer Geschöpfe, die eine Entwicklung des Lebens auf niederer Stufe kundgab. Nirgends Bewegung, nirgends auch nur ein Anschein von Vegetation. Von den drei Reichen, die den Erdball gemeinsam beherrschen, repräsentierte der Mond nur eins, das Mineralreich.

»Also«, sagte Michel Ardan mit etwas bestürzter Miene, »Menschen gibt's dort nicht?«

»Nein«, erwiderte Nicholl, »soviel man bis jetzt sieht. Kein Mensch, kein Tier, kein Baum. Doch wenn die Atmosphäre sich in die Höhlungen, ins Innere der Ringgebirge oder auf die entgegengesetzte Seite des Mondes zurückgezogen hat, so wollen wir mit unserem Urteil nicht vorgreifen.«

»Übrigens«, fügte Barbicane hinzu, »kann man in einer Entfernung von einer Meile auch mit dem schärfsten Auge einen Menschen nicht erkennen. Gibt es also Seleniten, so können sie wohl unser Projektil sehen, wir aber nicht sie.«

Gegen vier Uhr morgens, in Höhe des fünfzigsten Breitengrades, betrug der Abstand nur noch eine knappe Meile. Links tauchte eine Reihe von Bergen auf mit bizarren Umrissen, die sich in vollem Licht abzeichneten. Rechts dagegen sah man ein schwarzes Loch gleich einem ungeheuren Brunnen, der in den Boden des Mondes gegraben und so dunkel war, daß man nichts darin sehen konnte.

Dieses Loch war der »Schwarze See«, im »Plato«, einem tiefen Ringgebirge, den man von der Erde aus gut studieren kann, wenn zwischen dem letzten Viertel und Vollmond die Schatten von Westen nach Osten hin fallen.

Diese schwarze Färbung findet sich auf der Oberfläche des Erdtrabanten selten. Man hat sie nur in den Tiefen des »Endymion«, östlich vom »Frostmeer«, auf der Nordhälfte erkannt und im »Grimaldi«, dicht beim Äquator, am Ostrand des Gestirns.

Der »Plato« ist ein Ringgebirge bei 51° nördlicher Breite und 9° östlicher Länge, seine Aushöhlung zwölf Meilen lang und acht Meilen breit. Barbicane bedauerte, nicht senkrecht über seine ungeheure Mündung zu fliegen. Es waren da ein Abgrund zu untersuchen, vielleicht geheimnisvolle Erscheinungen zu ergründen. Aber es ließ sich an dem Lauf des Projektils nichts ändern, man mußte ihn sich ruhig gefallen lassen. Man versteht noch nicht, den Luftballon zu steuern, noch weniger die Projektile, wenn man in ihnen eingeschlossen ist.

Um fünf Uhr morgens war man endlich über die Nordgrenze des »Regenmeeres« hinausgekommen. Es blieben noch die Berge »La Condamine« und »Fontenelle«, der eine links, der andere rechts. Dieser Teil der Scheibe, vom sechzigsten Grad an, war recht felsig, die Gegend mit Bergspitzen und Ringgebirgen dicht besetzt. Durch das Fernrohr wurde der Mond auf eine halbe Meile herangebracht, eine Entfernung, die nicht so groß ist wie die Höhe des Montblanc. Die Umgebung des siebzigsten Breitengrades beherrschte der »Philolaus«, 11 100 Fuß hoch, mit einem elliptischen Krater, der acht Meilen lang und zwei Meilen breit war.

Aus dieser Entfernung hatte die Mondscheibe ein sehr sonderbares Aussehen. Die Landschaften waren von denen der Erde sehr verschieden, aber sehr zum Nachteil des Mondes.

Da dieses Gestirn keine Atmosphäre hat, entstehen Folgen, die wir schon nachgewiesen haben. Weil es da keine Dämmerung gibt, folgen Nacht auf Tag und Tag auf Nacht so unvermittelt, wie wenn man mitten im tiefsten Dunkel eine Lampe anzündet oder auslöscht. So findet auch kein allmählicher Übergang von Kälte zu Wärme statt, und es fällt die Temperatur in einem Augenblick von dem Grad der Siedehitze des Wassers zu dem der Kälte des Weltraums.

Eine andere Folge dieses Fehlens der Luft besteht darin, daß da, wohin die Sonnenstrahlen nicht dringen, absolute Finsternis herrscht. Was man auf der Erde zerstreutes Licht nennt, das Morgen- und Abenddämmerung, Schatten, Halbschatten und den Zauber des Helldunkels hervorruft, existiert nicht auf dem Mond. Daher eine Schroffheit des Gegensatzes, die nur zwei Farben, tiefdunkel und blendendhell, gestattet. Wenn ein Selenit seine Augen gegen die Sonnenstrahlen schützt und den Himmel betrachtet, erscheint er ihm völlig schwarz, und die Sterne glänzen ihm wie in der dunkelsten Nacht.

Man denke sich den Eindruck, den dieser seltsame

Anblick auf Barbicane und seine beiden Freunde machte. Eine Mondlandschaft ohne die mildernde Vermittlung des Helldunkels hätte von einem Landschaftsmaler der Erde nicht dargestellt werden können. Tintenflecke auf einem weißen Blatt, das war alles.

Dieses Aussehen änderte sich nicht, selbst als das Projektil auf Höhe des achtzigsten Breitengrades nur noch dreizehn Meilen vom Mond entfernt war, selbst dann nicht, als es um fünf Uhr morgens, keine sieben Meilen weit, über den Berg »Gioja« glitt. Diese Entfernung wurde durch das Fernrohr auf eine Fünfzehntelmeile beschränkt. Es war, als könne man den Mond mit der Hand greifen, und es schien unmöglich, daß das Projektil nicht bald, sei es auch nur am Nordpol, dessen glänzende Spitze auf dem schwarzen Hintergrund des Himmels grell abstach, mit ihm zusammenstoßen sollte. Michel Ardan wollte eins der Lukenfenster öffnen und sich auf den Mond hinabstürzen. Ein Sturz von zwölf Meilen! Das beachtete er nicht. Der Versuch wäre übrigens erfolglos gewesen, denn wenn das Projektil nicht an irgendeinen Punkt des Erdtrabanten gelangen sollte, so wäre Michel Ardan, der in derselben Bewegung mit fortgerissen würde, ebensowenig dahin gekommen.

In diesem Augenblick, um sechs Uhr, wurde der Pol überflogen. Der Mond bot den Blicken der Reisenden nur noch eine sehr stark erleuchtete Hälfte dar, während die andere im Dunkel verschwand. Plötzlich überschritt das Projektil die Scheidelinie zwischen starkem Licht und absolutem Schatten und wurde mit einemmal in tiefe Nacht versenkt.

Vierzehntes Kapitel

Die dreihundertvierundfünfzigstündige Nacht

In dem Augenblick, als diese Erscheinung so plötzlich vor sich ging, strich das Projektil in einer Nähe von sechs Meilen am Nordpol des Mondes vorbei. Binnen einiger Sekunden versank es in das absolute Dunkel des Weltraums. Der Übergang war so rasch, ohne Nuancen, ohne Lichtabstufung, ohne Abschwächung der Lichtstrahlen, als wäre das Gestirn durch einen gewaltigen Windstoß ausgeblasen worden.

»Verschwunden, zerstoben der Mond!« rief Michel Ardan ganz bestürzt.

In der Tat, kein Widerschein, kein Schatten, keine Spur mehr von dem eben noch so blendenden Gestirn. Vollständiges Dunkel, das beim Funkeln der Sterne noch tiefer war. Solche Stockfinsternis durchdringt die Nächte, die überall auf dem Mond dreihundertvierundfünfzig und eine halbe Stunde währen. Diese Nachtlänge wird durch die Gleichförmigkeit der Bewegungen des Mondes um seine Achse und um die Erde verursacht. Das Projektil, im Schattenkegel des Erdtrabanten, empfing keinen einzigen Sonnenstrahl, ebensowenig wie irgendein Punkt auf der Nachtseite des Mondes.

Im Innern herrschte vollständiges Dunkel. Man sah einander nicht mehr und hatte die Finsternis zu verscheuchen. So sehr daher Barbicane das Gas, dessen Vorrat so gering war, zu sparen wünschte, man mußte sich von ihm das kostbare Licht, das die Sonne damals verweigerte, geben lassen.

»Zum Teufel auch mit dem strahlenden Gestirn«, rief Michel Ardan aus. »Anstatt uns seine Strahlen umsonst zu spenden, verleitet es zur Gasverschwendung!«

»Nicht die Sonne haben wir anzuklagen«, widersprach Nicholl. »Sie ist nicht schuld, sondern der Mond, der sich wie ein Schirm zwischen uns und sie geschoben hat.«

»Nein, die Sonne!« wiederholte Michel.

»Nein, der Mond!« entgegnete Nicholl.

Es war ein müßiger Wortstreit, den Barbicane beendete.

»Meine Freunde«, sagte er, »weder die Sonne noch der Mond trägt die Schuld, sondern das Projektil, das von der streng vorgeschriebenen Richtung so ungeschickt abgewichen ist. Will man jedoch gerecht sein, so ist dem unglückseligen Boliden, der uns so kläglich irregeleitet hat, die Schuld zuzuschreiben.«

»Gut!« erwiderte Michel Ardan, »weil dieser Fall im reinen ist, so wollen wir frühstücken. Nachdem wir eine ganze Nacht über Beobachtungen angestellt haben, müssen wir uns ein wenig restaurieren.«

Dieser Vorschlag stieß auf keinen Widerspruch. Michel hatte in einigen Minuten das Mahl fertig. Aber man aß, um zu essen, man trank ohne Toaste, ohne Hurras. Die kühnen Reisenden fühlten sich in dem finsteren Raum, in den sie geraten waren, ohne die gewohnte Umgebung von Lichtstrahlen, unbehaglich. Das ungemütliche Dunkel beengte sie doch auf allen Seiten.

Indessen plauderten sie von der Nacht, die kein Ende nehmen will, der dreihundertvierundfünfzigstündigen, also vierzehntägigen, welche die Naturgesetze den Mondbewohnern auferlegt haben. Barbicane gab seinen Freunden einige Erklärungen über die Ursachen und Folgen dieser merkwürdigen Erscheinung.

»Merkwürdig ganz gewiß«, sagte er, »denn wenn jede Hemisphäre des Mondes vierzehn Tage lang des Sonnenlichts beraubt ist, so kann sich die, über der wir jetzt schweben, während dieser langen Nacht nicht einmal des Anblicks der glänzend erleuchteten Erde erfreuen. Kurz, will man den Ausdruck ‚Mond' auf unsern Erdball anwenden, so existiert der Mond nur für eine Seite des Erdtrabanten. Wenn es nun ebenso auf der Erde wäre, wenn zum Beispiel der Mond niemals in Europa zu sehen wäre, sondern nur auf der Südhalbkugel, so kann man sich denken, wie ein Europäer, der nach Australien käme, staunen würde.«

»Man reiste bloß deshalb nach Australien, um den Mond zu sehen«, erwiderte Michel.

»Nun«, fuhr Barbicane fort, »solch ein Erstaunen ist dem Seleniten vorbehalten, der die der Erde gegenüberliegende Seite des Mondes bewohnt, die dem Erdbewohner niemals sichtbar wird.«

»Und die wir erblickt haben würden«, fügte Nicholl hinzu, »wenn wir zur Zeit des Neumondes, das heißt vierzehn Tage später, angekommen wären.«

»Die Bewohner der sichtbaren Seite des Mondes«, sagte Barbicane, »sind gegenüber ihren Brüdern auf der unsichtbaren Seite von der Natur ausnehmend begünstigt. Diese haben dreihundertvierundfünfzigstündige Nächte tiefen Dunkels, das durch keinen Lichtstrahl unterbrochen wird, jene dagegen sehen, wenn nach vierzehntägigem Leuchten die Sonne untergeht, am Horizont gegenüber ein glänzendes Gestirn. Es ist die Erde, dreizehnmal größer als der Mond, wie wir ihn kennen; die Erde, die ihm ein Licht, dreizehnmal stärker als das Mondlicht und durch keine Luftschichten gemildert, spendet; die Erde, die erst dann verschwindet, wenn die Sonne wieder am Himmel erscheint!«

»Das hört sich ganz gut an«, sagte Michel Ardan, »etwas akademisch vielleicht!«

»Daraus folgt«, fuhr Barbicane fort, ohne sich irremachen zu lassen, »daß die sichtbare Hälfte des Mondes zum Wohnen angenehmer sein muß, weil sie stets entweder die Sonnenstrahlen, bei Vollmond, oder das Licht der Erde, bei Neumond, empfängt.«

»Aber«, sagte Nicholl, »dieser Vorteil muß wohl durch die unerträgliche Hitze, die sich mit dem Licht verbindet, aufgewogen werden.«

»Das Unerträgliche in dieser Hinsicht ist für beide Seiten gleich, denn das von der Erde reflektierte Licht ist offenbar ohne Wärme. Jedoch hat die unsichtbare Hälfte noch mehr unter der Hitze zu leiden als die sichtbare. Ich sage das für Sie, Nicholl, weil Michel es vermutlich nicht begreifen wird.«

»Ich danke sehr für das Kompliment«, sagte Michel.

»In der Tat«, sprach Barbicane weiter, »wenn diese unsichtbare Seite Licht und Wärme von der Sonne empfängt, ist's Neumond, das heißt, der Mond ist in Konjunktion, hat seinen Stand zwischen Sonne und Erde. Er ist also – im Vergleich zu seiner Stelllung in Opposition, bei Vollmond – der Sonne um das Doppelte seines Abstandes von der Erde näher. Dieser Abstand nun läßt sich auf den zweihundertsten Teil der Entfernung der Sonne von der Erde schätzen, nämlich in runder Zahl auf hundertfünftausend Meilen. Folglich ist die unsichtbare Seite, wenn sie von der Sonne bestrahlt wird, um hundertfünftausend Meilen näher bei der Sonne.«

»Ganz richtig«, erwiderte Nicholl.

»Dagegen ...«, fuhr Barbicane fort.

»Einen Augenblick«, sagte Michel, seinen ernsten Gefährten unterbrechend.

»Was willst du?«

»Ich möchte die Erläuterung fortsetzen.«

»Weshalb?«

»Um zu beweisen, daß ich begriffen habe.«

»Meinetwegen«, sagte Barbicane lächelnd.

»Dagegen«, erklärte Michel, Präsident Barbicane in

Ton und Handbewegung nachahmend, »dagegen, wenn die sichtbare Seite des Mondes von der Sonne beleuchtet wird, ist es Vollmond, das heißt, der Mond steht in Opposition zur Sonne. Die Entfernung des strahlenden Gestirns beträgt dann rund hundertfünftausend Meilen mehr, und die Wärme, die der Mond von ihm empfängt, muß etwas geringer sein.«

»Richtig!« rief Barbicane. »Weißt du, Michel, für einen Künstler bist du doch gescheit.«

»Ja«, erwiderte Michel gleichgültig, »wir sind alle so auf dem Boulevard des Italiens!«

Barbicane drückte seinem liebenswürdigen Kameraden tüchtig die Hand und zählte weiter auf, was für Vorteile die Bewohner der sichtbaren Seite genießen.

Unter anderem führte er die Beobachtung der Sonnenfinsternisse an, die nur von dieser Seite des Mondes aus möglich ist, weil dann der Mond in Opposition stehen muß. Diese Finsternisse, die durch die Stellung der Erde zwischen Mond und Sonne entstehen, können zwei Stunden dauern, in denen die Erdkugel als schwarzer Punkt vor der Sonne erscheint.

»Demnach«, sagte Nicholl, »kommt die eine Hemisphäre, die unsichtbare, durch Ungunst der Natur sehr schlecht weg!«

»Ja«, erwiderte Barbicane, »aber doch nicht die ganze Hälfte. Durch eine Art schwankender Bewegung zeigt der Mond der Erde etwas mehr als die Hälfte seiner Oberfläche. Er gleicht einem Pendel mit regelmäßigen Schwingungen, dessen Schwerpunkt von der Erdseite weg gelagert ist. Woher kommen diese Schwingungen, dieses Oszillieren? Es wird dadurch verursacht, daß seine Achsenbewegung gleichförmig ein und dieselbe ist, während das bei seiner elliptischen Bewegung um die Erde nicht der Fall ist. Bei Erdnähe des Mondes überwiegt die Schnelligkeit der Bahnbewegung, und er zeigt noch einen Teil seines westlichen Randes. Bei seiner Erdferne überwiegt dagegen die Schnelligkeit der Achsenbewegung, und es kommt ein Stück seines östlichen Randes zum Vorschein. Ein Segment von ungefähr acht Grad wird bald auf der westlichen, bald auf der östlichen Seite sichtbar. Das Ergebnis ist, daß der Mond von tausend Teilen fünfhundertneunundsechzig sichtbar werden läßt.«

»Gleichviel«, erwiderte Michel, »werden wir je Seleniten, so wohnen wir auf der sichtbaren Seite. Ich für mein Teil bin ein Lichtfreund!«

»Sofern nicht etwa«, versetzte Nicholl, »die dichte Atmosphäre auf der andern Seite ist, wie manche Astronomen behaupten.«

»Dieser Punkt verdient Erwägung«, erwiderte Michel einfach.

Inzwischen war das Frühstück beendet. Sie bemühten sich, durch die dunklen Fensterluken zu sehen, und löschten alles Licht im Projektil aus. Aber kein Fünkchen Helligkeit zeigte sich in der Finsternis.

Eine unerklärliche Tatsache ging Barbicane im Kopf herum. Weshalb, wo man doch so nahe am Mond vorbeikam – in ungefähr sieben Meilen Entfernung –, weshalb ist das Projektil nicht auf ihn gefallen? Wäre die Schnelligkeit sehr groß gewesen, so würde es begreiflich sein, daß es nicht dazu kam. Aber bei einer verhältnismäßig geringen Geschwindigkeit war dieser Widerstand gegen die Anziehungskraft des Mondes nicht mehr erklärlich. Machte sich hier eine fremde Einwirkung geltend? Wurde das Geschoß durch irgendeinen Körper im Raum schwebend gehalten? Nunmehr war völlig klar, daß es an keinem Punkt des Mondes anlangen werde. Wohin trieb es? Kam es dem Erdtrabanten näher, oder entfernte es sich von ihm? Durchflog es in dieser tiefen Nacht das unendliche Weltall? Wie konnte man es wissen, wie inmitten dieser Finsternis berechnen! Alle diese Fragen versetzten Barbicane in Unruhe, aber er vermochte sie nicht zu lösen.

Zwar war das unsichtbare Gestirn da, vielleicht nur ein paar Meilen weit, aber weder er noch seine Gefährten konnten es erkennen. Wenn auf seiner Oberfläche ein Geräusch entstand, konnten sie es nicht hören: Es fehlte die Luft, dieser Träger des Tons, um es ihnen zu übermitteln.

Man wird zugeben, daß auch geduldigere Beobachter darüber unruhig werden konnten. Gerade die unbekannte Hemisphäre lag vor ihren Augen! Diese Seite, vierzehn Tage früher oder später von den Sonnenstrahlen glänzend erleuchtet, war damals in absolute Finsternis gehüllt. Wo sollte in zwei Wochen das Projektil sein? Wohin würden die Anziehungskräfte es fortgerissen haben? Wer konnte das sagen?

Im allgemeinen nimmt man an, nach den Beobachtungen der Selenographen, daß die unsichtbare Hemisphäre des Mondes ihrer Naturbeschaffenheit nach seiner sichtbaren durchaus gleich sei. Man kann infolge der von Barbicane erwähnten Schwankungen ungefähr ihren siebenten Teil erkennen. Und auf diesen Segmenten befanden sich nur Ebenen und Berge, Ringgebirge und Krater, den auf den Karten aufgenommenen gleichartig. Man konnte daraus auf die gleiche Natur, eine gleiche trockene und tote Welt, schließen. – Und doch, ob sich wohl die Atmosphäre auf diese Seite zurückgezogen hat? Ob mit der Luft auch das Wasser diesen Landschaften Leben gibt? Ob da noch Vegetation besteht? Ob Festland und Meere von lebenden Geschöpfen bewohnt sind? Ob der Mensch unter diesen Bedingungen dort noch lebt? Wie interessant wäre es gewesen, diese Fragen zu beantworten! Welche Erkenntnisse hätte man aus der Anschauung dieser Hemisphäre gewonnen! Welches Entzücken, einen Blick auf diese Welt zu werfen, die das menschliche Auge niemals gesehen hat!

Man begreift daher das Mißbehagen, das die Reisenden mitten in dieser schwarzen Nacht empfanden. Jedes Betrachten der Mondscheibe war ihnen versagt, nur allein die Sternbilder lenkten ihren Blick auf sich, und man muß gestehen, nie befanden sich Astronomen in einer für deren Beobachtung so günstigen Lage.

In der Tat, unvergleichlich war der Glanz dieser Sternenwelt im klaren Äther; prachtvoll das Feuer, mit dem diese Diamanten am Himmelsgewölbe leuchteten! Der Blick umfaßte das Firmament vom Kreuz des Südens bis zum Polarstern. Die Phantasie verlor sich in dem erhabenen unendlichen Raum, worin das Projektil seine Bahn zog als ein neues, von Menschenhand geschaffenes Gestirn. Die Sternbilder flimmerten nicht, weil keine Atmosphäre vorhanden war, die durch ihre Schichten von ungleicher Dichte und verschiedener Feuchtigkeit das Flimmern bewirkte. Diese Sterne waren sanfte Augen, die in die tiefe Nacht, in das absolute Schweigen des Raumes blickten.

Lange betrachteten die Reisenden in stummem Schweigen das sternbesäte Firmament, auf dem die Scheibe des Mondes ein ungeheures schwarzes Loch bildete. Aber eine peinliche Empfindung störte sie endlich. Es machte sich eine arge Kälte bemerkbar, die bald die Fenster mit einer dicken Eisschicht überzog. Da die Sonne nicht mehr direkt mit warmen Strahlen das Projektil traf, verlor es allmählich die zwischen seinen Wänden eingeschlossene Wärme. Sie hatte sich durch Ausstrahlung rasch in den Raum verflüchtigt, und die Temperatur war bedeutend geringer geworden. Die Feuchtigkeit im Innern verwandelte sich an den Fenstern in Eis und verhinderte damit jede Beobachtung.

Nicholl befragte das Thermometer und sah, daß es auf

siebzehn hundertteilige Grad unter Null gesunken war. Daher war Barbicane trotz aller Gründe für Sparsamkeit genötigt, seine Zuflucht zum Gas zu nehmen, um, wie bisher Licht, nun auch Wärme von ihm zu begehren. Die niedrige Temperatur im Projektil war nicht mehr zu ertragen.

»Wir wollen uns«, bemerkte Michel Ardan, »über die Einförmigkeit unserer Reise nicht beklagen! Welche Verschiedenheit, wenigstens der Temperatur! Bald sind wir vom Licht geblendet und mit Wärme so reichlich versehen wie die Bewohner der Pampas! Bald sind wir in tiefe Finsternis versenkt, mitten in eine grimmige Kälte wie die Eskimos des Pols! Wir haben wahrhaftig kein Recht, uns zu beklagen, und die Natur bietet Abwechslung, uns zu Ehren.«

»Aber«, fragte Nicholl, »wie ist die Temperatur außen?«

»Gerade so wie im Planetenraum«, erwiderte Barbicane.

»Dann«, fuhr Michel Ardan fort, »hätten wir wohl Gelegenheit, diese Untersuchung vorzunehmen, was nicht möglich war, solange uns die Sonnenstrahlen umfluteten.«

»Der Zeitpunkt ist jetzt da oder nie«, bestätigte Barbicane, »denn wir sind in der günstigen Lage, die Temperatur des Raumes zu bestimmen und zu prüfen, ob die Berechnungen Fouriers oder Pouillets genau sind.«

»Jedenfalls ist's kalt«, erwiderte Michel. »Sehen Sie nur, wie die Fenster zufrieren. Wenn diese Kälte fortdauert, wird unser Atem als Schnee um uns herum fallen!«

»Machen wir ein Thermometer zurecht«, sagte Barbicane.

Man kann sich wohl denken, daß ein gewöhnliches Thermometer unter diesen Umständen unbrauchbar war. Das Quecksilber wäre im Glasbehälter eingefroren, weil es unter minus zweiundvierzig Grad nicht mehr flüssig bleibt. Aber Barbicane hatte sich mit einem Thermometer nach Walferdins System versehen, das äußerst niedrige Temperaturen mißt.

Ehe man das Experiment machte, verglich Barbicane das Instrument mit einem gewöhnlichen Thermometer und bereitete es für den Versuch vor.

»Wie werden wir das anfangen?« fragte Nicholl.

»Nichts ist leichter«, erwiderte Michel Ardan, den nichts in Verlegenheit setzte. »Man öffnet rasch das Fenster, wirft das Instrument hinaus, das folgsam das Projektil begleitet; eine Viertelstunde später holt man's wieder herein ...«

»Mit der Hand?« fragte Barbicane.

»Jawohl«, erwiderte Michel.

»Das, mein Freund, probiere ja nicht«, warnte Barbicane, »du würdest deine Hand nur noch als einen Stummel hereinziehen, so wäre sie durch die fürchterliche Kälte zusammengefroren und entstellt.«

»Wirklich?«

»Du würdest eine fürchterliche Verbrennung empfinden, als hättest du weißglühendes Eisen angefaßt. Übrigens bin ich doch nicht sicher, ob die Gegenstände, die wir aus dem Projektil hinauswarfen, wirklich noch in unserem Gefolge sind.«

»Weshalb?« fragte Nicholl.

»Weil, wenn wir durch eine, sei es auch noch so dünne Atmosphäre fliegen, diese Dinge zurückbleiben. Die Dunkelheit aber hindert uns zu beobachten, ob sie sich noch um uns herum bewegen. Folglich, wollen wir uns nicht der Gefahr aussetzen, unser Thermometer zu verlieren, müssen wir's anbinden und werden es dann leichter wiederbekommen.«

Man beherzigte Barbicanes Rat. Nicholl warf das an

einer kurzen Schnur befestigte Instrument aus dem blitzschnell geöffneten Fenster, so daß es rasch wieder hereingezogen werden konnte. Die Luke wurde dabei nur eine Sekunde geöffnet, und doch drang in dieser kurzen Zeit eine heftige Kälte ins Projektil.

»Tausend Teufel!« schrie Michel Ardan, »es ist ja so kalt, daß man zu Eisbären gefrieren könnte!«

Barbicane ließ eine halbe Stunde verstreichen, mehr als genug Zeit, um das Instrument die Temperatur des Planetenraums annehmen zu lassen. Nach Ablauf dieser Frist wurde das Thermometer eilig hereingeholt.

Barbicane maß die Quantität Weingeist, die in das kleine, unten an das Instrument gelötete Fläschchen herabgetropft war, und sagte: »Hundertundvierzig hundertteilige Grad unter Null.«

Pouillet hat recht gegen Fourier. So tief war die fürchterliche Temperatur des Sternenraums! So niedrig ist vielleicht die der Mondkontinente, wenn das Nachtgestirn alle Wärme, die ihm vierzehn Tage lang die Sonne mitgeteilt hatte, wieder verloren hat!

Fünfzehntes Kapitel

Hyperbel oder Parabel

Man staunt vielleicht, wie Barbicane und seine Gefährten sich so wenig Sorgen machten um das Schicksal, das ihnen in diesem metallenen Gefängnis inmitten des unendlichen Weltraums bevorstand. Anstatt sich die Frage zu stellen, wohin sie fuhren, verbrachten sie ihre Zeit mit Experimenten, als befänden sie sich ruhig in ihrem Arbeitszimmer.

Man könnte erwidern, daß Männer von so starker Natur solche Sorgen überwunden hatten, daß eine solche Kleinigkeit sie nicht beunruhigen konnte und daß sie anderes zu tun hatten, als über die Ungewißheit ihres zukünftigen Schicksals Kummer zu empfinden.

Der wahre Grund aber war, daß sie nicht Meister ihres Projektils waren, daß sie weder seinen Lauf hemmen noch seine Richtung ändern konnten. Ein Seemann steuert nach Belieben sein Schiff; ein Luftschiffer vermag die senkrechte Bewegung seines Ballons zu regulieren. Sie dagegen konnten gar nicht auf ihr Fahrzeug einwirken und mußten es daher gewähren lassen.

Wo befanden sie sich in diesem Augenblick, um acht Uhr früh an dem Tag, der auf der Erde der sechste Dezember heißt?

Ganz gewiß in der Nähe des Mondes, und zwar so nahe, daß er ihnen wie ein ungeheuer schwarzer Schirm am Firmament vorkam. Ihren Abstand von ihm konnte man nicht schätzen. Das Projektil war, von unerklärlichen Kräften beeinflußt, keine sieben Meilen entfernt am Nordpol des Erdtrabanten vorbeigeglitten. Aber hatte diese Entfernung in den zwei Stunden seit Eintritt in den Schattenkegel zu- oder abgenommen? Es fehlte jeder Anhaltspunkt, um Richtung und Geschwindigkeit des Projektils zu schätzen. Vielleicht entfernte es sich rasch von der Mondscheibe, so daß es bald aus dem tiefen Schatten herauskam. Vielleicht dagegen näherte es sich ihr so sehr, daß es über kurz oder lang an eine hohe Bergspitze der unsichtbaren Hemisphäre stieß, wodurch den Flug, allerdings zum Verderben der Reisenden, sein Ende finden würde.

Es begann darüber eine Erörterung, und Michel Ardan, dem es nie an Erklärungen mangelte, ließ die Meinung vernehmen, das Geschoß werde, von der Anziehungskraft des Mondes bestimmt, endlich auf ihn fallen wie ein Meteorstein auf die Erde.

»Erstens, mein Freund«, erwiderte Barbicane, »stürzen die Meteore nicht alle auf die Erde, sondern nur ein kleiner Teil von ihnen. Sollten wir uns also in der Lage einer Sternschnuppe befinden, so würde das nicht zur Folge haben, daß wir unbedingt auf die Oberfläche des Mondes fallen müßten.«

»Jedoch«, erwiderte Michel, »wenn wir nahe genug . . .«

»Irrtum«, entgegnete Barbicane. »Hast du nicht gesehen, wie manchmal Tausende Sternschnuppen am Himmel entlangstreifen?«

»Ja.«

»Nun, diese Sterne oder vielmehr Meteoriten schimmern nur, wenn sie sich, durch die Luftschichten gleitend, erhitzen. Nun sind sie, wenn sie durch die Atmosphäre ziehen, keine achteinhalb Meilen vom Erdball entfernt und fallen doch selten auf ihn. Ebenso ist's doch möglich, daß unser Projektil dem Mond sehr nahe kommt und doch nicht daraufstürzt.«

»Aber dann«, fragte Michel, »wäre ich sehr begierig zu wissen, wie es unserem herumschweifenden Fahrzeug im Weltraum ergehen wird.«

»Ich sehe nur zwei Möglichkeiten«, erwiderte Barbicane nach kurzem Überlegen.

»Welche?«

»Das Projektil hat die Wahl zwischen zwei mathematischen Kurven und wird, je nach der Schnelligkeit, die ihm innewohnt und die ich eben nicht schätzen kann, eine von beiden einschlagen.«

»Ja«, sagte Nicholl, »es wird entweder eine Parabel oder eine Hyperbel beschreiben.«

»So ist es«, erwiderte Barbicane. »Mit einer gewissen Geschwindigkeit wird's eine Parabel beschreiben, für eine Hyperbel braucht es eine weit größere.«

»Solche stattlichen Ausdrücke gefallen mir«, rief Michel Ardan. »Man weiß damit doch gleich, woran man ist. Und wollen Sie mir gefälligst sagen, was eine Parabel ist?«

»Mein Freund«, erwiderte der Kapitän, »die Parabel ist eine Kurve, die sich ergibt, wenn man einen Kegel parallel zu einer seiner Seiten durchschneidet.«

»Soso!« sagte Michel, als sei er damit zufrieden.

»Es ist das«, fuhr Nicholl fort, »ungefähr die Bahn, die eine von einem Mörser geworfene Bombe beschreibt.«

»Ganz recht. – Und die Hyperbel?« fragte Michel.

»Die Hyperbel, Michel, ist eine Kurve, die gebildet wird, wenn man eine konische Fläche parallel zur Achse der Kegel durchschneidet, wodurch zwei voneinander getrennte Linien entstehen, die in beiden Richtungen ins Unendliche hinauslaufen.«

»Ist's möglich!« rief Michel Ardan in ernstem Ton, als hätte er von einem wichtigen Ereignis erfahren. »Dann merke dir wohl, Kapitän, es gefällt mir an deiner Definition der Hyperbel – beinahe hätte ich Hyperblage, Windbeutelei, gesagt –, daß sie noch weniger verständlich ist als der Ausdruck, den du zu erklären meinst!«

Nicholl und Barbicane beachteten die Scherze Michel Ardans wenig. Sie waren in einem wissenschaftlichen Disput begriffen, und die Frage, welche Kurve das Projektil verfolge, erhitzte sie, indem der eine es mit der Hyperbel hielt, der andere mit der Parabel. Ihre Gründe waren mit x gespickt. Ihre Beweise wurden in einer Sprache beigebracht, die für Michel widerlich war. Der Streit war lebhaft, und keiner der Gegner wollte dem anderen die von ihm bevorzugte Linie opfern.

Da die Auseinandersetzung fortdauerte, verlor Michel die Geduld.

»Aber, meine Herren, von Kosinus, hören Sie endlich auf, sich Parabeln und Hyperbeln an den Kopf zu werfen! Wir werden eine Ihrer Kurven einschlagen. Gut. Aber — wohin werden sie uns führen?«

»Nirgendswohin«, erwiderte Nicholl.

»Wie? Nirgendshin?«

»Offenbar«, sagte Barbicane. »Es sind nicht geschlossene Kurven, die sich bis ins Unendlich verlängern!«

»Ah! Ihr Gelehrten, ich hab meine Freude an euch! Doch was liegt mir daran, ob Parabel oder Hyperbel, wenn eine wie die andere mich in den unendlichen Raum führt!«

Barbicane und Nicholl konnten das Lachen nicht unterdrücken.

Es war doch eine recht müßige Frage zu einem recht ungelegenen Zeitpunkt. Das Traurige der Wahrheit bestand darin, daß das Projektil, parabolisch oder hyperbolisch, weder Erde noch Mond je erreichen sollte.

Was stand nun aber den kühnen Reisenden in aller Kürze bevor? Starben sie nicht aus Hunger oder Durst, so mußten sie in einigen Tagen aus Mangel an Luft umkommen, falls nicht zuvor durch die Kälte.

Soviel es auch darauf ankam, Gas zu sparen, so zwang sie doch die äußerst niedrige Temperatur, einen Teil davon zu verbrauchen. Im schlimmsten Fall konnten sie Licht entbehren, nicht aber Wärme. Zum Glück erhöhte auch der Apparat nach Reiset und Regnault die Temperatur im Projektil etwas, und man konnte sie ohne großen Aufwand in einer erträglichen Höhe halten.

Jedoch waren die Beobachtungen durch das Fenster sehr schwierig geworden. Die Feuchtigkeit gefror am Glas augenblicklich, und man mußte das Eis durch ständiges Reiben beseitigen. Doch konnte man einige höchst wichtige Tatsachen feststellen.

Wenn die unsichtbare Seite mit einer Atmosphäre versehen war, mußte man dann nicht wahrnehmen, wie Sternschnuppen sie durchstreiften? Wenn das Projektil selbst durch ihre Schichten drang, konnte man da nicht einige Geräusche hören: den Widerhall in den Luftmassen, das Heulen eines Sturmes, das Getöse einer Lawine zum Beispiel, den Lärm eines tätigen Vulkans? Und wenn ein feuerspeiender Berg Blitze schleuderte, sollte man dann nicht deren Glanz erkennen? Solche Tatsachen hätten die dunkle Frage der Beschaffenheit des Mondes ausnehmend beleuchtet. Daher stellten auch Barbicane und Nicholl wie Astronomen mit äußerster Geduld ihre Beobachtungen an.

Aber bisher blieb die Mondscheibe stumm und dunkel. Sie antwortete nicht auf die vielfachen Anfragen, die ihr diese eifrigen Forscher stellten.

Das veranlaßte die anscheinend so gerechtfertigte Bemerkung Michels: »Machen wir je die Reise nochmals, so wird es geraten sein, die Zeit des Neumondes dafür zu wählen.«

»In der Tat«, erwiderte Nicholl, »würde dieser Umstand günstiger sein. Ich gebe zu, daß dann der Mond während des Fluges nicht sichtbar wäre, dagegen könnte man die Erde in vollem Licht sehen. Ferner, wenn wir über die Rückseite des Mondes gelangen, wie gegenwärtig, so hätten wir wenigstens den Vorteil, die unsichtbare Hälfte in prächtiger Beleuchtung zu erblicken.«

»Richtig, Nicholl«, versetzte Michel Ardan. »Was meinst du, Barbicane?«

»Meine Meinung ist folgende«, erwiderte der ernste Präsident: »Sollten wir je die Reise noch einmal machen, so werden wir zur selben Zeit und unter denselben Bedingungen abreisen. Nehmen wir an, wir hätten unser Ziel erreicht, wäre es da nicht besser gewesen, Kontinente in vollem Licht anzutreffen, anstatt eine in finstere Nacht versenkte Gegend? Hätten wir uns dann nicht unter günstigeren Verhältnissen eingerichtet? Ja, offenbar. Die unsichtbare Seite würden wir während unserer Forschungsreisen auf dem Mond besucht haben. Es war also die Zeit des Vollmonds glücklich gewählt. Aber ans Ziel mußten wir gelangen und durften nicht von der Bahn abkommen!«

»Darauf ist nichts zu erwidern«, sagte Michel Ardan. »Doch ist nun eine schöne Gelegenheit verpaßt, die andere Seite des Mondes zu beobachten! Wer weiß, ob nicht die Bewohner der anderen Planeten bezüglich der Erforschung ihrer Trabanten weiter fortgeschritten sind als die Gelehrten der Erde.«

Auf diese Bemerkung Michel Ardans hätte man leicht folgende Antwort geben können: Ja, andere Trabanten sind wegen größerer Nähe leichter zu studieren. Die Bewohner des Saturn, Jupiter und Uranus, wenn es sie gibt, haben es leichter gehabt, Verbindung mit ihren Monden anzuknüpfen. Die vier Trabanten des Jupiter kreisen in einem Abstand von 56 873 Meilen, 90 463 Meilen, 144 310Meilen und 252 230 Meilen. Aber diese Entfernungen sind vom Zentrum des Planeten aus gerechnet, und zieht man die Radiuslänge von 9 000 bis 9 500 Meilen ab, so sieht man, daß der erste Trabant nicht so weit von der Oberfläche des Jupiters entfernt ist wie der Mond von der Erdoerfläche. Von des Saturn acht Trabanten sind vier ebenfalls näher: Diana ist 44 444 Meilen, Thetys 33 078 Meilen, Enceladus 25 317 und endlich Mimas nur 18 124 Meilen entfernt. Von den acht Trabanten des Uranus befindet sich der erste, Ariel, nur 27 065 Meilen weit von seinem Planeten.

Demnach hätte auf diesen drei Gestirnen ein Versuch wie der von Präsident Barbicane geringere Schwierigkeiten verursacht. Wenn also ihre Bewohner einen solchen Flug unternommen haben, so haben sie vielleicht die Beschaffenheit der Hälfte ihres Trabanten, die sich ihren Blicken ewig entzieht, kennengelernt.

Indessen beschrieb das Geschoß im Dunkel seine unberechenbare Bahn, die durch kein Merkmal zu bestimmen war. Hatte sich ihre Richtung verändert, sei es durch die Anziehungskraft des Mondes oder die Einwirkung eines unbekannten Gestirns? Barbicane konnte es nicht sagen. Aber in der Lage des Projektils war eine Änderung vor sich gegangen, worüber Barbicane gegen vier Uhr morgens Gewißheit erhielt.

Das Bodenstück hatte sich nämlich der Oberfläche des Mondes zugekehrt. Das war eine Wirkung der Anziehungskraft. Der schwere Teil neigte sich der unsichtbaren Mondscheibe zu, gerade als wenn man im Fallen begriffen sei.

Fiel das Projektil denn wirklich? Sollten die Reisenden endlich das so ersehnte Ziel erreichen? Nein. Die Beobachtung einer übrigens ziemlich unerklärlichen Erscheinung offenbarte Barbicane, daß sich sein Projektil dem Mond nicht näherte.

Diese seltsame Erscheinung war ein Lichtglanz, den Nicholl plötzlich am Horizont der schwarzen Scheibe gewahrte. Dieser leuchtende Punkt konnte nicht mit einem Stern verwechselt werden. Es war ein rötlichweiß glühender Gegenstand, der allmählich größer wurde, ein deutlicher Beweis, daß ihm das Projektil näher kam und nicht senkrecht auf die Oberfläche des Gestirns fiel.

»Ein Vulkan! Ein tätiger Vulkan!« rief Nicholl. »Ein Ausbruch der Glut im Innern des Mondes! So ist also diese Welt noch nicht ganz erloschen.«

»Ja! Ein feuerspeiender Gegenstand«, erwiderte Barbicane, der die Erscheinung mit seinem Fernrohr sorgfältig beobachtete. »Was sollte es auch sein, wenn nicht ein Vulkan?«

»Aber dann«, sagte Michel Ardan, »ist Luft nötig, um das Feuer zu unterhalten. Folglich ist dieser Teil des Mondes von einer Atmosphäre umgeben.«

»Vielleicht«, erwiderte Barbicane, »aber es braucht nicht unbedingt der Fall zu sein. Der Vulkan kann sich auch durch Auflösung gewisser Stoffe selbst seinen Sauerstoff schaffen und dadurch Flammen in den leeren Raum schleudern. Es kommt mir sogar vor, als habe dieses Feuer eine Stärke und einen Glanz, wie wenn es mit reinem Sauerstoff gespeist werde. Wir wollen also nicht übereilt behaupten, auf dem Mond sei eine Atmosphäre vorhanden.«

Der feuerspeiende Berg mußte ungefähr beim fünfundvierzigsten Grad südlicher Breite der unsichtbaren Seite liegen. Aber zum großen Leidwesen Barbicanes führte ihn die Kurve, die das Projektil beschrieb, weg von dem durch den Feuerausbruch hervorgehobenen Punkt. Er konnte daher dessen Beschaffenheit nicht genauer bestimmen. Eine halbe Stunde, nachdem man ihn gewahrt hatte, verschwand dieser leuchtende Fleck hinter dem dunklen Horizont. Doch war die Entdeckung dieses Punktes eine bedeutende Tatsache innerhalb der selenographischen Studien. Sie lieferte den Beweis, daß noch nicht alle Wärme aus dem Innern dieses Weltkörpers entwichen war, und da, wo Wärme existiert, wer kann da behaupten, daß das Pflanzenreich, ja selbst das Tierreich den zerstörenden Einflüssen bisher nicht Widerstand geleistet habe? Das Vorhandensein dieses tätigen Vulkans, unbestreitbar von Gelehrten der Erde erkannt, würde ohne Zweifel viele Theorien zugunsten der Bewohnbarkeit des Mondes veranlassen.

Barbicane ließ sich von seinen Gedanken fortreißen. Er versenkte sich in stumme Träume, die um die geheimnisvollen Geschicke der Mondwelt kreisten. Er versuchte die bisher beobachteten Tatsachen miteinander zu verbinden, als ein neues Ereignis ihn schroff an die Wirklichkeit erinnerte.

Dieses Ereignis, ein kosmisches Phänomen, beschwor

eine drohende Gefahr herauf und konnte für die Reisenden verderbliche Folgen haben.

Plötzlich zeigte sich, mitten im Äther, im tiefen Dunkel, eine enorme Masse. Sie glich einem Mond, war aber in voller Glut und von einem Glanz, der um so unerträglicher war, als er gegen die schwarze Nacht des Weltraums grell abstach. Diese kugelförmige Masse erhellte das Projektil so stark, daß die Gesichter, Barbicanes, Nicholls und Ardans, von den weißen Strahlen übergossen, das bleiche, bleifarbene, gespensterhafte Aussehen bekamen, wie es das durch Auflösen von Salz im Alkohol künstlich erzeugte Licht hervorruft.

»Tausend Teufel!« schrie Michel Ardan, »wie häßlich sehen wir aus! Was ist das für ein unglückseliger Mond?«

»Ein Bolide«, erwiderte Barbicane.

»Ein Bolide, brennend im leeren Raum?«

»Ja.«

Diese Feuerkugel war wirklich ein Bolide. Barbicane irrte sich nicht. Aber wenn diese kosmischen Meteore von der Erde aus betrachtet im allgemeinen ein etwas matteres Licht zeigen als der Mond, so glänzen sie hell im Dunkel des Äthers. Diese umherschweifenden Körper enthalten in sich selbst die Grundstoffe, um in Glut zu geraten, so daß eine Umgebung von Luft zu ihrem Verbrennen nicht nötig ist. Wenn von diesen Boliden manche ein bis zwei Meilen weit in die Erdatmosphäre hinein geraten, so beschreiben andere dagegen ihre Bahn in einer Entfernung, wohin die Atmosphäre nicht mehr dringt. Ein solcher Bolide erschien am 27. Oktober 1844 in einer Höhe von 667 Meilen, ein anderer verschwand am 15. August 1841 in einer Entfernung von 96 Meilen. Manche von diesen Meteoren sind neun- bis zwölftausend Fuß breit und fliegen so rasch, daß sie in einer Sekunde bis zu zehn Meilen zurücklegen, und zwar in einer der Erdbewegung entgegengesetzten Richtung.

Dieser schweifende Körper, der in einem Abstand von über fünfzig Meilen plötzlich erschien, mußte nach Barbicanes Schätzung einen Durchmesser von sechstausend Fuß haben. Er bewegte sich mit einer Geschwindigkeit von ungefähr einer Viertelmeile in der Sekunde, würde die Bahn des Projektils kreuzen und mußte in einigen Minuten mit ihm zusammenstoßen. Als er näher kam, nahm seine Größe erstaunlich zu.

Man versetze sich in die Lage der Reisenden! Schildern läßt sie sich nicht. Trotz ihres Mutes, ihrer Kaltblütigkeit und Unerschrockenheit bemächtigte sich ihrer eine fürchterliche Bestürzung. Stumm, regungslos, die Glieder verkrampft, mußten sie zusehen, wie ihr Projektil, auf dessen Lauf sie nicht einwirken konnten, geradewegs auf diese feurige Masse zuflog, deren Glut stärker war als die aus dem offenen Schlund eines Schmelzofens sprühende. Es schien jäh in einen feurigen Abgrund zu geraten.

Barbicane faßte seine beiden Gefährten bei der Hand, und alle drei blickten mit halbgeöffneten Augen auf den weißglühenden Asteroiden. Wenn ihre Denkkraft nicht aussetzte, wenn inmitten dieses Schreckens ihr Gehirn noch tätig war, so mußten sie sich für verloren halten.

Zwei Minuten seit dem plötzlichen Auftauchen des Boliden – zwei Jahrhunderte der Angst! Das Projektil schien im Begriff, mit ihm zusammenzuprallen, als die Feuerkugel wie eine Bombe zerplatzte, aber ohne alles Geräusch, weil sich in diesem leeren Raum ein Ton, der nur eine Erschütterung der Luftschichten ist, nicht bilden konnte.

Nicholl schrie laut auf und stürzte mit seinen Gefährten an das Fenster. Was für ein Anblick! Welche Feder wäre fähig, welche Palette hätte Farben genug, die

Pracht dieses Schauspiels darzustellen! Es glich dem eines feuerspeienden Kraters, eines funkensprühenden ungeheuren Brandes! Tausende lichtglänzende Trümmer erleuchteten und bestrahlten den Raum mit ihrem Feuer; sie fuhren in allen Größen und Farben durcheinander; Strahlen in Weiß, Gelb, Rot, Grün, Grau wie in einem bunten Kunstfeuerwerk. Von der gewaltigen, fürchterlichen Kugel blieb nichts übrig als diese nach allen Seiten hin zerstiebenden Stücke, die nun ihrerseits zu Asteroiden wurden, die einen blitzend wie ein Schwert, die anderen von weißlichem Gewölk umgeben, wieder andere mit glänzenden Streifen kosmischen Staubs hinter sich.

Diese glühenden Blöcke flogen durcheinander, gegeneinander, zersplitterten in kleinere Stücke, von denen einige gegen das Projektil stießen, dessen linkes Fenster sogar durch einen heftigen Anprall einen Sprung bekam. Es schien mitten durch einen Hagel von Granatsplittern zu fahren, von denen es der geringste augenblicklich zerschmettern konnte.

Das Licht, das den Äther durchdrang, entwickelte sich in unvergleichlicher Stärke, denn diese Asteroiden verbreiteten es in alle Richtungen. Einen Augenblick war es dermaßen hell, daß Michel seine Gefährten ans Fenster zog und rief: »Die unsichtbare Luna, nun endlich sichtbar!«

Alle drei konnten durch diese Lichtflut, die einige Sekunden andauerte, die Rückseite des Mondes erblicken, die das menschliche Auge zum erstenmal sah.

Was vermochten sie aus dieser Entfernung, die nicht zu schätzen war, zu unterscheiden? Einige lange Streifen: wirkliche Wolken, die sich in einer sehr flachen Atmosphäre bildeten, aus der nicht allein hohe Berge, sondern auch mittlere Höhen hervorragten; ferner Ringgebirge, klaffende Krater — regellos verstreut — wie auf der sichtbaren Seite. Sodann unermeßliche Flächen: keine ausgetrockneten Ebenen mehr, sondern wirkliche Meere, weite Ozeane, die auf ihrer klaren Oberfläche den ganzen Zauber des Feuerwerks im Weltraum widerspiegelten. Endlich auf dem Festland gewaltige dunkle Massen, die wie ungeheure Waldungen in der flüchtigen Beleuchtung eines Blitzes aussahen.

War es eine Täuschung, ein Irrtum der Augen, optisches Blendwerk? Konnten sie dieser so oberflächlich gewonnenen Anschauung wissenschaftliche Geltung beimessen? Konnten sie es wagen, sich über die Frage der Bewohnbarkeit des Mondes nach einem so flüchtigen Blick auf die erdabgewandte Hälfte auszusprechen?

Indessen wurden die Blitze im Weltraum allmählich schwächer; sein zufälliger Glanz nahm ab; die Asteroiden verschwanden in verschiedenen Richtungen und erloschen in der Ferne. Der Äther wurde wieder dunkel wie gewöhnlich, und die kaum erblickte Landschaft tauchte wieder in undurchdringliche Nacht.

Sechzehntes Kapitel

Südliche Hemisphäre

Das Projektil war einer unvorhergesehenen, fürchterlichen Gefahr entronnen. Wer hätte an ein solches Zusammentreffen mit Boliden gedacht? Solche umherschweifenden Himmelskörper konnten den Reisenden großes Unheil bringen. Es waren für sie Klippen im Äthermeer, die sie, minder glücklich als die Seefahrer, nicht vermeiden konnten.

Aber beklagten sich die kühnen Forscher im Weltraum? Nein, denn die Natur hatte ihnen den seltenen Anblick eines kosmischen Meteors von blendendem Glanz vergönnt und das unvergleichliche Kunstfeuerwerk, welches kein Ruggieri nachzuahmen verstand und das einige Sekunden lang die unsichtbare Mondhälfte erleuchtet hatte. Bei diesem Aufleuchten hatten sie Kontinente, Meere, Waldungen erblickt. DieAtmosphäre versah also diese unbekannte Seite mit ihren belebenden Elementarteilchen? Fragen, die noch ungelöst, der menschlichen Neugierde gestellt bleiben!

Es war damals halb vier Uhr nachmittags. Das Projektil verfolgte seine Bahn um den Mond. War sie abermals durch den Meteor abgeändert worden? Es war zu befürchten. Das Projektil mußte jedoch eine durch die rationellen Gesetze der Mechanik fest bestimmte Kurve beschreiben. Barbicane glaubte, daß diese Kurve eher eine Parabel als eine Hyperbel sei. Doch, die Parabel angenommen, hätte das Geschoß aus dem Schattenkegel, den der Mond auf der von der Sonne abgewandten Seite warf, ziemlich rasch herauskommen müssen. Dieser Kegel ist in der Tat sehr schmal, da der Durchmesser des Nachtgestirns klein ist im Verhältnis zum Durchmesser des Tagesgestirns. Bis jetzt nun bewegte sich das Projektil in diesem tiefen Schatten. Wie groß auch seine Schnelligkeit war – und gering konnte sie nicht sein –, die Dunkelheit dauerte an. Das war eine unbezweifelbare Tatsache, aber vielleicht hätte es bei einer streng parabolischen Bahn nicht so sein müssen. Eine neue Aufgabe zum Kopfzerbrechen für Barbicane, der sich in einen Kreis unbekannter Dinge gebannt sah, den er nicht verlassen konnte.

Keiner der Reisenden dachte einen Augenblick an Ruhe. Jeder lauerte auf ein unerwartetes Ereignis, das bei ihren Studien erneut Licht spenden würde. Gegen fünf Uhr teilte Michel Ardan anstatt der Mahlzeit einige Stückchen Brot mit kaltem Fleisch aus, die rasch verschlungen wurden, ohne daß einer seinen Platz am Fenster verlassen hätte, das sich immer wieder mit Eisblumen bedeckte.

Um fünf Uhr fünfundvierzig gewahrte Nicholl mit seinem Fernrohr am südlichen Rand des Mondes in der Richtung, die das Projektil nahm, einige glänzende Punkte, die sich vom dunklen Himmel abhoben. Man konnte sie für eine Reihe spitzer Berggipfel halten. Sie leuchteten ziemlich lebhaft. So zeigen sich die Begrenzungslinien des Mondes, wenn man ihn in seinen Achteln sieht.

Ein Irrtum war hier nicht möglich. Es handelte sich nicht um einen Meteor, denn das hier hatte weder seine Farbe noch seine Beweglichkeit, ebensowenig handelte es sich um einen tätigen Vulkan. Darum rief auch Barbicane unbedenklich aus: »Die Sonne!«

»Wie? Die Sonne?« fragten Nicholl und Ardan.

»Ja, meine Freunde! Das leuchtende Gestirn selbst bestrahlt die Gipfel dieser Berge am Südrand des Mondes. Wir nähern uns offenbar dem Südpol.«

»Nachdem wir den Nordpol passierten«, entgegnete Michel. »Also sind wir rings um den Erdtrabanten herumgeflogen.«

»Ja, mein wackerer Michel.«

»Dann haben wir weder Parabeln noch Hyperbeln, noch andere offene Kurven mehr zu fürchten.«

»Nein, aber eine geschlossene Kurve.«

»Und das wäre?«

»Eine Ellipse. Anstatt sich im weiten Weltraum zwischen den Planeten zu verlieren, wird das Projektil vermutlich eine elliptische Bahn um den Mond herum beschreiben.«

»Wirklich?«

»Und wird zu seinem Trabanten werden.«

»Zu einem Mond des Mondes!« rief Michel Ardan.

»Nur muß ich dir sagen, mein würdiger Freund«, erwiderte Barbicane, »daß wir darum nicht minder verloren sind!«

»Ja, aber auf andere und angenehmere Weise!« versetzte der sorglose Franzose mit liebenswürdigstem Lächeln.

Präsident Barbicane hatte recht. Dem Projektil stand bevor, auf dieser elliptischen Bahn als ein Untertrabant in alle Ewigkeit um den Mond zu kreisen. Es war ein neues Gestirn im Sonnensystem, eine kleine Welt für sich, von drei Menschen bewohnt – die aus Mangel an Luft in Kürze dem Tode verfielen. Barbicane konnte also keine Freude darüber empfinden, daß durch Zusammenwirken der zentripetalen und zentrifugalen Kräfte dem Projektil dieses Los bestimmt sein sollte. Die drei Gefährten besahen sich also von neuem den beleuchteten Teil des Mondes. Vielleicht sollten sie noch so lange leben, daß sie ein letztes Mal die Erde in vollem Licht, in prachtvoller Bestrahlung durch die Sonne erblicken und ihr ein Lebewohl zurufen konnten! Danach würde ihr Projektil nur eine tote Masse sein, den Asteroiden gleich. Sie hatten nur noch die eine tröstliche Aussicht: endlich aus diesem tiefen Dunkel heraus wieder ans Licht zu kommen, in Gegenden, die sich an den Sonnenstrahlen erquickten!

Inzwischen waren die von Nicholl erkannten Berge immer mehr aus der Dunkelheit hervorgetreten. Es waren der »Leibniz« und der »Dörfel«, die in der Gegend um den Südpol des Mondes emporragen.

Alle Berge der sichtbaren Hemisphäre sind mit größter Genauigkeit gemessen worden. Man staunt vielleicht, daß dies so vollkommen möglich ist, und doch sind die hypsometrischen Methoden sehr genau. Man kann sogar behaupten, daß die Höhe der Mondberge ebenso exakt bestimmt ist wie die der Berghöhen auf der Erde.

Die am meisten angewendete Methode besteht darin,

daß man den von den Bergen geworfenen Schatten mißt, wobei man den Stand der Sonne im Moment der Beobachtung berücksichtigt. Dieses Messen geschieht leicht mit Hilfe eines Fernrohrs, worin ein Netz mit zwei parallelen Fäden angebracht ist. Den Durchmesser des Mondes setzt man als bekannt voraus. Mit dieser Methode läßt sich ebenso die Tiefe der Krater und Täler des Erdtrabanten messen. Galilei hat sie angewandt und seitdem mit dem größten Erfolg Beer und Mädler.

Es gibt noch ein anderes Verfahren zur Messung der Höhen auf dem Mond, in dem Moment, wo die Berge leuchtende Punkte sind, die sich von der dunkleren Umgebung abheben. Diese leuchtenden Punkte entstehen durch Sonnenstrahlen, die in größerer Höhe einfallen als die, welche die Mondphase bestimmen. Der Zwischenraum zwischen dem beleuchteten Punkt und der nächsten beleuchteten Stelle der Phase gibt genau die Höhe dieses Punktes an. Aber dieses Verfahren läßt sich nur bei Bergen anwenden, die nahe an der Scheidelinie von Licht und Schatten liegen.

Eine dritte Methode bestände darin, daß man das Profil der Mondberge, die sich vom Hintergrund abheben, mit dem Mikrometer mißt; sie ist aber nur bei Höhen in der Nähe des Mondrandes anwendbar.

In allen diesen Fällen merke man sich, daß diese Messung der Schatten, der Zwischenräume oder Profile nur dann möglich ist, wenn die Sonnenstrahlen im Verhältnis zum Beobachter schräg auf den Mond fallen. Treffen sie aber senkrecht auf, kurz, wenn es Vollmond ist, so ist jeder Schatten aufgehoben, und die Beobachtung ist nicht mehr ausführbar.

Galilei hat, nachdem er zuerst die Existenz der Mondberge erkannt, die Methode der Schattenmessung benutzt. Er schrieb ihnen eine Durchschnittshöhe von 4 500 Fuß zu. Hevelius setzte diese Ziffern bedeutend herab, und Ricciolo erhöhte sie wieder aufs Doppelte. Diese Maße waren beiderseits übertrieben. Herschel kam mit Hilfe seiner vervollkommneten Instrumente der Wahrheit näher. Schließlich aber muß man sie in den neuesten Berichten der Beobachter suchen.

Beer und Mädler haben 1 095 Mondberge gemessen. Aus ihren Berechnungen ergibt sich, daß sechs von ihnen über 17 400 Fuß hoch sind, zweiundzwanzig über 14 400. Der höchste Gipfel des Mondes mißt 22 809 Fuß; er ist also niedriger als die höchsten Berge der Erde, von denen einige um fünf- bis sechshundert Fuß höher sind. Doch ist folgende Bemerkung nicht überflüssig: Vergleicht man die Gesamtmasse der beiden Gestirne, so sind die Mondberge im Verhältnis weit höher als die Erdberge. Die Höhe der ersteren beträgt den vierhundertsten Teil des Monddurchmessers und die der letzteren nur den tausendvierhundertvierzigsten Teil des Erddurchmessers. Sollte ein Erdberg im Verhältnis ebenso hoch wie ein Mondberg sein, so müßte seine Höhe 76 000 Fuß betragen. Der höchste aber ist nur 27 000 Fuß hoch.

Die Bahn des Projektils führte jetzt in die Gebirgsgegend der südlichen Hemisphäre, wo die schönsten Musterexemplare der Mondorographie emporragen.

Siebzehntes Kapitel

Der »Tycho«

Um sechs Uhr abends überflog das Projektil den Südpol, nicht ganz acht Meilen davon entfernt, also in demselben Abstand wie bei der Annäherung an den Nordpol; die Kurve war streng elliptisch gezogen.

In diesem Augenblick wurden die Reisenden wieder wohltuend von der Sonne bestrahlt. Das Tagesgestirn wurde mit dreifachem Hurra begrüßt. Zugleich mit dem Licht genoß man auch wieder die Wärme, die bald durch die metallenen Wände drang. Die Fenster wurden wieder klar; wie durch einen Zauber verschwand ihre Eisdecke.

Sogleich wurde aus Sparsamkeit das Gas gelöscht. Nur der Luftapparat verbrauchte, wie bisher, sein gewohntes Quantum.

»Ach!« rief Nicholl, »eine Wohltat, diese warmen Strahlen! Wie ungeduldig müssen die Seleniten nach so langer Nacht auf das Wiedererscheinen des Tagesgestirns warten!«

»Ja«, erwiderte Michel Ardan, »Licht und Wärme, darin besteht das Leben!«

In diesem Moment entfernte sich das Bodenstück des Projektils etwas vom Mond. Jetzt hätten Barbicane und seine Gefährten die Erde, wäre sie voll beleuchtet gewesen, wieder erblicken können, aber sie war völlig unsichtbar. Ein anderes Bild dagegen zog ihre Blicke auf sich: die Ansicht der Südregion des Mondes, die durch das Fernrohr bis auf eine sechzehntel Meile herangebracht wurde. Sie wichen nicht mehr vom Fenster und zeichneten alles bis ins kleinste Detail auf, was sie von der seltsamen Landschaft sahen.

Der »Dörfel« und der »Leibniz« bilden zwei gesonderte Berggruppen, die sich nahe am Südpol erstrecken. Die erste Gruppe zieht sich vom Pol bis zum vierundachtzigsten Breitengrad auf der Ostseite des Gestirns hin; die zweite, am Ostrand, reicht vom fünfundsechzigsten Breitengrad bis zum Pol.

Auf dem Grat beider Höhenzüge zeigten sich blendende Streifen, wie sie von Pater Secchi angezeigt wurden. Barbicane konnte ihre Beschaffenheit mit noch mehr Gewißheit als der berühmte italienische Astronom erkennen.

»Das ist Schnee!« rief er aus.

»Schnee?« wiederholte Nicholl.

»Ja, Nicholl, Schnee, dessen Oberfläche ganz mit Eis überzogen ist. Sehen Sie, wie sie die Lichtstrahlen reflektiert. Erstarrte Lava würde keinen so starken Widerschein haben. Es gibt also Wasser, es gibt Luft auf dem Mond. Sei's auch noch so wenig, aber die Tatsache ist nicht zu bestreiten!«

Nein, sicherlich nicht! Und wenn Barbicane jemals wieder auf die Erde kommt, werden seine Notizen die wichtige Entdeckung bezeugen.

Der »Dörfel« und der »Leibniz« erheben sich mitten in Ebenen von mäßiger Ausdehnung, die von einer unübersehbaren Reihe von Ringgebirgen und Wällen begrenzt werden. Hier und da ragen einige schroffe Spitzen empor, von denen die höchste 22 809 Fuß mißt.

Aber das Projektil gewährte von all dem nur einen Gesamtüberblick, und das einzelne der Bodengestaltung versank im stark blendenden Glanz der Oberfläche. Den Augen der Reisenden zeigten sich wieder die Mondlandschaften von uraltertümlichem Aussehen, ohne Abstufung der Farben, ohne Nuancen der Schatten, grellweiß oder tiefschwarz, weil das zerstreute Licht fehlte. Und doch fesselte sie der Anblick dieser öden Welt durch seine Seltsamkeit. Aber nirgends sahen sie eine Spur von Vegetation, ein Zeichen einer Ansiedlung; nichts als Schichtungen, Rinnen und Lavaströme, ausgeworfene Massen, glatt wie ungeheure Spiegel, welche die Sonnenstrahlen mit unerträglichem Glanz reflektierten. Nichts von Lebewesen, nur eine erstorbene Welt, wo die Lawinen, vom Gipfel der Berge herabrollend, geräuschlos in den Abgrund versanken.

In seinem gegenwärtigen Zustand war dieses Gestirn

ein Bild des Todes, ohne daß jemand sagen konnte, ob es jemals von Leben beseelt gewesen sei.

Michel Ardan glaubte jedoch einen Haufen Ruinen zu erkennen, die er der Aufmerksamkeit Barbicanes empfahl. Es war dies etwa unterm achtzigsten Breiten- und dem dreißigsten Längengrad. Diese ziemlich regelmäßig daliegenden Steine sahen wohl aus wie Reste einer ungeheuren Befestigung, die einen der langen Streifen beherrschte, welche vormals Flußbetten waren. Nicht weit davon entfernt erhob sich zu einer Höhe von 16 938 Fuß das Ringgebirge »Short«, das dem Kaukasus gleicht. Michel Ardan behauptete in seiner gewohnten Hitze, das Festungswerk sei klar erwiesen. Darunter gewahrte er die niedergeworfenen Wälle einer Stadt; hier die noch unverletzte Wölbung eines Portikus; dort zwei bis drei Säulen einer Halle; weiter eine Reihe von Bogengewölben, die zum Stützen einer Wasserleitung bestimmt waren; anderswo die Pfeiler einer Riesenbrücke. Das alles erkannte er, aber mit so viel Phantasie im Anschauen, beim Blick durch ein phantastisches Fernrohr, daß man sich auf seine Beobachtungen nicht verlassen kann. Und doch, wer möchte behaupten, wer wagte zu sagen, daß der liebenswürdige Kamerad nicht wirklich sah, was seine beiden Gefährten nicht sehen wollten?

Die Augenblicke waren zu kostbar, um sie einer müßigen Erörterung zu opfern. Die Selenitenstadt, eingebildet oder wirklich, war schon in der Ferne verschwunden. Der Abstand des Projektils von der Mondoberfläche nahm zu, und die Einzelheiten verwirrten sich immer mehr. Nur die Erhöhungen, die Ringgebirge, Krater und Ebenen blieben deutlich genug, um sie voneinander abgrenzen zu können.

In diesem Augenblick zeigte sich links einer der schönsten Ringberge der Mondorographie, eine der Merkwürdigkeiten dieses Kontinents. Es war der

»Newton«, den Barbicane nach der Mappa selenographica leicht erkannte.

Der »Newton« liegt genau bei 77° südlicher Breite und 61° östlicher Länge. Er bildet einen ringförmigen Krater, dessen 21 792 Fuß hohen Wälle unbesteigbar scheinen.

Barbicane machte seine Freunde darauf aufmerksam, daß der Krater dieses Berges bei weitem tiefer sei als die ihn umgebende Ebene. Diese enorme Höhlung läßt sich gar nicht messen und bildet einen finsteren Abgrund, auf dessen Boden die Sonnenstrahlen niemals dringen. Dort herrscht absolute Finsternis, von keinem Lichtstrahl der Sonne oder der Erde gemildert. Die Mythologie würde da mit Recht den Eingang zur Unterwelt gefunden haben.

»Der ‚Newton'«, sagte Barbicane, »ist ein vollendetes Charakterbild der Ringberge, von denen man auf der Erde keine Spur findet. Sie beweisen, daß die Formbildung des Mondes beim Erkalten gewaltsame Ursachen hat; denn während, von vulkanischem Feuer emporgetrieben, die Erhebungen zu beträchtlicher Höhe gediehen, zog sich in deren Mitte der Boden zurück und wurde weit niedriger als die Oberfläche des Mondes.«

»Ich widerspreche dem nicht«, erwiderte Michel Ardan.

Einige Minuten, nachdem man am »Newton« vorbei war, überquerte das Projektil direkt das Ringgebirge »Moret«. Es flog ziemlich weit entfernt an den Gipfeln des »Blancanus« vorüber und erreichte gegen halb acht den »Clavius«.

Dieser Ringberg, einer der merkwürdigsten, liegt bei 58° südlicher Breite und 15° nördlicher Länge. Seine Höhe wird auf 21 270 Fuß geschätzt. Die Reisenden, die vierundfünfzig Meilen Abstand von ihm hatten, welche sich durch das Fernrohr auf ungefähr eine halbe verringerte, konnten diesen ungeheuren Krater ausgiebig bewundern.

»Die Vulkane der Erde«, sagte Barbicane, »sind doch nur Maulwurfshügel im Vergleich mit denen des Mondes. Mißt man die alten Krater des Ätna und Vesuv, die durch ihre ersten Ausbrüche gebildet wurden, so findet man sie kaum achtzehntausend Fuß breit. Der Durchmesser des Cantal in Frankreich beträgt keine anderthalb Meilen; der Krater auf der Insel Ceylon mißt etwa eineinhalb Meilen und wird als der größte des Erdballs angesehen. Doch was bedeuten diese Durchmesser gegen den des ‚Clavius', den wir in diesem Augenblick betrachten?«

»Wie breit ist er denn?« fragte Nicholl.

»Einunddreißig Meilen«, erwiderte Barbicane. »Dieser Ringberg ist allerdings der bedeutendste auf dem Mond; aber manche andere messen siebenundzwanzig, zwanzig, dreizehn Meilen!«

»Ach, meine Freunde«, rief Michel aus, »stellen Sie sich vor, was mußte dieses friedliche Nachtgestirn gewesen sein, als seine Krater unter Donner und Blitz alle auf einmal Lavaströme, Steinhagel, Rauchwolken und Feuerstrahlen auswarfen! Was für ein wundervolles Schauspiel damals, und jetzt welcher Verfall! Dieser Mond ist nur noch das magere Gerippe eines Kunstfeuerwerks, dessen Raketen und Sonnen nach prachtvollem Glanz nur traurige Auszackungen in den Papphülsen hinterlassen haben. Wer vermöchte die Ursache und die Berechtigung dieser gewaltigen Veränderung anzugeben?«

Barbicane hörte nicht auf Michel Ardan. Er betrachtete diese Wälle des »Clavius«, die aus ein paar Meilen breiten Gebirgen gebildet waren. Auf dem Grund der ungeheuren Vertiefung befanden sich hundert kleine erloschene Krater, welche den Boden wie ein Sieb durchlöcherten und von einem 15 000 Fuß hohen Spitzberg beherrscht wurden.

Die Ebene ringsum bot einen wüsten Anblick. Es gab nichts Dürreres als diese Bodenerhebungen, nichts Traurigeres als diese Steintrümmer und diese Stücke von Bergen und Gipfeln, welche die Gegend bedeckten! Der Erdtrabant schien an dieser Stelle geborsten und zerschmettert worden zu sein.

Das Projektil flog immer weiter, und das Chaos blieb sich unverändert gleich. Die Ringberge, die Krater, die eingestürzten Felsen reihten sich ununterbrochen aneinander. Keine Ebenen, keine Meere. Endlich, im Zentrum dieser zerklüfteten Landschaft ein Höhepunkt, der leuchtendste Berg der Mondscheibe, der blendende »Tycho«, benannt nach dem berühmten dänischen Astronomen.

Wenn man bei wolkenlosem Himmel den Vollmond betrachtet, bemerkt jeder diesen glänzenden Punkt auf der südlichen Hemisphäre. Er reflektiert ein so konzentriertes Licht, daß ihn die Bewohner der Erde trotz ihrer Entfernung von 51 850 Meilen ohne Fernrohr wahrnehmen können. Man stelle sich vor, wie stark dieses Licht in den Augen der nur rund achtzig Meilen entfernten Beobachter sein mußte! Sein Funkeln war derart unerträglich, daß Barbicane und seine Freunde das Augenglas ihrer Lorgnetten mit Rauch schwärzen mußten, um seinen Glanz auszuhalten. Dann betrachteten sie den Berg stumm, ließen kaum einige Worte der Bewunderung vernehmen. Alle ihre Gefühle konzentrierten sich in ihrem Schauen.

Der »Tycho« gehört zu den strahlenden Bergen wie der »Aristarch« und der »Kopernikus«. Von allen der charakteristischste, legt er ein entschiedenes Zeugnis ab von der schrecklichen vulkanischen Tätigkeit, durch die sich die Landschaft des Mondes bildete. Er liegt bei 43°

südlicher Breite und 12° östlicher Länge. In seinem Zentrum befindet sich ein Krater von zwölf Meilen Breite. Er nähert sich etwas der elliptischen Form und ist von Ringwällen umschlossen, die an der Ost- und der Westseite 15 000 Fuß hoch sind und die Umgebung beherrschen. Dieser Ringberg gleicht einem Haufen Montblancs um ein gemeinsames Zentrum herum und hat eine Strahlenkrone.

Das wahre Bild dieses unvergleichlichen Gebirges, die Gesamtheit der Höhenzüge, die hier zusammenlaufen, die Gestalt seines Kraters hat die Fotografie noch nie darzustellen vermocht. Nur bei Vollmond erscheint der »Tycho« in seinem ganzen Glanz, dann fehlen aber die Schatten, die Verkürzungen durch die Perspektive sind verschwunden, und die Bilder werden weiß. Ein leidiger Umstand, denn es wäre sehr interessant, diese seltsame Gegend mit fotografischer Genauigkeit aufzunehmen. Es ist eine verwirrende Anhäufung von Löchern, Kratern, Ringwällen, ein Durcheinander von Bergrücken, ein unübersehbares Netz von Vulkanen auf einem warzigen Boden. Das Aufbrodeln der zentralen Kräfte ist hier in seiner ursprünglichen Form sichtbar. Die erkalteten Gesteinsmassen haben das Bild festgehalten, das der Mond einst unter Einwirkung plutonischer Kräfte darbot.

Die Reisenden waren von den ringförmigen Gipfeln des »Tycho« nicht so sehr weit entfernt, um nicht die wichtigsten Details wahrnehmen zu können. Über dem aufgeworfenen Schuttdamm, der die Umwallung des »Tycho« bildete, erhoben sich die Berge auf der Innen- und Außenböschung stufenweise wie riesenhafte Terrassen. Sie schienen auf der Westseite drei- bis vierhundert Fuß höher zu sein als im Osten. Keine Befestigungsanlage auf der Erde war mit dieser natürlichen zu vergleichen. Eine auf dem Grund dieser Aushöhlung erbaute Stadt wäre durchaus unzugänglich gewesen.

Unzugänglich und wunderbar weit ausgedehnt auf diesem mit malerischen Vorsprüngen bunt besetzten Boden! Die Natur hatte in der Tat den Grund dieses Kraters nicht flach und leer gelassen. Er besaß seine besondere Orographie, ein Gebirgssystem, das gleichsam eine besondere Welt aus ihm machte. Die Reisenden unterschieden deutlich kegelförmige Spitzen, Hügel in der Mitte, merkwürdige Abwechslungen im Terrain, die von Natur geeignet waren, die Meisterwerke selenitischer Architektur aufzunehmen. Hier war der Platz für einen Tempel abgesteckt, dort der Raum für ein Forum, an dieser Stelle sah man den Grundstock für einen Palast, an jener die Hochfläche für eine Zitadelle. Alles das wurde von einem 1 500 Fuß hohen Zentralgebirge beherrscht. Ein weiter Umfang, wo das alte Rom zehnmal Platz gehabt hätte!

»Ah!« rief Michel Ardan voll Enthusiasmus bei diesem Anblick, »was für eine großartige Stadt ließe sich in diesem Ring von Gebirgen erbauen! Welch ruhiger, friedlicher Zufluchtsort außerhalb allen menschlichen Elends! Wie könnten da alle jene ruhig für sich allein leben, denen das gesellige Leben verleidet ist!«

»Alle? Dafür würde es doch hier an Raum fehlen!« erwiderte Barbicane.

Achtzehntes Kapitel

Bedeutsame Fragen

Unterdessen war das Projektil aus dem Bereich des »Tycho« herausgekommen. Barbicane und seine beiden Freunde beobachteten dann noch mit großer Sorgfalt die glänzenden Lichtstreifen, die der berühmte Berg so merkwürdig nach allen Seiten hin verbreitet.

Was hat es mit dieser strahlenden Lichtkrone für eine Bewandtnis? Welches geologische Phänomen hat diesen glutsprühenden Kopfschmuck verursacht? Diese Frage nahm mit Recht Barbicanes Gedanken in Anspruch.

Unter sich sahen sie wirklich nach allen Richtungen hin lange Lichtstreifen ziehen mit aufgebogenem Rand und vertiefter Mitte, drei bis sieben Meilen breit. Diese glänzenden Streifen liefen vom »Tycho« aus an manchen Stellen bis zu 160 Meilen weit ins Land und schienen, vor allem nach Osten, Nordosten und Norden zu, die Hälfte der südlichen Hemisphäre zu bedecken. Einer dieser Ausläufer reichte bis zum Ringberg »Neander« beim vierzigsten Meridian. Ein anderer durchfurchte das »Nektarmeer« und brach sich nach 210 Meilen an der »Pyrenäenkette«. Andere durchquerten in westlicher Richtung das »Wolkenmeer« und das »Meer des Humors«.

Wie entstanden diese funkelnden Strahlen, die auf den Ebenen wie auf den Höhen, mochten sie auch noch so steil sein, zu sehen waren? Alle gingen von einem gemeinsamen Zentrum, dem Krater des »Tycho«, aus. Herschel hielt sie ihres glänzenden Aussehens wegen für ehemalige, in der Kälte fest gewordene Lavaströme; seine Ansicht fand aber keinen Beifall. Andere Astronomen wollten in diesen unerklärlichen Strahlen eine Art Schuttanhäufung sehen, ein Durcheinander von Trümmern und Blöcken, die zur Zeit der Bildung des »Tycho« dahin geworfen worden waren.

»Doch warum stimmt das nicht?« fragte Nicholl Barbicane, der diese verschiedenen Meinungen vortrug und verwarf.

»Weil die Regelmäßigkeit dieser leuchtenden Linien und die Gewalt, die nötig war, um die vulkanischen

Stoffe in solche Entfernungen zu schleudern, damit nicht zu erklären sind.«

»Ja, wahrhaftig«, erwiderte Michel Ardan, »aber es scheint mir so schwer nicht, den Ursprung dieser Strahlen zu erklären.«

»Wirklich?« fragte Barbicane.

»Wirklich«, erwiderte Michel. »Ich brauche nur zu sagen, es geschah durch ein ungeheures sternförmiges Zerspringen, wie wenn man einen Ball oder Stein gegen eine Glasscheibe wirft!«

»Gut!« versetzte Barbicane lächelnd. »Und welche Hand wäre kräftig genug, um den Stein zu schleudern, der solche Sprünge hervorruft?«

»Eine Hand ist dabei nicht nötig«, entgegnete Michel, der sich nicht von seinem Gedanken abbringen ließ; »und was den Stein betrifft, nehmen wir an, es sei ein Komet.«

»Ah! Die Kometen!« rief Barbicane, »die müssen aushelfen. Mein wackerer Michel, deine Erklärung ist nicht übel, aber deinen Kometen braucht man nicht. Der Stoß, der diesen Bruch veranlaßt hat, kann aus dem Innern des Gestirns gekommen sein. Eine heftige Zusammenziehung der Mondkruste, unter Einwirkung des Erkaltens, konnte hinreichend sein, um dieses gewaltige Zerspringen hervorzubringen.«

»Meinetwegen eine Zusammenziehung, so etwas wie eine Kolik des Mondes«, erwiderte Michel Ardan.

»Übrigens«, fügte Barbicane hinzu, »ist auch ein englischer Gelehrter dieser Ansicht, Nasmyth, und sie scheint mir auch hinreichend das Ausstrahlen dieses Gebirges zu erklären.«

»Dieser Nasmyth ist kein Narr!« erwiderte Michel.

Lange waren unsere Reisenden, die sich an einem solchen Schauspiel nicht satt sehen konnten, in die Bewunderung dieses Glanzes vertieft. Ihr Projektil, von Licht durchdrungen, in doppelter Bestrahlung durch die Sonne und den Mond, mußte wie eine glühende Kugel aussehen. Sie waren auch aus bedeutender Kälte plötzlich in starke Hitze geraten. Die Natur wollte sie vorbereiten, Seleniten zu werden.

Seleniten werden! Dieser Gedanke führte nochmals auf die Frage der Bewohnbarkeit des Mondes zurück. Waren die drei Freunde nach dem, was sie gesehen hatten, imstande, sie zu lösen? Konnten sie ein Urteil dafür oder dagegen aussprechen? Michel Ardan forderte seine beiden Freunde auf, ihre Ansichten mitzuteilen, und fragte entschieden, ob sie glaubten, daß Tier- und Menschenwelt auf dem Mond vorhanden seien.

»Ich glaube, daß wir eine Antwort geben können«, sagte Barbicane; »aber meiner Ansicht nach darf die Frage nicht so formuliert werden. Ich bitte sie anders zu stellen.«

»Du magst sie formulieren«, erwiderte Michel.

»Nun denn«, versetzte Barbicane. »Das Problem ist ein doppeltes und verlangt eine zweifache Lösung: Ist der Mond bewohnbar? Ist er bewohnt gewesen?«

»Gut«, erwiderte Nicholl. »Fragen wir zuerst, ob der Mond bewohnbar ist.«

»Offen gestanden, ich weiß es nicht zu sagen«, entgegnete Michel.

»Und ich«, versetzte Barbicane, »antworte mit Nein. Im gegenwärtigen Zustand – mit der gewiß sehr begrenzten Atmosphäre, den meist ausgetrockneten Meeren und unzureichenden Gewässern, der geringen Vegetation, dem schroffen Wechsel von Kälte und Wärme, den dreihundertvierundfünfzigstündigen Tagen und Nächten – scheint mir der Mond nicht bewohnbar und auch nicht geeignet zur Entwicklung tierischen Lebens, geschweige denn zur Befriedigung der Bedürfnisse einer Existenz, wie wir sie verstehen.«

»Einverstanden«, erwiderte Michel. »Aber ist der Mond nicht bewohnbar für anders organisierte Wesen?«

»Auf diese Frage zu antworten«, versetzte Barbicane, »ist noch schwieriger. Doch will ich den Versuch machen; zunächst aber möchte ich von Nicholl wissen, ob er der Meinung ist, daß Bewegung das notwendige Resultat des Lebens sei, wie es auch organisiert sein möge?«

»Ohne allen Zweifel«, erwiderte Nicholl.

»Nun denn, mein würdiger Freund, so antworte ich: Wir haben die Kontinente des Mondes aus einer Entfernung von höchstens tausend Fuß betrachtet und nichts gesehen, was eine Bewegung auf der Oberfläche verriet. Das Vorhandensein irgendeines Menschengeschlechts würde sich durch Dementsprechendes, durch errichtete Bauwerke, ja selbst durch Ruinen zu erkennen geben. Was haben wir aber gesehen? Überall und stets die geologische Arbeit der Natur, niemals Menschenarbeit. Sollten Repräsentanten des Tierreichs auf dem Mond vorhanden sein, so müßten sie in den unergründlichen Aushöhlungen, wohin der Blick nicht dringen kann, versteckt sein. Dies kann ich aber nicht gelten lassen, denn sie hätten Spuren vorübergehender Anwesenheit auf den Ebenen hinterlassen müssen, die von der Schicht Atmosphäre, so niedrig sie auch sein mag, überzogen sind. Solche Spuren sind aber nirgends sichtbar. So bliebe dann nur übrig anzunehmen, es gebe eine Art lebender Wesen, denen die Bewegung, worin doch das Leben besteht, abgeht!«

»Das wären also lebende Wesen, die kein Leben hätten«, versetzte Michel.

»Getroffen!« erwiderte Barbicane. »Für uns aber hat dies keinen Sinn.«

»Wir können also unsere Ansicht formulieren«, sagte Michel.

»Ja«, erwiderte Nicholl.

»Nun denn«, fuhr Michel Ardan fort, »die wissenschaftliche Kommission, die im Projektil des Gun-Klubs versammelt ist, gibt, in ihrer Beweisführung auf die jüngst beobachteten Tatsachen gestützt, mit Einstimmigkeit über die gegenwärtige Bewohnbarkeit des Mondes ihr Urteil dahin ab: ‚Nein, der Mond ist nicht bewohnbar!'«

Diese Entscheidung wurde von Präsident Barbicane in sein Notizbuch eingetragen, in dem sich das Protokoll der Sitzung vom sechsten Dezember befand.

»Jetzt«, sagte Nicholl, »machen wir uns an die zweite Frage, die eine Ergänzung der ersten darstellt. Ich frage also die verehrliche Kommission: Wenn der Mond nicht bewohnbar ist, ist er früher bewohnt gewesen?«

»Bürger Barbicane hat das Wort«, sagte Michel Ardan.

»Meine Freunde«, erwiderte Barbicane, »um eine Ansicht über die vormalige Bewohnbarkeit unseres Trabanten zu bilden, habe ich diese Reise nicht abgewartet und habe nur hinzuzufügen, daß unsere persönlichen Beobachtungen mich in derselben nur bestärken können. Ich glaube, ich behaupte sogar, daß der Mond von Menschen bewohnt gewesen ist, die wie wir organisiert waren; daß Tiere existierten, die anatomisch unseren Tieren auf der Erde glichen; aber ich setze hinzu, daß die Zeit dieser Menschen- oder Tierarten vorüber ist, daß sie für immer erloschen sind.«

»So wäre also«, fragte Michel, »der Mond eine ältere Welt als die Erde?«

»Nein«, erwiderte Barbicane mit Überzeugung, »aber eine Welt, die früher gealtert ist, die rascher ihre Gestaltung sowohl gewonnen als verloren hat. Die geologischen Kräfte sind im Verhältnis weit gewaltsamer im Innern des Mondes tätig gewesen als im Innern des Erdballs. Der gegenwärtige Zustand dieser zerklüfteten, zerrissenen, aufgetriebenen Scheibe beweist es zum

Überfluß, Mond und Erde waren ursprünglich nur gasförmige Massen. Dieses Gas wurde unter verschiedenen Einwirkungen zu flüssigen Stoffen, und die feste Masse bildete sich später heraus. Aber ganz sicher ist unser Erdball noch in gasförmigem oder flüssigem Zustand gewesen, als der Mond durch Erkalten bereits Festigkeit gewonnen hatte und dadurch bewohnbar geworden war.«

»Das glaub ich«, sagte Nicholl.

»Damals«, fuhr Barbicane fort, »war er von einer Atmosphäre umgeben. Die Gewässer unter dieser Luftschicht konnten nicht verdampfen. Unter Einwirkung von Luft, Licht, Wärme der Sonne und des Mondinneren bedeckten sich die dafür vorbereiteten Kontinente mit einer Vegetation; sicherlich entstand in dieser Epoche Leben, denn die Natur vergeudet nichts, und eine in so wunderbarem Maße bewohnbare Welt ist unbedingt auch bewohnt gewesen.«

»Doch«, erwiderte Nicholl, »mußten nicht viele unserem Trabanten eigentümliche Erscheinungen einer Verbreitung des Tier- und Pflanzenreichs hinderlich gewesen sein? Diese dreihundertvierundfünfzigstündigen Tage und Nächte zum Beispiel?«

»An den Polen der Erde«, sagte Michel, »dauern sie sechs Monate!«

»Dieses Argument hat wenig Gewicht, da unsere Pole nicht bewohnt sind.«

»Denken wir auch daran, meine Freunde«, sprach Barbicane weiter, »daß, wenn beim gegenwärtigen Zustand des Mondes die langen Tage und Nächte Temperaturunterschiede verursachen, die der Organismus nicht verträgt, dies in jener Epoche nicht der Fall war. Die Atmosphäre umhüllte den Mond wie ein Mantel. Wasserdampf wurde zu Wolken, die als natürlicher Schirm die Hitze der Sonnenstrahlen milderten und das nächtliche Abkühlen hemmten. Licht wie Wärme konnten sich in der Luft zerstreuen, woraus ein Gleichgewicht zwischen Hell und Dunkel, Kälte und Hitze entstand, das jetzt, wo die Atmosphäre fast ganz verschwunden ist, nicht mehr existiert. Übrigens will ich Sie gleich in Staunen versetzen . . .«

»Tun Sie's nur«, sagte Michel Ardan.

»Ich bin geneigt zu glauben, daß zu der Zeit, als der Mond bewohnt war, Tag und Nacht nicht die Dauer von dreihundertvierundfünfzig Stunden hatten.«

»Und weshalb?« fragte Nicholl lebhaft.

»Weil sich sehr wahrscheinlich damals die Achsenbewegung des Mondes und seine Umdrehung um die Erde nicht glichen und folglich jeder Punkt des Gestirns nicht vierzehn Tage lang dem Einwirken der Sonnenstrahlen ausgesetzt war.«

»Aber warum«, erwiderte Nicholl, »sollten diese beiden Bewegungen nicht gleich gewesen sein, da sie's doch gegenwärtig sind?«

»Weil diese Gleichheit nur durch die Schwerkraft der Erde bewirkt worden ist. Wer sagt uns aber, daß diese Anziehung zur Zeit, als die Erde noch in flüssigem Zustand war, ausreichte, um die Bewegungen des Mondes abzuändern?«

»In der Tat«, erwiderte Nicholl, »und wer sagt uns, daß der Mond immer Trabant der Erde gewesen ist?«

»Und wer sagt uns«, rief Michel Ardan, »daß der Mond nicht schon weit früher als die Erde existiert hat?«

Die Phantasie verlor sich auf dem unbegrenzten Feld der Hypothesen. Barbicane wollte sie zügeln.

»Damit geraten wir«, sagte er, »in zu gewagte Spekulationen, in wahrhaft unlösbare Probleme. Darauf wollen wir uns nicht einlassen. Nehmen wir nur an, die ursprüngliche Anziehungskraft sei unzureichend gewesen.

Dann konnten sich, weil die beiden Bewegungen, um die Achse und um die Erde, voneinander verschieden waren, die Tage und Nächte in der Weise wie auf unserem Planeten ablösen. Übrigens ist es selbst ohne diese Bedingungen möglich gewesen, dort zu leben.«

»Also«, fragte Michel Ardan, »wäre das Menschengeschlecht auf dem Mond vergangen?«

»Ja«, erwiderte Barbicane, »nachdem es ohne Zweifel einige tausend Jahrhunderte dort gelebt hatte. Indem die Atmosphäre allmählich dünner wurde, wird der Mond unbewohnbar geworden sein, wie es der Erdball einmal durch Erkalten werden wird!«

»Durch Erkalten?«

»Ohne Zweifel«, erwiderte Barbicane. »Die Erde des Mondes ist in dem Verhältnis erkaltet, wie die inneren Feuer erloschen, der glühende Stoff sich zusammenzog. Allmählich traten die Folgen dieser Erscheinung auf: Sterben der Menschen und Tiere, Zurückgehen der Vegetation. Bald wurde die Atmosphäre dünner, wahrscheinlich durch Anziehung von seiten der Erde, es verschwand die Atemluft, es verdunstete das Wasser. Seit der Zeit, als der Mond unbewohnbar wurde, hat sich dort kein Leben wieder entwickelt. Er war seither eine erstorbene Welt, und so erscheint er uns jetzt.«

»Und du sagst, solch ein Los stehe der Erde bevor?«

»Sehr wahrscheinlich.«

»Aber wann?«

»Wenn sie durch Erkalten unbewohnbar sein wird.«

»Und hat man berechnet, wann unser unglücklicher Erdball erkalten wird?«

»Jawohl.«

»Und du kennst die Rechnung?«

»Ganz genau.«

»Aber so rede doch, widerlicher Gelehrter!« rief Michel Ardan ungeduldig.

»Nun, mein wackerer Michel«, erwiderte Barbicane ruhig, »da man die Abnahme der Temperatur während eines Jahrhunderts kennt, so hat man daraus geschlossen, daß diese mittlere Temperatur auf den Gefrierpunkt herabsinken wird nach dem Verlauf von vierhundert Jahrtausenden!«

»Vierhundert Jahrtausende!« rief Michel. »Ach! Jetzt atme ich wieder frei! Wahrhaftig, wie war ich erschrokken! Meinte gar, wir hätten nur noch fünfzigtausend Jahre zu leben!«

Barbicane und Nicholl konnten über die Unruhe ihres Gefährten das Lachen nicht unterdrücken. Darauf stellte Nicholl abschließend nochmals die Frage: »Ist der Mond bewohnt gewesen?«

Sie wurde einstimmig bejaht.

Aber während dieser Unterhaltung, reich an Theorien, die etwas gewagt waren – obwohl sie die über diesen Punkt von der Wissenschaft errungenen allgemeinen Ideen zusammenfaßten –, hatte sich das Projektil rasch dem Mondäquator genähert, wobei es sich von der Scheibe entfernte. Es war in einem Abstand von 108 Meilen am Ringberg »Willem« vorbei über den vierzigsten Breitengrad geflogen. Darauf, den »Pilatus« beim dreißigsten Breitengrad rechts lassend, fuhr es an der Südseite des »Wolkenmeeres« entlang. Einige Ringberge waren im Glanz des Vollmonds unklar zu sehen: der »Bouillaud«, der »Purbach«, fast viereckig mit einem Krater im Mittelpunkt, dann »Arzachel«, der im Innern grell leuchtete.

Endlich, bei zunehmender Entfernung des Projektils, verschwanden die Umrisse vor den Blicken der Reisenden, die Berge wurden in der Ferne unkenntlich, und von dem wundervollen, bizarren, seltsamen Gesamtbild des Erdtrabanten blieb ihnen bald nur die untilgbare Erinnerung.

Neunzehntes Kapitel

Kampf mit dem Unmöglichen

Geraume Zeit blickten Barbicane und seine Gefährten stumm und nachdenklich auf diese Welt, die sie nur von weitem gesehen hatten und von der sie sich wieder ohne Umkehr entfernten. Das Projektil hatte seine Lage zum Mond geändert und kehrte jetzt sein Bodenstück der Erde zu.

Diese Änderung konnte Barbicane nur beunruhigen. Wenn das Geschoß in elliptischer Bahn um den Trabanten kreisen sollte, warum kehrte es ihm nicht den schweren Teil zu? Hierin lag etwas Unerklärliches.

Bei Beobachtung der Bahn des Projektils konnte man wahrnehmen, daß es bei seiner Entfernung vom Mond eine gekrümmte Linie verfolgte, welche der bei seiner Annäherung gleich war. Es beschrieb also eine sehr langgezogene Ellipse, die sich wahrscheinlich bis zu dem Punkt derselben Anziehung, wo sich die Einwirkungen von seiten der Erde und ihres Trabanten das Gleichgewicht hielten, erstrecken würde.

Das eben folgerte Barbicane aus den beobachteten Tatsachen, und seine Freunde teilten diese Ansicht.

»Und wenn wir an diesem Punkt angelangt sind, was wird aus uns werden?« fragte Michel Ardan.

»Das eben wissen wir nicht!« erwiderte Barbicane.

»Aber man kann doch Fälle mutmaßen, denk ich.«

»Ich nehme deren zwei an«, versetzte Barbicane. »Entweder die Geschwindigkeit des Projektils wird nicht ausreichen, und dann wird es ewig unbeweglich auf dieser Linie doppelter Anziehung bleiben . . .«

»Da würde ich doch den anderen Fall vorziehen, wie er auch sein mag«, entgegnete Michel.

»Oder sie wird ausreichen«, fuhr Barbicane fort, »und

es wird eine elliptische Bahn verfolgen, um ewig um das Nachtgestirn zu kreisen.«

»Eine wenig tröstliche Variante«, sagte Michel. »Wir würden dann gehorsame Diener des Mondes, den wir als Diener anzusehen gewohnt sind! Und das wäre die Zukunft, die uns bevorsteht?«

Weder Barbicane noch Nicholl wußten eine Antwort.

»Sie schweigen?« fuhr Michel ungeduldig fort.

»Es gibt darauf keine Antwort«, sagte Nicholl.

»Läßt sich denn nichts versuchen?«

»Nein«, erwiderte Barbicane. »Würdest du gegen das Unmögliche ankämpfen wollen?«

»Warum nicht? Sollten ein Franzose und zwei Amerikaner davor zurückschrecken?«

»Aber was willst du machen?«

»Der Bewegung, die uns fortreißt, Meister werden!«

»Meister werden?«

»Ja«, versetzte Michel lebhaft, »entweder sie hemmen oder abändern, zum Erreichen unserer Zwecke verwenden.«

»Und wie?«

»Das ist eure Sache. Wenn die Artilleristen ihrer Kugel nicht Herr sind, so sind sie keine Artilleristen mehr. Wenn die Kugel den Kanonier beherrscht, so muß man diesen statt ihrer in die Kanone laden! Treffliche Gelehrte, wahrhaftig! Da wissen sie nun nicht, was werden soll, nachdem sie mich verleitet ...«

»Verleitet!« schrien Barbicane und Nicholl. »Verleitet! Was meinst du damit?«

»Keine Beschuldigungen!« sagte Michel. »Ich beklage mich nicht. Die Fahrt gefällt mir! Das Geschoß befriedigt. Aber tun wir doch alles Menschenmögliche, um, wenn nicht auf den Mond, so doch wieder zurück auf die Erde zu fallen!«

»Nichts anderes begehren wir, wackerer Michel«, erwiderte Barbicane, »aber an den Mitteln fehlt's.«

»Können wir nicht die Bewegung des Projektils abändern?«

»Nein!«

»Auch seine Geschwindigkeit nicht vermindern? Nicht einmal durch Auswerfen von Ballast?«

»Was willst du hinauswerfen?« versetzte Nicholl. »Wir haben nichts an Ballast. Und übrigens dünkt mich, ein leichterer Körper wird noch schneller fliegen.«

»Nicht so schnell«, sagte Michel.

»Schneller«, entgegnete Nicholl.

»Weder mehr noch weniger schnell«, erwiderte Barbicane, um seine Freunde in Einklang zu bringen, »denn im leeren Raum, in dem wir uns bewegen, spielt das Gewicht keine Rolle mehr.«

»Dann«, rief Michel Ardan entschieden, »bleibt uns nur etwas zu tun übrig.«

»Und was?« fragte Nicholl.

»Frühstücken!« erwiderte, ohne sich irremachen zu lassen, der verwegene Franzose, der in den schwierigsten Fällen stets dieselbe Lösung bei der Hand hatte.

In der Tat, hatte das Frühstück auch keinen Einfluß auf die Richtung des Projektils, so konnte man sich ihm doch ohne Nachteil widmen, und in Beziehung auf den Magen mit Erfolg. Wahrhaftig, Michel hatte doch gute Ideen!

Man frühstückte also um zwei Uhr morgens; aber auf die Stunde kam es ja nicht an. Michel tischte auf, wie gewöhnlich, und vergaß eine liebliche Flasche aus seinem geheimen Keller nicht. Wenn ihnen dabei keine Ideen in den Kopf kamen, so mußte man am 1863er Chambertin verzweifeln.

Nach Beendigung des Mahls fingen sie wieder an zu beobachten. Die aus dem Projektil hinausgeworfenen

Gegenstände hielten sich unveränderlich in einer gewissen Entfernung. Daraus ging klar hervor, daß es bei seiner Bewegung um den Mond keine Atmosphäre durchschnitt, weil dann das spezifische Gewicht dieser Gegenstände unterschiedliche Geschwindigkeiten und Bahnen bewirkt hätte.

Von der Erde war nichts zu sehen. Es war ein Tag verflossen, seit sie Neulicht hatte, und erst nach der doppelten Zeit konnte ihre Sichel, aus den Sonnenstrahlen hervortretend, den Seleniten erneut als Uhr dienen, da sie bei ihrer Achsenbewegung nach vierundzwanzig Stunden wieder an demselben Meridian des Mondes erscheint.

Der Mond dagegen bot einen ganz anderen Anblick. Er strahlte in vollem Glanz inmitten unzähliger Sternbilder, deren reines Licht durch das seine nicht geschwächt werden konnte. Auf der Scheibe nahmen die Ebenen bereits wieder den düsteren Schein an, wie er von der Erde aus zu sehen ist. Der übrige Teil leuchtete unentwegt, und mitten in dem allgemeinen Glanz strahlte der »Tycho« wie eine Sonne.

Es war Barbicane durchaus nicht möglich, die Schnelligkeit des Projektils zu schätzen; aber er urteilte, nach den Gesetzen der Mechanik müsse sich diese Geschwindigkeit gleichmäßig vermindern.

Wenn das Geschoß den Mond umkreiste, so mußte diese Bahn notwendigerweise eine Ellipse sein. Die Wissenschaft lieferte den Beweis. Jeder Körper, der sich um einen andern ihn anziehenden Körper bewegt, ist diesem Gesetz unterworfen. Alle Kreisbahnen im Weltraum sind elliptisch, die der Trabanten um die Planeten, die der Planeten um die Sonne, die der Sonne um das unbekannte Gestirn, um das als Mittelpunkt alles sich dreht. Warum sollte das Projektil des Gun-Klubs von diesem Naturgesetz ausgenommen sein?

In den elliptischen Bahnen nun befindet sich der anziehende Körper stets an einem der Brennpunkte der Ellipse. Der Trabant ist daher dem Gestirn, um das er kreist, bald näher, bald ferner. Kommt die Erde auf ihrer Bahn der Sonne näher, so steht sie in ihrem Perihel, dagegen im Aphel, wenn sie am weitesten von ihr Abstand hält. Ebenso befindet sich der Mond in seiner Erdnähe oder Erdferne. Wenden wir zur Bereichung der Sprache diese Begriffe der Astronomie auf das Projektil als Trabanten des Mondes an, so befindet es sich in einer Mondnähe, Periselene, oder Mondferne, Aposelene.

Im ersten Fall mußte es seine größte Geschwindigkeit erreichen, im zweiten seine geringste. Nun bewegt es sich offenbar auf den Punkt seiner Mondferne zu, und Barbicane schloß richtig, die Geschwindigkeit werde bis dorthin abnehmen, um dann allmählich in dem Verhältnis, wie es sich dem Mond näherte, wieder zuzunehmen. Die Geschwindigkeit würde ganz aufhören, wenn die Aposelene mit den Punkt derselben Anziehung zusammenfiele.

Barbicane studierte die Folgen dieser verschiedenen Möglichkeiten, um herauszufinden, wie man sich dabei zu verhalten habe, als ihn plötzlich Michel Ardan mit dem lauten Ausruf unterbrach: »Herrgott! Wir sind doch rechte Dummköpfe!«

»Ich sage nicht nein dazu«, erwiderte Barbicane, »aber weshalb?«

»Weil wir ein sehr einfaches Mittel besitzen, die Schnelligkeit zu hemmen, und es nicht anwenden!«

»Und welches?«

»Haben wir nicht die Hemmkraft unserer Raketen?«

»Wirklich«, sagte Nicholl.

»Wir haben allerdings von dieser Kraft noch keinen Gebrauch gemacht, aber wir werden's noch tun.«

»Wann?« fragte Michel.

»Wenn die rechte Zeit dafür kommt. Bedenken Sie,

meine Freunde, daß bei der gegenwärtigen Lage des Projektils, die noch schräg zur Mondscheibe ist, die Wirkung unserer Raketen den Erfolg haben könnte, es vom Mond zu entfernen, anstatt es ihm zu nähern, was doch wohl unser Zweck ist.«

»Hauptsächlich«, erwiderte Michel.

»Berücksichtigen Sie weiter: Durch einen unerklärlichen Einfluß zeigt das Projektil das Bestreben, seinen Boden der Erde zuzukehren. Wahrscheinlich wird es auf dem Punkt derselben Anziehung seine konische Spitze gerade auf den Mond richten. In diesem Moment läßt sich erwarten, daß seine Geschwindigkeit aufgehoben ist. Dies wird der rechte Augenblick sein, um durch die Wirkung unserer Raketen vielleicht einen direkten Fall auf die Mondoberfläche hervorzurufen.«

»So ist es richtig!« sprach Michel.

»Wir haben das nicht getan, als wir zum erstenmal den Punkt derselben Anziehung passierten, und konnten es auch nicht tun, weil die Schnelligkeit des Projektils noch zu beträchtlich war.«

»Richtig geurteilt«, sagte Nicholl.

»Warten wir geduldig ab«, fuhr Barbicane dann fort. »Nehmen wir jeden Vorteil wahr, dann fasse ich wieder Hoffnung, daß wir unser Ziel doch noch erreichen werden.«

Michel Ardan begrüßte diese Äußerung mit »Hipp, hipp, hurra!«, und keiner dieser Tollkühnen erinnerte sich daran, daß sie zu dem Schluß gekommen waren: Nein, der Mond ist nicht bewohnt, der Mond ist nicht bewohnbar! – Und dennoch waren sie im Begriff, alles zu versuchen, um auf ihm anzukommen!

Es blieb nur noch die Frage zu beantworten: In welchem Augenblick würde das Projektil genau den Punkt derselben Anziehung erreichen, wo sodann die Reisenden alles aufs Spiel setzen wollten?

Um diesen Moment bis auf einige Sekunden genau zu berechnen, brauchte Barbicane nur seine Reisenotizen zu Rate zu ziehen und nachzusehen, wann sie sich über den verschiedenen Breitengraden des Mondes befanden. Es mußte demnach die Zeit, die erforderlich war, um die Strecke zwischen dem Punkt des Stillstandes und dem Nordpol zurückzulegen, derjenigen gleich sein, in der die Strecke vom Südpol bis zum Stillstandspunkt durchlaufen wurde. Die Zeitpunkte der zurückgelegten Route waren genau notiert, und dadurch wurde die Berechnung leicht.

Barbicane fand nun, daß das Projektil um ein Uhr früh in der Nacht vom siebenten zum achten Dezember diesen Punkt erreichen werde. Jetzt war es drei Uhr morgens in der Nacht vom sechsten zum siebenten Dezember. Folglich mußte, wenn keine Störung eintrat, das Projektil binnen zweiundzwanzig Stunden an dieser Stelle anlangen.

Die Raketen waren ursprünglich dazu bestimmt, das Fallen auf den Mond zu verlangsamen, und jetzt wollten die Wagehälse sie für den gerade entgegengesetzten Zweck verwenden. Wie dem auch sei, die Feuerwerkskörper waren bereit, augenblicklich angezündet zu werden.

»Weil wir jetzt nichts zu tun haben«, sagte Nicholl, »so mache ich einen Vorschlag«

»Welchen?« fragte Barbicane.

»Zu schlafen.«

»Das wäre köstlich!« rief Michel Ardan.

»Seit vierzig Stunden haben wir die Augen nicht geschlossen«, sagte Nicholl. »In einigen Stunden werden wir uns völlig erholen.«

»Niemals«, entgegnete Michel.

»Gut«, versetzte Nicholl, »tue jeder nach Belieben! Ich für mein Teil schlafe!«

Und Nicholl streckte sich auf einen Diwan, und bald schnarchte er wie ein Achtundvierzigpfünder.

»Der Nicholl ist gescheit«, sagte Barbicane.

Und nach einigen Augenblicken unterstützte er mit seiner Baßbegleitung den Bariton des Kapitäns.

»Gewiß«, sagte Michel Ardan, als er sich allein sah, »diese praktischen Leute haben Ideen, die so übel nicht sind.«

Und seine langen Beine ausgestreckt, die Arme unterm Kopf, schlief auch Michel ein.

Aber dieser Schlaf konnte weder ruhig sein noch lange dauern. Die drei Männer hatten doch allzuviel beunruhigende Gedanken im Kopf, und nach einigen Stunden, gegen sieben Uhr morgens, waren sie alle wieder auf den Füßen.

Das Projektil entfernte sich immer mehr vom Mond und kehrte ihm immer direkter seine Spitze zu. Diese Erscheinung war bis jetzt unerklärlich, aber zum Glück den Absichten Barbicanes förderlich.

Noch achtzehn Stunden bis zum Moment des Handelns.

Dieser Tag wurde ihnen lang. So kühn die Reisenden auch waren, so waren sie doch lebhaft beunruhigt beim Herannahen des Augenblicks, der die Entscheidung bringen sollte, ob sie auf den Mond fallen oder ewig in einer unabänderlichen Bahn festgehalten würden. Sie zählten die sich dehnenden Stunden, Barbicane und Nicholl unablässig in ihre Berechnungen vertieft, Michel zwischen den engen Wänden hin und her gehend und sehnsüchtige Blicke nach dem Mond werfend.

Bisweilen durchkreuzten flüchtige Erinnerungen an die Erde ihren Kopf. Würden sie ihre Freunde im Gun-Klub und vor allem den teuren J. T. Maston wiedersehen? Im Augenblick mußte der ehrenwerte Sekretär auf seinem Posten in den Rocky Mountains sein. Wenn er das Projektil im Spiegel seines Riesenteleskops sah, was dachte er wohl? Nachdem er es hinter dem Nordpol des Mondes verschwinden sah, kam es am Südpol wieder zum Vorschein! Es war also Trabant eines Trabanten! Hatte J. T. Maston diese unerwartete Neuigkeit in der Welt verbreitet? – Das also war das Ergebnis des großen Unternehmens ...?

Inzwischen verlief der Tag ohne Zwischenfall. Es wurde Mitternacht auf der Erde, der achte Dezember sollte anbrechen. Noch eine Stunde, und der Moment derselben Anziehung war gekommen. Welche Schnelligkeit hatte das Projektil noch? Man vermochte es nicht zu schätzen. Aber die Berechnungen Barbicanes konnten nicht falsch sein. Um ein Uhr früh sollte diese Geschwindigkeit Null sein. Eine andere Erscheinung mußte übrigens das Erreichen des neutralen Punktes kenntlich machen: Die beiden Anziehungskräfte, die der Erde und die des Mondes, hoben sich auf, und die Gegenstände verloren dann ihr Gewicht. Diese auffallende Tatsache, die bei der Ankunft Barbicane und seine Gefährten so überrascht hatte, mußte sich bei der Rückkehr unter denselben Bedingungen wiederholen. In dem Moment eben galt es zu handeln.

Die konische Spitze des Projektils hatte sich bereits deutlich der Mondscheibe zugekehrt. Es nahm eine Lage ein, in der man die ganze Kraft des beim Abbrennen der Raketen erzeugten Rückstoßes ausnutzen konnte. Das war eine günstige Aussicht für die Reisenden. Wenn die Bewegung des Projektils völlig aufgehört hatte, konnte ein entschiedener Stoß zum Mond hin, wenn er auch keine große Wirkung hervorrief, doch das Fallen zuwege bringen.

»Noch fünf Minuten bis ein Uhr«, sagte Nicholl.

»Alles ist fertig«, erwiderte Michel Ardan und hielt schon eine angezündete Lunte in der Hand.

»Warte«, sagte Barbicane, sein Chronometer in der Hand.

In diesem Augenblick war die Schwerkraft vollständig aufgehoben. Die Reisenden waren dem neutralen Punkt sehr nahe, wenn nicht sogar auf ihm angelangt.

»Ein Uhr!« sagte Barbicane.

Michel Ardan hielt die brennende Lunte an eine Vorrichtung, die augenblicklich alle Raketen auf einmal anzündete. Man hörte durch das Fehlen der Luft innen keinen Knall. Aber durch die Luken gewahrte Barbicane, wie Feuer ausströmte, das alsbald erlosch.

Das Projektil wurde erschüttert, was im Innern deutlich zu spüren war.

Die drei Freunde blickten umher, horchten stumm, kaum atmend. Man hätte in der absoluten Stille ihr Herz klopfen hören können.

»Fallen wir?« fragte endlich Michel Ardan.

»Nein«, erwiderte Nicholl, »denn der Boden des Projektils kehrt sich nicht dem Mond zu.«

In diesem Augenblick trat Barbicane vom Fenster zurück und wendete sich seinen Gefährten zu, entsetzlich bleich, die Stirn gerunzelt, die Lippen zusammengepreßt.

»Wir fallen!« sprach er.

»Ah!« rief Michel Ardan, »auf den Mond?«

»Der Erde zu!« erwiderte Barbicane.

»Teufel!« schrie Michel Ardan und fügte philosophisch hinzu: »Richtig, als wir uns in das Geschoß begaben, konnten wir wohl ahnen, daß es nicht leicht sein werde, wieder herauszukommen!«

Wirklich begann der fürchterliche Sturz. Die noch vorhandene Geschwindigkeit des Projektils hatte es über den neutralen Punkt hinausgebracht. Das Abbrennen der Raketen konnte es nicht hemmen. Dieselbe Geschwindigkeit, die das Projektil bei der Ankunft über die neutrale Linie vorangetrieben hatte, trieb es nun wieder über sie zurück. Nach den Gesetzen der Physik mußte es auf seiner elliptischen Bahn dieselben Punkte durchlaufen, die es schon einmal passiert hatte.

Es war ein schrecklicher Sturz aus einer Höhe von 40 980 Meilen herab, ohne daß irgendeine Vorrichtung ihn abschwächen konnte. Nach den Gesetzen der Ballistik mußte das Projektil mit derselben Geschwindigkeit auf der Erde anlangen, mit der es aus der Columbiade herausschoß, also mit über zwei Meilen in der letzten Sekunde!

Um zum Vergleich eine andere Zahl danebenzustellen: Man hat berechnet, daß ein von der Spitze des Turmes von Notre-Dame, der nur zweihundert Fuß hoch ist, herabfallender Gegenstand mit einer Geschwindigkeit von 63 Meilen in der Stunde auf dem Pflaster anlangt. Im jetzigen Fall mußte das Projektil mit einer Geschwindigkeit von 30 260 Meilen in der Stunde auf die Erde schmettern.

»Wir sind verloren«, sagte Nicholl kaltblütig.

»Die ganze jenseitige Welt«, versetzte Michel Ardan, »kann uns wohl tröstlicher Ersatz sein für das unbedeutende Gestirn, welches Mond heißt!«

Barbicane kreuzte die Arme vor der Brust mit dem Gefühl erhabener Ergebung.

»Wie der Himmel will!« sprach er.

ZWANZIGSTES KAPITEL

Die »Susquehanna«

»Nun, Leutnant, wie lange dauert das Loten noch?«

»Ich glaube, mein Herr, wir werden bald damit fertig sein«, erwiderte Leutnant Bronsfield. »Aber wer hätte auch vermuten können, daß sich hier so nahe beim Land eine solche Tiefe fände, nur dreiundfünfzig Meilen von der amerikanischen Küste entfernt?«

»Es ist in der Tat eine starke Vertiefung«, sagte Kapitän Blomsberry, »ein Tal auf dem Meeresgrund, vom Humboldtstrom gebildet, der sich längs des amerikanischen Festlandes bis zur Magalhãesstraße hinzieht.«

»Solche großen Tiefen«, fuhr der Leutnant fort, »sind für das Legen von Seekabeln ungünstig. Besser ein gleichmäßig ebener Grund, wie unter dem Kabel zwischen Valentia und Neufundland.«

»Ich glaub's wohl, Bronsfield, wir haben in diesem Augenblick einundzwanzigtausendfünfhundert Fuß Schnur draußen, und die Kugel, welche die Lotleine hinabzieht, ist noch nicht auf Grund.«

»Der Brooksche Apparat ist doch recht sinnreich«, sagte Kapitän Blomsberry. »Man kann damit äußerst genau messen.«

»Grund!« schrie in diesem Augenblick einer der Bootsleute, der die Arbeit überwachte.

Kapitän und Leutnant begaben sich aufs Vorschiff.

»Welche Tiefe haben wir jetzt?« fragte der Kapitän.

»Einundzwanzigtausendsiebenhundertzweiundsechzig Fuß«, erwiderte der Leutnant und notierte diese Ziffer in seinem Büchlein.

»Gut, Bronsfield«, sagte der Kapitän, »ich will das Ergebnis eintragen. Jetzt lassen Sie das Lot heraufziehen; das wird einige Stunden dauern. Mittlerweile wird der

Ingenieur für Dampf sorgen, und wir wollen abfahren, sobald Sie fertig sind. Es ist schon spät, und mit Ihrer Erlaubnis, Leutnant, will ich mich schlafen legen.«

»Tun Sie's nur, mein Herr, tun Sie's!« erwiderte verbindlich Leutnant Bronsfield.

Der Kapitän der »Susquehanna« war ein wackerer Mann wie je einer und freundlich zu seinen Offizieren. Jetzt begab er sich in seine Kabine, nahm ein Gläschen Grog unter vertraulicher Begrüßung des Kochs, legte sich hin, nachdem er seinen Diener wegen des Bettmachens gelobt hatte, und schlief ruhig ein.

Es war zehn Uhr abends. Der elfte Dezember endete in einer prachtvollen Nacht.

Die Korvette »Susquehanna«, mit fünfhundert Pferdestärken, gehörte zur Nationalmarine der Vereinigten Staaten und war im Stillen Ozean mit Loten beschäftigt, dreiundfünfzig Meilen vor der amerkanischen Küste, gegenüber der Halbinsel, die sich vor Neumexiko hinzieht.

Der Wind hatte sich allmählich gelegt, die Luft war unbewegt, schlaff hing vom Mast der Wimpel.

Kapitän Jonathan Blomsberry — ein Vetter von Oberst Blomsberry, den wir als ein so eifriges Mitglied des Gun-Klubs kennen — hätte sich für seine Tiefenmessungen kein besseres Wetter wünschen können. Seine Korvette hatte nicht unter dem ungeheuren Sturm zu leiden, der das Gewölk über den Rocky Mountains wegfegte und die Beobachtung des Projektils mit dem Teleskop ermöglichte. Alles ging glatt, und er versäumte nicht, mit der inbrünstigen Andacht eines Presbyterianers dem Himmel dafür zu danken.

Die von der »Susquehanna« vorgenommenen Vermessungen hatten den Zweck, den geeignetsten Boden für das Legen eines unterseeischen Kabels zwischen den Hawaii-Inseln und der amerikanischen Küste zu erforschen.

Das große Projekt wurde von einer vermögenden Gesellschaft in die Hand genommen. Ihr Direktor, der tüchtige Cyrus Field, beabsichtigte sogar, alle Inseln des Ozeans mit einem Telegrafennetz zu verbinden – eine ungeheure, des amerikanischen Geistes würdige Unternehmung.

Die ersten Voruntersuchungen waren der Korvette »Susquehanna« anvertraut. Während der Nacht vom elften zum zwölften Dezember befand sie sich genau bei 27° 7′ nördlicher Breite und 41° 37′ westlicher Länge, vom Meridian Washingtons ab gerechnet.

Der Mond, damals in seinem letzten Viertel, stieg am Horizont empor.

Nachdem sich Kapitän Blomsberry entfernt hatte, stand Leutnant Bronsfield mit einigen Offizieren auf dem Deck beisammen. Als der Mond aufging, richteten sich ihre Blicke auf den Erdtrabanten. Die besten Seefernrohre hätten das um ihn kreisende Projektil nicht auffinden können, und doch wurden aller Blicke auf die leuchtende Scheibe gerichtet, die gleichzeitig Millionen Augen betrachteten.

»Sie sind seit zehn Tagen fort«, sagte Leutnant Bronsfield. »Was ist aus ihnen geworden?«

»Sie sind angekommen, mein Leutnant«, rief ein junger Seekadett, »und sie machen's wie jeder Reisende, der in ein neues Land kommt, sie gehen spazieren.«

»Davon bin ich überzeugt, weil Sie mir's sagen, mein junger Freund«, erwiderte lächelnd Leutnant Bronsfield.

»Indessen«, versetzte ein anderer Offizier, »ist an ihrer Ankunft nicht zu zweifeln. Das Projektil mußte bei Vollmond, am Fünften zu Mitternacht, dort ankommen. Nun haben wir den elften Dezember, das macht sechs Tage. In sechsmal vierundzwanzig Stunden hat man, das ist klar, Zeit genug, sich bequem einzurichten. Es dünkt mich, als sähe ich unsere braven Leute in einem Tal am

Ufer eines selenitischen Baches gelagert, neben dem durch den Aufprall halb im Boden steckenden Projektil mitten unter vulkanischen Trümmern. Kapitän Nicholl beginnt zu nivellieren, Präsident Barbicane ordnet seine Reisenotizen, und Michel Ardan parfümiert die Einöden des Mondes mit dem Duft seiner Zigarre.«

»Ja, so muß es wohl sein, genau so!« rief der junge Seekadett, von der idealen Schilderung seines Vorgesetzten begeistert.

»Ich will's wohl glauben«, erwiderte Leutnant Bronsfield, der sich nicht ereiferte. »Leider fehlen uns immer noch direkte Nachrichten aus der Mondwelt.«

»Verzeihen Sie, mein Leutnant«, sagte der Seekadett, »aber kann Präsident Barbicane nicht schreiben?«

Lautes Lachen war die Antwort.

»Nicht Briefe«, fuhr der junge Mann lebhaft fort. »Die Post geht das nichts an.«

»Aber doch wohl das Telegrafenamt?« fragte ironisch einer der Offiziere.

»Ebensowenig«, erwiderte der Kadett, der auf seinem Gedanken beharrte. »Aber es ist doch nicht schwer, einen schriftlichen Verkehr mit der Erde einzurichten.«

»Und wie?«

»Mit Hilfe des Teleskops zu Long's Peak. Sie wissen, daß es den Mond bis auf eine reichliche Meile dem Beobachter nahebringt und daß man damit auf dessen Oberfläche Gegenstände von neun Fuß Durchmesser sehen kann. Nun, wenn unsere einfallsreichen Freunde ein riesiges Alphabet anfertigen, damit Wörter und lange Sätze schreiben, so können sie uns Nachricht von sich zukommen lassen.«

Dem jungen Kadetten, dem es sicherlich nicht an Phantasie fehlte, wurde rauschender Beifall zuteil. Leutnant Bronsfield gab selbst zu, die Idee sei ausführbar. Er fügte hinzu, man könne auch mit Hohlspiegeln durch gebündelte Lichtstrahlen einen direkten Verkehr herstellen; doch müsse er bemerken, vermöge man auch auf diese Weise Mitteilungen aus der Mondwelt zu erhalten, so sei das umgekehrt nicht möglich, weil sie dort auf dem Mond nicht mit den dazu erforderlichen Instrumenten versehen sind.

»Das ist klar«, erwiderte einer der Offiziere. »Aber was aus den Reisenden geworden ist, was sie ausgerichtet, gesehen haben, das interessiert uns doch sehr. Übrigens, wenn, woran ich nicht zweifle, das Unternehmen glückte, wird man's wiederholen. Die Columbiade ist im Boden Floridas wohl aufbewahrt. Es handelt sich also nur um das Geschoß und das Pulver, und jedesmal, wenn der Mond im Zenit steht, kann man ihm eine Ladung Besucher zusenden.«

»Offenbar«, erwiderte Leutnant Bronsfield, »wird der ehrenwerte Maston in den nächsten Tagen seinen Freunden nachreisen.«

»Wenn er mich mitnehmen will«, rief der Kadett, »bin ich gern dabei.«

»Oh! An Reiselustigen wird's nicht fehlen«, versetzte Bronsfield, »und läßt man sie gewähren, so wird die Hälfte der Erdbewohner bald zum Mond auswandern!«

Diese Unterhaltung unter den Offizieren der »Susquehanna« dauerte bis ungefähr ein Uhr morgens. Was für phantastische Systeme, was für Umsturztheorien von diesen Verwegenen aufgestellt wurden, läßt sich nicht beschreiben. Seit Barbicanes Unternehmen schien den Amerikanern nichts unmöglich zu sein. Sie machten schon das Projekt, nicht bloß eine Kommission von Gelehrten, sondern eine ganze Kolonie zu den Selenitengestaden zu entsenden und ein ganzes Heer mit Infanterie, Artillerie und Kavallerie, um die Mondwelt zu erobern.

Um ein Uhr morgens war das Heraufholen des Lotes noch nicht beendet; es waren noch 18 000 Fuß draußen, was einige Stunden Arbeit erforderte. Auf Befehl des Kommandanten waren die Feuer angezündet worden, und der Dampfdruck stieg. Die »Susquehanna« war zur Weiterfahrt bereit.

Um ein Uhr siebzehn wollte sich Leutnant Bronsfield, dessen Wache vorbei war, gerade in seine Kabine begeben, als plötzlich ein fernes Pfeifen seine Aufmerksamkeit erregte.

Er glaubte wie seine Kameraden anfangs, dieser Ton rühre von einem Entweichen des Dampfes her; aber als sie die Köpfe emporrichteten, konnten sie sich überzeugen, daß es hoch vom Himmel kam.

Sie hatten nicht Zeit, sich gegenseitig zu fragen, als das Pfeifen unerträglich stark wurde und vor ihren bestürzten Blicken ein großer Bolide auftauchte, der bei der reißenden Schnelligkeit seines Falles durch die Reibung der Luftschichten in vollen Flammen stand.

Diese feurige Masse nahm vor ihren Augen an Größe zu, schlug mit donnergleichem Getöse gegen das Bugspriet der Korvette, zerschmetterte es dicht am Vordersteven und versank mit betäubendem Tosen in die Tiefe der Fluten!

Einige Fuß näher, hätte es die »Susquehanna« mit Mann und Maus zertrümmert.

In diesem Augenblick erschien halb angekleidet Kapitän Blomsberry auf dem Vorschiff, wohin seine Offiziere vorangeeilt waren.

»Mit Verlaub, meine Herren, was ist vorgegangen?« fragte er.

Der Kadett, der für alle das Wort ergriff, rief: »Kommandant, *sie* sind zurückgekehrt!«

Einundzwanzigstes Kapitel

Ein Mißgeschick Mastons

An Bord der »Susquehanna« herrschte große Aufregung. Offiziere und Matrosen vergaßen die fürchterliche Gefahr, in der sie soeben geschwebt hatten, die Möglichkeit, zerschmettert und versenkt zu werden. Sie dachten nur an das beklagenswerte Ende dieser Reise. So kostete also die kühnste Unternehmung alter und neuer Zeit den verwegenen Forschern, die sie gewagt hatten, das Leben.

»*Sie* sind zurückgekehrt«, hatte der junge Kadett gesagt, und alle hatten ihn verstanden. Niemand bezweifelte, daß dieser Bolide das Projektil des Gun-Klubs sei. Über das Schicksal der Reisenden waren die Meinungen geteilt.

»Sie sind tot!« sagte der eine.

»Sie leben noch«, sagte der andere; »das tiefe Wasser hat den Fall abgeschwächt.«

»Aber die Luft ist ihnen ausgegangen«, fuhr ein dritter fort, »und sie mußten ersticken!«

»Verbrennen!« entgegnete jemand. »Das Projektil war, als es durch die Luft fuhr, nur eine glühende Masse.«

»Gleichviel, ob lebend oder tot, wir müssen sie heraufholen«, äußerten sie einhellig.

. Inzwischen hatte Kapitän Blomsberry seine Offiziere versammelt und hielt, mit ihrer Erlaubnis, eine Beratung ab. Es handelte sich darum, augenblicklich Maßnahmen zu ergreifen. Am dringendsten war, das Projektil herauszuziehen; ein schwieriges, doch nicht unmögliches Werk. Aber es fehlte der Korvette an den nötigen Maschinen, die kräftig und genau sein mußten. Man beschloß, im nächsten Hafen zu landen und dem Gun-Klub das Herabfallen des Projektils zu melden.

Dieser Beschluß wurde einstimmig gefaßt, und man beriet über die Wahl des Hafens. Die nahe Küste bot keinen Landungsplatz bei 27° Breite. Weiter nördlich, oberhalb der Halbinsel Monterey, lag die Stadt, nach der sie benannt ist; aber da sie in einer öden Gegend lag, war sie ohne telegrafische Verbindung mit dem Landesinnern, und nur durch den elektrischen Draht konnte die wichtige Mitteilung schnell genug befördert werden.

Einige Grade oberhalb befand sich die Bai von San Francisco. Über die Hauptstadt des Goldlandes war der Verkehr mit dem Zentrum der Union leicht. Binnen zwei Tagen konnte die »Susquehanna« mit höchster Dampfkraft im Hafen von San Francisco anlangen; sie mußte demnach unverzüglich losfahren.

Der Druck in den Kesseln wurde erhöht, man setzte Segel. Zweitausend Klafter der Lotleine waren noch unter Wasser. Um keine Zeit zu verlieren, entschloß sich Kapitän Blomsberry, die Schnur abzuschneiden.

»Wir befestigen das Ende an einer Boje«, sagte er, »die uns dann genau die Stelle, wo das Projektil sank, angeben wird.«

»Zudem«, erwiderte Leutnant Bronsfield, »ist ja unser Standort genau bestimmt: siebenundzwanzig Grad sieben Minuten nördlicher Breite und einundvierzig Grad siebenunddreißig Minuten westlicher Länge.«

»Gut, Herr Bronsfield«, versetzte der Kapitän, »und lassen Sie die Leine zerhauen.«

Man brachte eine große, mit einem Bündel Rohr noch verstärkte Boje auf die Meeresoberfläche und befestigte das Ende der Schnur daran, so daß sie, nur dem Hin- und Herwogen der hohen See ausgesetzt, nicht merklich ihren Platz veränderte.

In diesem Moment meldete der Ingenieur, man könne losfahren. Der Kapitän dankte ihm und gab die Richtung nach Nordnordost; die Korvette schwenkte ein und steuerte mit voller Dampfkraft geradezu auf die Bai von San Francisco. Es war drei Uhr früh.

Zweihundertzwanzig Meilen zurückzulegen war für ein gutes Schiff wie die »Susquehanna« eine Kleinigkeit. In sechsunddreißig Stunden hatte sie diese Strecke hinter sich, und am vierzehnten Dezember, um ein Uhr siebenundzwanzig mittags, legten sie in der Bai an.

Als man dieses Fahrzeug der Nationalmarine mit zertrümmertem Bugspriet und gestütztem Fockmast so eilend herankommen sah, erregte das die Neugierde des Publikums in höchstem Grade. Dichtgedrängte Massen sammelten sich alsbald auf den Kais und warteten die Ausschiffung ab.

Nachdem sie vor Anker gegangen waren, stiegen Kapitän Blomsberry und Leutnant Bronsfield in ein von acht Matrosen gerudertes Boot, das sie rasch an Land setzte.

Sie sprangen auf den Kai.

»Das Telegrafenamt?« fragten sie, ohne auf tausend an sie gerichtete Fragen Antwort zu geben.

Der Hafenoffizier führte sie selbst dorthin inmitten eines ungeheuren Gedränges Neugieriger.

Blomsberry und Bronsfield traten in das Büro, während die Menge sich an der Tür staute.

Nach einigen Minuten wurde eine Depesche in vierfacher Ausfertigung abgesandt:

1. An den Sekretär der Marine, Washington

2. An den Vizepräsidenten des Gun-Klubs, Baltimore

3. An den ehrenwerten J. T. Maston, Long's Peak, Rocky Mountains

4. An den Unterdirektor des Observatoriums zu Cambridge, Massachusetts

Sie hatte folgenden Wortlaut:

»Unter 27° 7′ nördlicher Breite und 41° 37′ westlicher Länge ist am 12. Dezember ein Uhr siebzehn Minuten mittags das Projektil der Columbiade in den Stillen Ozean gestürzt. Schicken Sie Instruktionen. Blomsberry, Kommandant der ‚Susquehanna'.«

Fünf Minuten darauf wußte ganz San Francisco die Neuigkeit. Vor sechs Uhr abends vernahmen sämtliche Staaten der Union die Nachricht von der Katastrophe. Nach Mitternacht wußte ganz Europa durch das Kabel vom Resultat des großen Unternehmens.

Den Eindruck zu schildern, den dieses unerwartete Ereignis hervorrief, wird man mir erlassen.

Beim Empfang der Depesche telegrafierte der Marinesekretär an die »Susquehanna« den Befehl, in der Bai von San Francisco zu warten, ohne das Feuer unter den Kesseln zu löschen. Sie sollte Tag und Nacht bereit sein, in See zu stechen.

Das Observatorium zu Cambridge hielt eine außerordentliche Sitzung ab und besprach mit der Heiterkeit, durch die sich diese gelehrte Gesellschaft auszeichnet, ruhig die wissenschaftliche Seite der Angelegenheit.

Im Gun-Klub gab's eine Explosion. Alle Artilleristen kamen zusammen. Der Vizepräsident, der ehrenwerte Wilcome, las eben die voreilige Depesche, in der Maston und Belfast meldeten, das Projektil sei durch den Riesenreflektor zu Long's Peak wahrgenommen worden. Weiter wurde mitgeteilt, das Geschoß, durch die Anziehungskraft des Mondes festgehalten, spiele die Rolle eines Untertrabanten in der Sonnenwelt.

Wir kennen bereits den wahren Sachverhalt. Als jedoch die Depesche Blomsberrys ankam, die dem Telegramm J. T. Mastons so völlig widersprach, bildeten sich im Gun-Klub zwei Parteien. Einerseits die Leute, die an das Herabfallen des Projektils und folglich an die Rückkehr der Reisenden glaubten; andererseits die, welche an den Beobachtungen zu Long's Peak festhielten und einen Irrtum des Kommandanten der »Susquehanna« vermuteten. Die letzteren hielten das Projektil für nichts weiter als einen Boliden, der bei seinem Sturz das Vorderteil der Korvette zertrümmert hatte. Man wußte auf ihre Schlußfolgerungen kaum etwas zu erwidern, denn der großen Geschwindigkeit wegen konnte man nicht viel beobachten, und der Kommandant der »Susquehanna« samt seinen Offizieren hätte sich wohl ganz ehrlich täuschen können. Ein Grund sprach jedoch für ihre Angaben: Wenn das Projektil auf die Erde gefallen war, so hätte es mit ihr bei 27° nördlicher Breite zusammenstoßen müssen, und – wenn man die abgelaufene Zeit und die Achsenbewegung der Erde berücksichtigte – zwischen 41° und 42° westlicher Länge.

Wie dem auch sein mochte, es wurde einstimmig im Gun-Klub beschlossen, daß der Bruder des Kapitäns Blomsberry, Bilsby und Major Elphiston unverzüglich nach San Francisco reisen und Maßnahmen ergreifen sollten, das Projektil vom Meeresgrund heraufzuholen.

Die Männer reisten voller Hingabe ab, ohne einen Augenblick zu verlieren; die Eisenbahn führte sie nach St. Louis, wo schnelle Postkutschen auf sie warteten.

Fast im selben Augenblick, als der Marinesekretär, der Vizepräsident des Gun-Klubs und der Unterdirektor des Observatoriums die Depesche aus San Francisco erhielten, hatte der ehrenwerte J. T. Maston die heftigste Gemütsbewegung seines ganzen Lebens zu bestehen, eine Bewegung, wie sie ihm nicht einmal das Zerspringen seines berühmten Mörsers verursacht hatte und die ihn abermals fast das Leben gekostet hätte.

Wir erinnern uns, daß der Sekretär des Gun-Klubs einige Augenblicke nach Abflug des Projektils – und fast ebenso schnell wie dieses – auf die Station Long's Peak in den Rocky Mountains abgereist war. Der Direk-

tor des Observatoriums zu Cambridge, der Gelehrte Jo Belfast, begleitete ihn. Als die beiden Freunde angekommen waren, hatten sie sich sofort eingerichtet und waren von der Höhe ihres Rieseninstruments noch nicht wieder herabgestiegen.

Wir wissen, daß dieses Instrument ein Reflektor von der Art war, bei der das Bild der erblickten Gegenstände nur einmal gebrochen wird, wodurch es klarer bleibt.

Infolgedessen hatten Maston und Belfast ihre Beobachtungen am oberen Ende des Instruments, nicht unten, anzustellen. Eine meisterhaft gebaute, leichte Wendeltreppe führte dort hinauf. wo sich die Mündung der metallenen, zweihundertachtzig Fuß tiefen Röhre befand, an deren unterem Ende der Metallspiegel war.

Auf der schmalen Plattform nun, die sich oben am Teleskop befand, brachten die beiden Gelehrten ihr Leben zu, den Tag verwünschend, der den Mond ihren Blicken entzog, und die Wolken, die ihn bei Nacht hartnäckig verdeckten.

Wie groß war daher ihre Freude, als sie nach einigen Tagen in der Nacht des fünften Dezember das Projektil entdeckten, das ihre Freunde in den Weltraum trug! Auf diese unvollständigen Beobachtungen gestützt, sprengten sie mit ihrem ersten Telegramm die irrige Angabe in die Welt hinaus, das Projektil sei ein Trabant des Mondes, den es auf unabänderliche Bahn umkreise.

Seit diesem Augenblick hatten sie das Geschoß nicht wieder vor Augen gehabt, was um so leichter zu begreifen ist, weil es damals hinter dem Mond flog. Aber als es wieder vor der sichtbaren Seite erscheinen sollte, war die Ungeduld des aufbrausenden J. T. Maston und seines ebenso ruhelosen Gefährten nicht erstaunlich. In jeder Minute der Nacht glaubten sie das Projektil wieder zu erblicken und sahen es doch nicht! Daraus entstand zwischen ihnen unaufhörlicher Streit, der ärgste Disput.

Wenn Belfast behauptete, das Projektil sei nicht zu sehen, versicherte J. T. Maston, es schwebe ihm klar vor Augen!

»Das ist unser Geschoß!« rief Maston wiederholt.

»Nein!« erwiderte Belfast, »es ist eine Lawine, die von einem Mondberg herabrollt!«

»Nun, morgen werden wir's sehen.«

»Nein! Man wird's nicht mehr sehen! Es schweift im weiten Weltraum.«

»Nein!«

»Ja, doch!«

Und in solchen Momenten, wo es Ausrufe hagelte, lag in der bekannten Reizbarkeit des Sekretärs des Gun-Klubs eine ständige Gefahr für den ehrenwerten Belfast.

Diese gemeinsame Existenz wäre bald unmöglich geworden; aber ein unerwartetes Ereignis durchschnitt die ewigen Dispute.

Während der Nacht des vierzehnten auf den fünfzehnten Dezember waren die beiden unversöhnlichen Freunde in die Beobachtung der Mondscheibe vertieft. J. T. Maston beleidigte wie gewöhnlich den Gelehrten Belfast, der seinerseits auch heftig wurde. Zum tausendstenmal behauptete der Sekretär des Gun-Klubs, er habe soeben das Projektil erblickt, mit dem Zusatz sogar, er habe Michel Ardans Gesicht durch ein Fenster hindurch gesehen. Seine Beweisführung begleitete er dazu mit einer Reihe von wilden Gesten, die durch seinen eisernen Haken bedrohlich wurden.

In diesem Augenblick — zehn Uhr abends — erschien Belfasts Diener auf der Plattform und überreichte ihm eine Depesche. Es war das Telegramm des Kommandanten der »Susquehanna«.

Belfast öffnete, las und stieß einen Schrei aus.

»Hm?« fragte J. T. Maston.

»Das Projektil!«

»Nun?«

»Auf die Erde gefallen!«

Ein abermaliger Schrei, ein Heulen war die Antwort. Belfast blickte hin zu Maston. Der Unglückselige, unvorsichtig über den Rand der metallenen Röhre gebeugt, war in dem tiefen Teleskop verschwunden, zweihundertachtzig Fuß tief hinabgestürzt. Belfast eilte hastig zur Mündung.

J. T. Maston war mit seinem metallenen Haken hängengeblieben und hielt sich an einer Strebe im Inneren des Teleskops. Er schrie entsetzlich.

Belfast eilte um Hilfe. Es sprangen Diener herbei, man warf Taue hinab und hißte den unvorsichtigen Sekretär des Gun-Klubs wieder herauf. Er kam unverletzt oben an.

»Hm!« sagte er, »beinahe hätte ich den Spiegel zerbrochen.«

»Dann hätten Sie ihn bezahlen müssen«, war die strenge Antwort.

»Und das verdammte Geschoß ist herabgefallen?« fragte J. T. Maston.

»In den Stillen Ozean.«

»Reisen wir hin!«

Eine Viertelstunde darauf kletterten die beiden Gelehrten durch die Rocky Mountains, und nach zwei Tagen, zugleich mit ihren Freunden vom Gun-Klub, langten sie in San Francisco an, nachdem sie fünf Pferde zu Tode gefahren.

Elphiston, Blomsberry und Bilsby kamen ihnen schon entgegengestürzt.

»Was fangen wir an?« riefen sie.

»Holen wir sie heraus«, erwiderte Maston, »und so bald wie möglich!«

Zweiundzwanzigstes Kapitel

Rettung

Die Stelle, wo das Projektil versunken, war genau bekannt. Es fehlte noch an Instrumenten, um es zu fassen und an die Meeresoberfläche zu ziehen. Die mußte man erst ausdenken und anfertigen. Das war für amerikanische Ingenieure nur eine Kleinigkeit. Waren einmal Haken fertig und Dampfkraft zu Hilfe, so konnten sie sicher sein, das Projektil wieder herauszuheben, trotz seiner Schwere, die übrigens unter Wasser vermindert war.

Aber das Heraufholen allein genügte nicht, man mußte rasch verfahren. Dann konnte man hoffen, sie noch am Leben zu finden.

»Ja!« wiederholte Maston unablässig mit einem Vertrauen, das sich jedem mitteilte, »unsere Freunde sind Leute von Geschick; unmöglich sind sie als Dummköpfe herabgestürzt. Sie sind wohl am Leben, aber Eile tut not, um sie noch so zu finden. Um Lebensmittel und Wasser bin ich nicht besorgt! Sie sind für lange Zeit damit versehen. Aber die Luft! Die Luft wird ihnen bald ausgehen. Darum rasch, rasch!«

Und man verfuhr rasch. Die »Susquehanna« wurde für die neue Bestimmung ausgerüstet und umgebaut. Das Projektil wog nur 19 250 Pfund, ein Gewicht, das geringer war als das des transatlantischen Kabels. Die einzige Schwierigkeit bestand darin, daß seine glatten Wände es schwierig machten, es mit Haken zu fassen.

Zu diesem Zweck ließ Ingenieur Murchison, der eilends nach San Francisco gekommen war, gewaltige Haken, die wie Greifer arbeiteten, fertigen, die das Projektil, wenn sie es einmal mit ihren starken Zangen gefaßt hatten, nicht mehr loslassen würden. Er bestellte auch Anzüge, die den Tauchern gestatten sollten, den Meeresgrund abzusuchen. Ebenso ließ er an Bord der »Susquehanna« einen Apparat mit zusammengepreßter Luft bringen, der sehr sinnreich ausgedacht war. Er bestand aus Behältern mit Luken und konnte durch Wasser in gewissen Fächern bis in große Tiefen hinabgebracht werden. Solche Apparate befanden sich gerade in San Francisco, wo man sie zur Anlegung eines Dammes gebraucht hatte. Und das war ein Glück, denn sie anzufertigen hätte es an Zeit gemangelt.

Doch war, trotz dieses vortrefflichen Apparats, trotz des Genies der damit beauftragten Gelehrten der Erfolg der Operation keineswegs gesichert. Wie viele Ungewißheiten und Zufälle gab es bei dem Bemühen, das Projektil aus 20 000 Fuß Tiefe aus dem Wasser emporzuheben! Sodann, selbst wenn es auch an die Oberfläche geschafft wurde, wie würden wohl seine Passagiere den fürchterlichen Stoß überstanden haben, der durch das 20 000 Fuß tiefe Wasser vielleicht nicht hinreichend abgeschwächt worden war?

Jedenfalls galt es, so schnell wie möglich zu handeln. J. T. Maston drängte Tag und Nacht. Er hatte Lust, selbst ein Taucherkleid anzulegen und den Luftapparat zu probieren, um die Lage seiner mutigen Freunde zu erforschen.

Doch vergingen, trotz allem Eifer beim Bau der Maschinen, trotz der bedeutenden Summen, welche die Regierung dem Gun-Klub zur Verfügung stellte, fünf lange Tage — fünf Jahrhunderte! —, ehe diese Vorrichtungen fertig wurden. Während dieser Zeit war die öffentliche Teilnahme aufs höchste gestiegen, Telegramme kamen ständig aus aller Welt. Die Rettung Barbicanes, Nicholls und Michel Ardans war eine internationale Angelegenheit. Alle Völker, die sich an den Subskriptionen für das Projekt des Gun-Klubs beteiligt hatten, nahmen direkten Anteil am Wohl der Reisenden.

Endlich wurden die Ketten, die Luftbehälter, die automatischen Haken an Bord der »Susquehanna« gebracht. Maston, Murchison und die Abgeordneten des Gun-Klubs befanden sich in ihrer Kabine. Alles war zur Abfahrt bereit.

Am einundzwanzigsten Dezember, um acht Uhr abends, bei stiller See, großer Kälte und Nordostwind stach die Korvette in See. Alle Einwohner San Franciscos drängten sich auf den Kais, voll Rührung, doch stumm, die Hurras für die Rückkehr sparend.

Die Dampfkraft wurde aufs äußerste erhöht, die Schraube brachte das Fahrzeug mit reißender Schnelligkeit aus der Bai hinaus.

Von den Gesprächen an Bord unter Offizieren, Matrosen und Passagieren brauche ich nicht zu reden. Nur ein Gedanke belebte alle, alle Herzen schlugen mit gleicher Teilnahme: Während man so zu Hilfe eilte, was trieben Barbicane und seine Gefährten? Wie war es ihnen ergangen? Niemand konnte das sagen. Den drei Reisenden war jedes Mittel versagt; über eine Meile tief im Ozean versenkt, trotze der metallene Kerker allen Bemühungen seiner Gefangenen.

Am dreiundzwanzigsten Dezember, um acht Uhr früh, nach rascher Fahrt, kam die »Susquehanna« im Gebiet der Unglücksstelle an. Doch die Boje, an der die Lotleine befestigt war, sah man noch nicht.

Um zwölf Uhr machte Kapitän Blomsberry mit Hilfe seiner Offiziere seine Berechnung in Gegenwart der Abgeordneten des Gun-Klubs. Einen Augenblick war man ängstlich gespannt. Nach genauer Kursbestimmung befand sich die »Susquehanna« einige Minuten von der Stelle entfernt, wo das Projektil in den Wogen verschwunden war.

Die Fahrt der Korvette wurde also genau auf diesen Punkt gerichtet.

Siebenundvierzig Minuten nach zwölf gewahrte man die Boje. Sie war unversehrt und mochte ihren Einsatz wenig geändert haben.

»Endlich!« rief J. T. Maston.

»Fangen wir jetzt an?« fragte Kapitän Blomsberry.

»Ohne eine Sekunde zu verlieren«, erwiderte Maston.

Es wurden alle Vorkehrungen getroffen, daß die Korvette sich möglichst nicht bewegte.

Bevor man das Projektil fassen konnte, mußte Ingenieur Murchison erst seine Lage auf dem Meeresgrund erkunden. Der unterseeische Apparat, der für diesen Zweck bestimmt war, wurde mit Luft versehen. Dieses Tauchverfahren ist nicht gefahrlos. Denn in einer Tiefe von 20 000 Fuß und bei einem so enormen Druck kann ein Zerreißen, ein Zerspringen eintreten, das schreckliche Folgen haben würde.

J. T. Maston, Blomsberry und Ingenieur Murchison begaben sich, ungeachtet jener Gefahr, in die Luftkammer. Der Kapitän leitete von der Brücke aus die Arbeiten, bereit, auf das erste Signal hin die Ketten anzuhalten oder heraufzuziehen. Die Schraube war außer Betrieb gesetzt, und, die volle Kraft der Maschinen auf das Winden konzentriert, war man imstande, den Apparat rasch wieder heraufzuziehen.

Um ein Uhr fünfundzwanzig Minuten nachmittags begann das Tauchen, und die Luftkammer, durch ihre Wasserbehälter hinabgezogen, verschwand unter der Meeresoberfläche.

Die Offiziere und Matrosen an Bord waren nun doppelt in Sorge: um die im Projektil und um die im Tauchapparat Eingeschlossenen. Letztere vergaßen ihre gefährliche Lage und beobachteten durch die Fensterluken achtsam die Wassermassen.

Es ging sehr rasch hinab. Um zwei Uhr siebzehn Minuten befand sich Maston mit seinen Gefährten auf dem

Meeresgrund. Aber sie sahen nichts als eine Wüste, die weder von der Fauna noch der Flora des Meeres belebt war. Beim Schein ihrer mit starken Reflektoren versehenen Lampen waren sie imstande, in ziemlich weitem Umkreis die Umgebung abzusuchen. Aber das Projektil war nicht zu finden, nicht zu sehen.

Unbeschreiblich war die Ungeduld der kühnen Taucher. Da ihr Apparat in elektrischer Verbindung mit der Korvette stand, gaben sie ein verabredetes Zeichen, und die »Susquehanna« fuhr ein Stück weiter, die Luftkammer einige Meter über dem Meeresboden.

So durchforschten sie die ganze Unterwasserlandschaft, häufig durch optische Täuschungen irregeführt, die ihr Herz schneller schlagen ließen. Hier ein Felsen, dort eine Bodenerhöhung kamen ihnen vor wie das gesuchte Projektil. Dann, als sie ihren Irrtum gewahrten, sank ihnen der Mut.

»Aber wo sind sie? Wo sind sie?« rief Maston. Und der arme Mensch rief laut: »Nicholl, Barbicane, Michel Ardan!«, als wenn seine unglücklichen Freunde ihn durch die undurchdringliche Umgebung hätten hören können!

Die Suche dauerte unter diesen Umständen so lange, bis die verbrauchte Luft die Taucher nötigte, wieder emporzusteigen.

Gegen sechs Uhr abends begann das Hinaufwinden und dauerte bis Mitternacht.

»Morgen machen wir weiter«, sagte J. T. Maston, als er das Deck der Korvette betrat.

»Ja«, erwiderte Kapitän Blomsberry.

»An einer anderen Stelle.«

»Ja.«

J. T. Maston zweifelte noch nicht am Erfolg, aber seine Gefährten hatten nicht mehr den Elan der ersten Stunden und begriffen bereits die ganze Schwierigkeit des Unternehmens. Was von San Francisco aus leicht schien, zeigte sich auf dem Ozean als fast unausführbar. Die Aussicht auf Gelingen verminderte sich in steigendem Maße, und man konnte nur noch von einem glücklichen Zufall ein Zusammentreffen mit dem Projektil erwarten.

Am folgenden Tag, dem vierundzwanzigsten Dezember, wurde trotz der Beschwernisse des vorigen die Operation von neuem begonnen.

Der ganze Tag verstrich mit erfolglosem Suchen. Auch der fünfundzwanzigste Dezember brachte kein Resultat, ebensowenig der sechsundzwanzigste.

Das war zum Verzweifeln, wenn man an die unglücklichen, nun seit sechsundzwanzig Tagen Eingeschlossenen dachte! Vielleicht erlitten sie eben die ersten Erstikkungsanfälle, wenn sie überhaupt den Sturz überstanden hatten. Die Luft war wahrscheinlich ausgegangen und damit zugleich Mut und Hoffnung geschwunden.

»Die Luft, wohl möglich«, erwiderte J. T. Maston stets, »aber niemals der Mut.«

Nach zwei weiteren Tagen, am achtundzwanzigsten, war alle Hoffnung verloren. In dem unermeßlichen Meer war das Projektil ein Atom! Man mußte aufgeben, es zu suchen.

Doch J. T. Maston wollte nichts davon hören. Er wollte die Stelle nicht verlassen, ohne wenigstens das Grab seiner Freunde gesehen zu haben. Aber Kapitän Blomsberry konnte nicht länger bleiben und mußte trotz aller Einwände des Sekretärs den Befehl zur Abfahrt geben.

Am neunundzwanzigsten Dezember, um neun Uhr vormittags, fuhr die »Susquehanna« in nordöstlicher Richtung nach der Bai von San Francisco zurück.

Um zehn Uhr, als sich die Korvette mit wenig Dampf und gleichsam widerwillig von der Unglücksstätte ent-

fernte, hörte man den Matrosen, der, um das Meer zu beobachten, auf die Flaggenstangen gestiegen war, plötzlich ausrufen: »Eine Boje quer vor uns unterm Wind.«

Die Offiziere schauten in die angegebene Richtung. Sie erkannten mit ihren Fernrohren, daß der signalisierte Gegenstand wirklich den Bojen glich, mit denen man das Fahrwasser der Buchten oder Flüsse kenntlich macht. Aber seltsam, auf der fünf bis sechs Fuß hervorragenden Spitze flatterte eine Flagge. Diese Boje glänzte in den Sonnenstrahlen, als sei sie aus Silberplatten gefertigt.

Kapitän Blomsberry, J. T. Maston und die Abgeordneten des Gun-Klubs stiegen auf die Brücke und untersuchten den auf den Wellen treibenden Gegenstand.

Alle schauten mit fieberhafter Erwartung, aber schweigend. Keiner wagte den Gedanken auszusprechen, der allen in den Sinn kam.

Die Korvette näherte sich dem Gegenstand auf zwei Kabellängen. Die ganze Mannschaft ergriff ein Schauer.

Es war die amerikanische Flagge!

In diesem Augenblick vernahm man ein wahres Löwengebrüll. Der wackere J. T. Maston war wie ein Klumpen zu Boden gefallen. Gänzlich vergessend, daß er statt eines Armes nur einen eisernen Haken besaß, daß statt eines Hirnschädels nur eine Platte aus Guttapercha sein Haupt deckte — hatte er sich einen entsetzlichen Schlag vor die Stirn gegeben.

Man eilte hin, hob ihn auf, brachte ihn wieder zur Besinnung. Seine ersten Worte waren: »Aber dreifaches Rindvieh, vierfache Dummköpfe, fünffache Tölpel sind wir doch!«

»Was gibt's?« schrie man auf allen Seiten.

»Was es gibt ...?«

»So reden Sie doch!«

»So reden Sie doch!«

»Dummköpfe«, brüllte der fürchterliche Sekretär, »daß das Projektil nur neunzehntausendzweihundertfünfzig Pfund wiegt, das gibt's!«

»Nun?«

»Und daß es sechsundfünfzigtausend Pfund Wasser verdrängt, daß es also notwendig obenauf schwimmt!«

Und wie betonte der würdige Mann den Ausdruck »obenauf schwimmt!« Und er hatte recht. Alle, ja, alle diese gelehrten Leute hatten nicht an dieses Grundgesetz gedacht, daß nämlich infolge seines geringen spezifischen Gewichts das Projektil, nachdem es durch seinen Fall in die größte Tiefe des Ozeans geschleudert worden war, naturgemäß wieder an die Oberfläche kommen mußte! Und nun schwamm es ruhig oben, wohin die Wogen es trieben ...

Man hatte die Boote hinabgelassen. J.T. Maston und seine Freunde stürzten hinein. Die Spannung war auf ihrem Höhepunkt. Alle Herzen klopften, während die Boote auf das Projektil zufuhren. Enthielt es Lebende oder Tote? Lebende ja, sofern nicht Barbicane und seine Freunde seit Aufpflanzen der Flagge gestorben waren!

Tiefes Schweigen herrschte in den Booten. Alle waren beklommen. Eine der Fensterluken des Projektils stand offen. Einige in dem Rahmen steckende Glassplitter zeigten, daß das Fenster entzweigeschlagen worden war. Diese Luke lag fünf Fuß über dem Wasser.

Ein Boot legte an. J. T. Maston stürzte sich eiligst auf das zerbrochene Fenster ...

In dem Augenblick hörte man eine lustige, laute Stimme. Michel Ardan rief triumphierend: »Auf beiden Seiten weiß, Barbicane!«

Barbicane, Michel Ardan und Nicholl — spielten Domino!

Dreiundzwanzigstes Kapitel

Schluß

Erinnern wir uns an die unermeßliche Sympathie, die den drei Reisenden bei ihrem Abflug zuteil wurde. Hatten sie zu Beginn des Unternehmens schon solche Aufregung in der Alten und Neuen Welt verursacht, mit welchem Enthusiasmus mußte man sie erst bei der Rückkehr empfangen? Würden nicht die Millionen Zuschauer, welche die Halbinsel Florida überschwemmt hatten, den beherzten Forschern entgegeneilen? Diese Legionen Fremder, die aus allen Teilen der Welt an die amerikanischen Gestade geströmt waren, sollten sie das Gebiet der Vereinigten Staaten verlassen, ohne Barbicane, Nicholl und Michel Ardan wiedergesehen zu haben? Nein, und die Leidenschaft des Publikums würde der Größe der Expedition entsprechen. Menschen, die unseren Planeten verlassen hatten und von der außerordentlichen Reise in die Himmelsräume zurückkamen, mußte unfehlbar ein Empfang zuteil werden wie dereinst dem Propheten Elias bei seiner Wiederkunft auf die Erde. Zuerst sie zu sehen, dann sie zu hören war der allgemeine Wunsch.

Dieser Wunsch sollte sehr rasch für die gesamten Bewohner der Union verwirklicht werden.

Barbicane, Michel Ardan, Nicholl und die Abgeordneten des Gun-Klubs wurden bei ihrer Rückkehr nach Baltimore mit unbeschreiblichem Jubel empfangen. Der Reisebericht Präsident Barbicanes war druckfertig. Der »New York Herald« kaufte dieses Manuskript für einen Preis, den man noch nicht kennt, der aber ausnehmend hoch gewesen sein muß. Als die Beschreibung der Reise zum Mond in diesem Blatt veröffentlicht wurde, erschien es in einer Auflage von fünf Millionen Exemplaren. Drei Tage nach der Rückkehr der drei Freunde waren die geringsten Details ihres Ausfluges allgemein bekannt. Es blieb nun noch übrig, daß man die Helden zu sehen bekam.

Die Beobachtungen Barbicanes und seiner Freunde ermöglichten es, die verschiedenen Theorien über den Erdtrabanten vergleichend zu kritisieren. Diese Gelehrten hatten durch eigene Anschauung und unter ganz besonderen Umständen geforscht. Man wußte jetzt, welche Systeme über die Bildung, den Ursprung, die Bewohnbarkeit dieses Weltkörpers man verwerfen, welche man gelten lassen konnte. Sie hatten ja in die tiefsten Geheimnisse seiner Vergangenheit, seiner Gegenwart, seiner Zukunft geblickt. Was konnte man gewissenhaften Beobachtern für Einwände machen, die aus einer Nähe von nicht einmal fünfeinhalb Meilen den merkwürdigen Berg »Tycho«, das seltsame System der Orographie des Mondes in Augenschein genommen hatten? Was vermochte man diesen Gelehrten zu entgegnen, deren Blicke in die Tiefen des Ringbergs »Plato« gedrungen waren? Konnte man den kühnen Männern widersprechen, die durch die Wechselfälle ihres Unternehmens bis zur unsichtbaren Seite des Mondkörpers, die bisher noch kein menschliches Auge geschaut hatte, geführt worden waren? Sie hatten jetzt das Recht, die Selenographie zu gestalten, sie durften behaupten: Dies ist der Mond gewesen, eine bewohnbare Welt, die noch früher als die Erde bewohnt war; dies ist der Mond, eine unbewohnbare und jetzt unbewohnte Welt!

Zur Feier der Rückkehr des berühmtesten Mitglieds und seiner beiden Gefährten dachte der Gun-Klub daran, ihnen ein Bankett zu geben, aber es sollte ein würdiger Triumphzug sein, würdig des amerikanischen Volkes und so, daß alle Bewohner der Union sich direkt beteiligen konnten.

Alle Hauptstationen der Staatseisenbahnen wurden durch Schienen miteinander verbunden. Sodann wurden auf allen Bahnhöfen, die mit gleichen Fahnen beflaggt und mit den gleichen Verzierungen dekoriert waren, Tafeln mit Gedecken aufgestellt. Zu bestimmten Stunden, die mit Hilfe elektrischer, auf die Sekunde genau gehender Uhren angegeben wurden, lud man das Volk ein, an den Tafeln des Banketts Platz zu nehmen.

Vier Tage lang, vom fünften bis neunten Januar, wurde der Zugverkehr auf den Staatseisenbahnen eingestellt, wie das des Sonntags zu geschehen pflegt, und alle Schienenwege blieben frei.

Nur eine einzige Lokomotive mit einem Ehrenwaggon und größter Geschwindigkeit war berechtigt, während dieser vier Tage die Staatsbahnen zu befahren.

Auf der Lokomotive, die von einem Heizer und Maschinisten bedient wurde, hatte der ehrenwerte Sekretär des Gun-Klubs aus besonderer Gunst einen Platz.

Der Waggon war speziell für Präsident Barbicane, Kapitän Nicholl und Michel Ardan bestimmt.

Auf den Pfiff des Maschinisten, nach den Hurras, Hipphipps und allen amerikanischen Naturlauten der Bewunderung, verließ der Zug den Bahnhof von Baltimore.

Er fuhr zweiundvierzig Meilen in der Stunde. Doch was wollte dies bedeuten im Vergleich zu der Geschwindigkeit, womit die drei Helden aus der Columbiade gefahren waren?

So reisten sie von einer Stadt zur anderen, fanden das Volk im Vorbeirasen an den Tafeln und wurden von ihm mit gleichem Zuruf begrüßt, mit den gleichen Bravos bewillkommnet. Sie durchteilten den Osten der Union, Pennsylvanien, Connecticut, Massachusetts, Vermont, Maine und Neubraunschweig; den Norden und Westen,

New York, Ohio, Michigan und Wisconsin; dann wieder abwärts den Süden mit Illinois, Missouri, Arkansas, Texas und Louisiana; den Südosten mit Alabama und Florida; dann fuhren sie wieder aufwärts durch Georgia und die beiden Virginia, Indiana; endlich, nach der Station Washington kehrten sie nach Baltimore zurück und konnten vier Tage lang glauben, sie würden von den Vereinigten Staaten Amerikas bei einem einzigen riesigen Bankett mit Hurras begrüßt.

Die Apotheose war der drei Männer würdig, die in der Antike unter die Halbgötter versetzt worden wären.

Wie soll es weitergehen? Wird dieses Unternehmen ohnegleichen in den Analen der Reisen ein praktisches Resultat herbeiführen? Wird man jemals eine direkte Verkehrsverbindung mit dem Mond einrichten? Wird man einst von einem Planeten zum anderen, vom Jupiter zum Merkur, und später von einem Stern zum anderen, vom Polarstern bis zum Sirius, fliegen? Wird es einst möglich sein, die Sonnen zu besuchen, die am Firmament wimmeln? Auf diese Fragen kann man noch nicht antworten. – Aber wer die Verwegenheit der Amerikaner kennt, wird sich nicht wundern, daß sie aus dem Unternehmen Präsident Barbicanes Vorteil zu ziehen suchten.

So hörte man denn auch einige Zeit nach der Rückkehr der Reisenden, daß die Ankündigung einer Kommanditgesellschaft mit einem Kapital von hundert Millionen Dollar, in hunderttausend Aktien à tausend Dollar, mit dem Namen »Nationalgesellschaft der Verkehrsverbindungen zwischen den Sternen« beim Publikum entschieden günstige Aufnahme fand. Präsident dieser Gesellschaft war Barbicane, Vizepräsident Kapitän Nicholl, Verwaltungssekretär J. T. Maston, Direktor der Werbeabteilung Michel Ardan.

Und da es im amerikanischen Charakter liegt, für alles Vorsorge zu treffen, selbst für den Fall eines Bankrotts, so waren im voraus zum Kommissarischen Richter der ehrenwerte Harry Trollope und zum Syndikus Francis Dayton ernannt!

Wort- und Sacherklärungen

Acre – englisches und nordamerikanisches Feldmaß, 1 A. = 40,47 Ar

Agathokles – (361–289 v. u. Z.), Tyrann von Syrakus

Amphora – (grch.), Gefäß mit zwei Henkeln

angular – (lat.), auf den Winkel bezogen

Anubis – altägyptischer Gott, geleitete die Toten, ihm ist der Schakal heilig, mit dessen Kopf er abgebildet wird

Apoll – (grch./lat.), Sohn des Zeus und der Leto, Zwillingsbruder der Artemis (der Mondgöttin), Gott des Lichts, der Künste, u. a. auch des Ackerbaus und der Viehzucht sowie der Heilkunst

Arago, Dominique François – (1786–1853), französischer Physiker

Archimedes – (etwa 287–212 v. u. Z.), genialer Mathematiker und Physiker des Altertums, lebte in Syrakus

Argonauten – in der griechischen Sage fünfzig Helden, die das Goldene Vlies von der Kolchis nach Griechenland holten

Aristarch – (um 250 v. u. Z.), griechischer Astronom aus Samos

Aristoteles – (384–322 v. u. Z.), berühmter griechischer Philosoph

Arkadier – Bewohner von Arkadien, das im Zentrum des Peloponnes lag; waren meist Hirten und Schäfer

Armstrong, Sir William George – (1810–1900), englischer Rüstungsindustrieller, Erfinder widerstandsfähiger Geschützrohre

Artemis – (grch.), Zwillingsschwester des Apoll, u. a. auch Mondgöttin, als Apoll zum Sonnengott wurde

Astarte – (grch.), altsemitische Göttin, Himmelskönigin mit Mond oder Stern als Symbol

Asteroid – (grch.), kleiner Planet
Äther – (grch.), ein früher vermuteter Stoff im Weltraum
Attraktion – (lat.), Anziehungskraft, Anziehung
Avancement – (lat./frz.), Beförderung im Amt und beim Militär
Aviso – (lat./span./frz.), kleines, schnelles Kriegsschiff
Barnum, Phineas Taylor – (1810–1891), amerikanischer Spekulant, »König des Humbugs«, organisierte Ausstellungen immer neuer Merkwürdigkeiten
Beer, Wilhelm – (1797–1850), deutscher Liebhaberastronom, arbeitete mit Mädler zusammen
Berlocke – (frz.), kleines Schmuckstück
Bernardin de Saint-Pierre, Jacques Henri – (1737 bis 1814), französischer Schriftsteller
Bolide – Feuerkugel, Meteor
Berosos – (um 270 v. u. Z.), Priester in Babylon
Bonmot – (frz.), Witzwort, geistreiche Bemerkung
Bond, George Philipp – (1825–1865), amerikanischer Astronom
Brahe, Tycho – (1546–1601), dänischer Astronom
Caronade – kleine Kanone mit kurzem Rohr
Cassini, Giovanni Domenico – (1625–1712), französischer Astronom
Catalpa – Trompetenbaum, Zigarrenbaum; einer der schönsten Zierbäume, wächst im Osten der USA
Chaldäer – Angehöriger eines semitischen Volkes; auch Babylonier, übertragen: Sterndeuter
Charenton-le-Pont – französische Stadt, Departement Seine, u. a. mit bekannter Irrenanstalt
Clark, Alvan – (1804–1887), nordamerikanischer Mechaniker, stellte astronomische Fernrohre her
Columbiaden – alte großkalibrige Geschütze
Cribbage – englisches Kartenspiel
Cyrano de Bergerac, Savien – (1619–1655), französischer Schriftsteller

De la Rue, Warren – (1815–1889), englischer Naturforscher

Descartes, René – (1596–1650), französischer Philosoph

Dörfel, Georg Samuel – (1634–1688), deutscher Astronom

Dumont d'Urville, Jules Sébastian César – (1790 bis 1842), französischer Seefahrer und Entdecker

Ekliptik – (grch.), scheinbare Sonnenbahn, Spiegelbild der Erdbahn

Elias – (9. Jh. v. u. Z.), israelitischer Prophet

emphatisch – (grch./lat./frz.), nachdrücklich

Endymion – Jäger oder Hirte in der griechischen Mythologie, dem Zeus ewigen Schlummer in Jugendschönheit gab; wird allnächtlich von der Mondgöttin Selene besucht

Eratosthenes – (um 275–195 v. u. Z.), griechischer allseitig gebildeter Gelehrter aus Kyrene

Euklíd – (um 300 v. u. Z.), Mathematiker, »Vater der Geometrie«, lebte in Alexandria

Euler, Leonhard – (1707–1783), Schweizer Mathematiker, Physiker und Astronom

Fabricius, David – (1564–1617), Astronom im Harlinger Land (Ostfriesland)

Fama – (lat.), Ruf, Gerede

Fontenelle, Bernard le Bovyer de – (1657–1757), französischer Schriftsteller

Foucault, Léon – (1819–1868), französischer Physiker

fraternisieren – (lat./frz.), sich verbrüdern

Fourier, Jean Baptiste Joseph, Baron de – (1768–1830), französischer Mathematiker und Physiker

Franklin, Sir John – (1786–1847), englischer Seefahrer und Forscher, Polarforscher

Fuß – altes Längenmaß, meist wurde mit dem Pariser Fuß gerechnet, 1 P. F. = 0,325 m

Galilei, Galileo — (1564—1647), italienischer Physiker und Astronom

Gay-Lussac, Joseph Louis — (1778—1850), französischer Chemiker und Physiker

Gemme — (lat.), geschnittener Edelstein

Gioja, Flavio — (14. Jh.), italienischer Seemann, der den Schiffskompaß erfunden haben soll

Grimaldi, Francesco Maria — (1618—1663), italienischer Mathematiker

Guttapercha — (mal.), Gummiharz

Halley, Edmund — (1656—1742), englischer Astronom

Hansen, Peter Andreas — (1795—1874), deutscher Astronom

Helikon — auf der Erde: Gebirge im westlichen Böotien, als Sitz der Musen gefeiert

Herkules — (grch./lat.), Halbgott und Held der griechisch-römischen Mythologie; Mensch mit gewaltiger Körperkraft

Heros — (grch.), Held; Halbgott

Herostrat — aus Ephesus, steckte dort 356 v. u. Z. den Tempel der Artemis in Brand, um berühmt zu werden

Herschel, Friedrich Wilhelm — (1738—1822), englischer Astronom

Hevelius, Johannes — (1611—1687), Danziger Astronom

Hipparch — (2. Jh. v. u. Z.), Begründer der wissenschaftlichen Astronomie

Hippogryph — (grch.), Flügelroß

Homer — (um 800 v. u. Z.), altgriechischer Dichter

Hooke, Robert — (1635—1703), englischer Mechaniker, Philosoph und Astronom

Hugo, Victor — (1802—1885), französischer Schriftsteller

Humboldt, Alexander — (1769—1859), deutscher Naturforscher und Schriftsteller

hydraulischer Mörtel — Zement

Hydrograph – (grch.), ein Wissenschaftler, der sich mit Gewässerkunde befaßt

Jabot – (frz.), Spitzenkrause am Halsausschnitt von Kleidungsstücken

Juno – (lat.), höchste römische Göttin, Gemahlin Jupiters

Jupiter – (lat.), höchster römischer Gott

kalibrieren – (grch./arab./frz.), das Kaliber (die lichte Weite von Rohren) messen

Kane, Elisha Kent – (1820–1857), nordamerikanischer Polarforscher

Kant, Immanuel – (1724–1804), deutscher Philosoph

Karyatide – (grch.), weibliche Statue als Gebälkträgerin

Kepler, Johannes – (1571–1630), deutscher Mathematiker und Astronom, Entdecker der Planetenbewegung

Klafter – Längen- und Raummaß

Klearch – (5. Jh. v. u. Z.), spartanischer Flottenführer

Kleomenes – Name mehrerer spartanischer Könige

Kollodium – (grch./lat.), Kleb-Äther

Kolumbus, Christoph – (um 1446–1506), Entdecker Amerikas

Konjunktion – (lat.), Sichtbarkeit von Himmelskörpern nach derselben Richtung hin

Kopernikus, Nikolaus – (1473–1543), polnischer Astronom

Knock me down – (engl.), wörtlich: Schlag mich nieder

Kurtine – (lat./frz.), Teil des Hauptwalles einer Festung

La Condamine, Charles Maria de – (1701–1774), französischer Reisender und Mathematiker; bemühte sich, ein allgemeingültiges Maß einzuführen

Lafayette, Marie Joseph, Marquis de – (1757–1834), französischer General und Staatsmann

Lahire, Philipp de – (1640–1718), frz. Mathematiker

Lamartine, Alphonse-Maria-Louis Prat de – (1790 bis 1869), französischer romantischer Schriftsteller und Dichter

Laplace, Simon, Graf – (1749–1827), französischer Mathematiker und Astronom

Laussedat, Aimé – (1819–1907), französischer Offizier, erfand die Photogrammetrie

Leibniz, Gottfried Wilhelm – (1646–1716), deutscher Philosoph

Leto – griechische Göttin, in der Mythologie Geliebte des Zeus

Libration – (lat.), das Sichtbarwerden von sonst unsichtbaren Randgebieten des Mondes

Lichtenberg, Georg Christoph – (1742–1799), deutscher Schriftsteller und Physiker

Liebig, Justus, Freiherr von – (1803–1873), deutscher Chemiker

Luna – (lat.), römische Mondgöttin; der Mond

Lyra – (grch.), Saiteninstrument, Leier

Mädler, Johann Heinrich von – (1794–1874), deutscher Astronom, arbeitete mit Beer zusammen

Magalhães, Fernão de – (um 1480–1521), Portugiese, erster Weltumsegler

Mayer, Johann Tobias – (1723–1762), deutscher Astronom

Medium – (lat.), Mittel, Mittelglied

Meile – Längenmaß, 1 geographische Meile = 7420 m

Meridian – (lat.), Längenkreis

Metaphysik – (grch.), idealistische Denkmethode, unwissenschaftliche Spekulation mit dem Übersinnlichen

Michelangelo – (1475–1564), italienischer Maler, Bildhauer und Dichter

Milton, John – (1608–1674), englischer Dichter

Myriade – (grch.), Zahl von Zehntausend, Unzahl

Mystifikation – (grch./lat.), Irreführung, Täuschung

Nadir – (arab.), Fußpunkt des Himmels

Nasmyth, James – (1808–1890), schottischer Ingenieur, Erbauer von Teleskopen *neptunisch* – (lat.), durch Einwirkung von Wasser entstanden

Newton, Sir Isaac – (1643–1727), englischer Mathematiker und Physiker

Orographie – (grch.), Beschreibung der Geländeformen

oszillieren – (lat.), schwingen, pendeln

Parallaxe – (grch.), Winkel zwischen zwei Sehstrahlen von zwei Standorten aus

Pascal, Blaise – (1623–1662), französischer Philosoph und Naturforscher

Pelouze, Théophile Jules – (1807–1867), französischer Chemiker

Petit, Alexis Thérèse – (1791–1820), französischer Physiker

Petition – (lat.), Bittschrift, Eingabe

Pforte (Hohe Pforte) – Name für die Regierung in der kaiserlichen Türkei; auch für das Gebäude mit den wichtigsten Regierungsämtern

Pharao – (ägypt./hebr./grch.), ein Kartenglücksspiel

Phidias – (5. Jh. v. u. Z.), attischer Bildhauer; galt im Altertum als der größte Meister der Plastik

Philolaus – (5. Jh. v. u. Z.), soll als erster die Lehren des Pythagoras aufgezeichnet haben

Phöbe – (grch.), Beiname der Artemis (Schwester des Apoll) als Mondgöttin

Physiognomie – (grch.), Gesichtsausdruck

Pivot-Karabiner – auf einem Drehgestell befindliches Gewehr (oder Kanone)

Plato – (427–347 v. u. Z.), griechischer Philosoph

Plutarch – (um 46 bis nach 120), griechischer Schriftsteller

plutonisch – (grch./lat.), vulkanischen Ursprungs

Poe, Edgar Allan – (1809–1849), nordamerikanischer Schriftsteller

Polygon – (grch.), Vieleck

Porticus — (lat.), Säulengang

Ptolemäus, Claudius — (2. Jh.), ägyptischer Astronom, Mathematiker und Geograph

Puillet, Claude Servais Matthias — (1790—1868), französischer Physiker

Presbyterianer — (grch./lat.), Anhänger der kalvinistischen Kirche in Großbritannien und Nordamerika

Purbach, Georg von — (1423—1461), deutscher Astronom

Pyrometer — (grch./lat.), Gerät zum Messen von hohen Temperaturen

Pyroxylin — Schießbaumwolle

Raffael — (1483—1520), italienischer Maler

Ramadan — (arab.), mohammedanischer Fastenmonat

rasanter Schuß — (lat./frz.), Schuß mit flacher Flugbahn

Refraktor — (lat.), Linsenfernrohr

Regnault, Henri Victor — (1810—1878), französischer Physiker und Chemiker

Riccioli — (17. Jh.), italienischer Astronom

Rosse, William Parsons, Earl of — (1800—1867), englischer Astronom

Ruhmkorffscher Apparat — Induktionsapparat, erfunden von Heinrich Daniel Ruhmkorff (1803—1877), einem deutschen Mechaniker

Rundköpfe — Spottname der Anhänger des Parlaments im englischen Bürgerkrieg (1644—1649) wegen ihres Haarschnitts

Sandwich — (engl.), belegte Weißbrotschnitte

Schmidt, Johann Friedrich Julius — (1825—1884), deutscher Astronom

Schönbein, Christian Friedrich — (1799—1868), deutscher Chemiker

Schröter, Johann Hieronymus — (1745—1816), deutscher Astronom; untersuchte die physische Beschaffenheit der Planeten und des Mondes

Secchi, Angelo – (1818–1878), italienischer Astronom
Selene – (grch.), Mondgöttin
Seleniten – dichterisch für Mondbewohner
Selenographie – Mondbeschreibung
Seminolen – Indianerstamm Nordamerikas
Sherman, William Tecumseh – (1820–1891), nordamerikanischer General
Silenus – im griechischen Mythos Erzieher des Dionysos, meist trunken auf einem Esel reitend dargestellt
Simplicius – von 468 bis 483 Papst
Skaphander – Weltraum-Schutzanzug
Skonto – (lat./ital.) Zahlungsnachlaß
Smithson, James – (um 1754–1829), Stifter des Smithson-Instituts, in dem astronomische Untersuchungen angestellt wurden
Stuarts – schottisches Königsgeschlecht
Subskription – (lat.), Vorausbestellung, hier: Beteiligung
Swedenborg, Emanuel von – (1688–1772), schwedischer Gelehrter
Tatius, Titus – der Sage nach König der Sabiner, Mitherrscher des Romulus
Thales von Milet – (etwa 624–546 v. u. Z.), griechischer Philosoph
Trombe – (ital.), Wind-, Wasser-, Sandhose
Tubus – (lat.), Teil des Fernrohrs
Turenne, Henri, Vicomte de – (1611–1675), Marschall von Frankreich
Vergil – (70–19 v. u. Z.), römischer Dichter
Voltaire – (1694–1778), hervorragender Vertreter der französischen Aufklärung
Voltasche Säule – Batterie aus Kupfer- und Zinkplatten, nach dem italienischen Physiker Alessandro Volta (1745–1827)
Washington, George – (1732–1799), Begründer der Unabhängigkeit der USA, General und Präsident

Xyloidine – Sprengstoffe
Yankeedoodle – ehemalige nordamerikanische Nationalhymne
Yard – englisches und nordamerikanisches Längenmaß, 1 Y. = 914 mm
Zenit – (arab./span./ital.), Scheitelpunkt des Himmels
Zyklop – (grch./lat.), einäugiger Riese

Inhalt